THE WALKING DEAD

Obras dos autores publicadas pela Galera Record

The Walking Dead: *A ascensão do Governador*
The Walking Dead: *O caminho para Woodbury*

ROBERT KIRKMAN
E JAY BONANSINGA

THE WALKING DEAD

O CAMINHO PARA WOODBURY

Tradução
Joana Faro

3ª edição

GALERA RECORD
RIO DE JANEIRO • SÃO PAULO
2013

CIP-BRASIL. CATALOGAÇÃO NA FONTE
SINDICATO NACIONAL DOS EDITORES DE LIVROS, RJ

Kirkman, Robert
K65a O caminho para Woodbury / Robert Kirkman e Jay
3ª ed. Bonansinga; tradução de Joana Faro. – 3ª ed. – Rio de Janeiro: Galera Record, 2013.
(The Walking Dead; 2)

Tradução de: The Walking Dead: The Road to Woodbury
Sequência de: The Walking Dead: A ascensão do Governador
ISBN 978-85-01-40187-8

1. Ficção de terror americana. I. Bonansinga, Jay R. II. Faro, Joana. III. Título. IV. Série.

13-8088 CDD: 813
CDU: 821.111(81)-3

Título original:
The Walking Dead: The Road to Woodbury

Publicado mediante acordo com St. Martin's Press, LLC.

Texto revisado segundo o novo Acordo Ortográfico da Língua Portuguesa.

Composição de miolo: Abreu's System

Adaptação de layout de capa: Renata Vidal da Cunha

Ilustração de capa: Renato Guedes

Direitos exclusivos de publicação em língua portuguesa somente para o Brasil
adquiridos pela
EDITORA RECORD LTDA.
Rua Argentina, 171 – Rio de Janeiro, RJ – 20921-380 – Tel.: 2585-2000,
que se reserva a propriedade literária desta tradução.

Impresso no Brasil

ISBN 978-85-01-40187-8

Seja um leitor preferencial Record.
Cadastre-se e receba informações sobre nossos lançamentos e nossas promoções.

Atendimento e venda direta ao leitor:
mdireto@record.com.br ou (21) 2585-2002.

Dedicado a Jilly (*L'amore della mia vita*).
Jay

Para todas as pessoas que, ao longo dos anos, me fizeram parecer muito mais talentoso do que sou: Charlie Adlard, Cory Walker, Ryan Ottley, Jason Howard e, claro... o senhor Jay Bonansinga.
Robert

AGRADECIMENTOS

Um agradecimento especial a Robert Kirkman, David Alpert, Brendan Deneen, Nicole Sohl, Circle of Confusion, Andy Cohen, Kemper Donovan e Tom Leavens.

Jay

A meu pai, Carl Kirkman, que me ensinou o valor de trabalhar para mim mesmo e me mostrou o que se pode alcançar com trabalho duro e foco no que se deseja obter. E a meu sogro, John Hicks, que me deu a confiança para mergulhar de cabeça, largar meu emprego temporário e tentar a sorte por conta própria. Devo muito a vocês dois.

Robert

PARTE 1

O Alvorecer do Dia Vermelho

A vida dói muito mais do que a morte.

— Jim Morrison

UM

Ninguém na clareira ouve os Mordedores chegando por entre as árvores altas.

O retumbante som metálico das estacas das tendas penetrando o barro frio e resistente da Geórgia abafa os passos distantes — os intrusos ainda estão a uns bons 450 metros de distância à sombra dos pinheiros que os cercam. Ninguém escuta os galhos estalando sob o ruído do vento norte, nem os característicos gemidos guturais, tão fracos quanto o ruído dos mergulhões que se escondem atrás das copas das árvores. Ninguém detecta os traços do fedor de carne pútrida e mofo marinado em fezes. O forte odor da fumaça de madeira outonal e das frutas que apodrecem na brisa vespertina oculta o cheiro dos mortos-vivos.

Na verdade, por um bom tempo, nenhum dos colonos do acampamento que ali floresce rapidamente registra qualquer perigo *iminente* — a maioria dos sobreviventes está ocupada erguendo vigas de sustentação improvisadas originárias de objetos encontrados; dormentes de estrada de ferro, postes telefônicos e pedaços enferrujados de vergalhão.

— Que patético... olhe só para mim — comenta com um suspiro exasperado a mulher esbelta com o cabelo preso em um rabo de cavalo, agachada desajeitadamente ao lado de um pedaço quadrado de lona de barraca salpicada de tinta, dobrada no chão no canto noroeste do terreno. Ela treme dentro de seu volumoso moletom do Georgia Tech, que cobre joias antigas e o jeans rasgado. O rosto sardento corado, os longos cabelos castanho-escuros pendendo em cachos enredados a pequenas e delicadas penas, Lilly Caul é uma coleção de tiques nervosos, que vão de enfiar constantemente mechas soltas de cabelo para trás das orelhas a roer compulsivamente as unhas. Agora, com a pequena mão, ela aperta com mais força o cabo do martelo e golpeia diversas vezes uma estaca de metal, apenas roçando a extremidade como se estivesse lubrificada.

— Não tem problema, Lilly, relaxe — diz o homem grande que observa tudo atrás dela.

— Uma criança de 2 anos é capaz de fazer isso.

— Pare de ser tão dura consigo mesma.

— Não sou *eu* quem está sendo dura. — Ela bate um pouco mais, segurando o martelo com as duas mãos. A estaca não se mexe. — É essa estaca idiota.

— Você está segurando o cabo do martelo muito em cima.

— Estou o quê?

— Coloque a mão mais para o final do cabo, deixe a ferramenta fazer o trabalho.

Mais marteladas.

A estaca pula do chão duro, sai voando e cai a 3 metros de distância.

— Droga! *Droga*! — Lilly acerta o chão com o martelo, olha para baixo e suspira.

— Você está indo bem, garota, deixa eu te mostrar.

O homenzarrão se coloca ao lado dela, ajoelha-se e avança gentilmente a fim de pegar o martelo de sua mão. Lilly recua, recusando-se a entregar a ferramenta.

— Me dê mais um segundo, está bem? Eu consigo lidar com isso, *posso* — insiste ela, e os ombros estreitos se tencionam sob o moletom.

Ela pega outra estaca e recomeça, golpeando a cabeça de metal sem segurança. O chão resiste, duro como cimento. Outubro tem sido um mês frio até o momento, e os campos abandonados ao sul de Atlanta endureceram. Não que isso seja ruim. O barro duro também é poroso e seco — pelo menos por enquanto —, daí a decisão de montar acampamento naquele local. O inverno está chegando, e essas pessoas vêm se reagrupando ali há mais de uma semana, estabelecendo-se, recarregando, repensando o futuro — se é que *terão* algum.

— Você só precisa deixar a cabeça cair sobre a estaca — demonstra ao lado dela o robusto afro-americano, meneando o enorme braço. As mãos imensas provavelmente conseguiriam envolver a cabeça dela. — Use a gravidade e o peso do martelo.

Lilly precisa fazer um grande esforço para não fixar o olhar no braço do homem, que oscila para cima e para baixo. Mesmo agachado, usando a camisa de brim sem mangas e um colete acolchoado puído, Josh Lee Hamilton ostenta uma aparência imponente. Embora tenha o corpo de um jogador de futebol americano, ombros monolíticos, enormes coxas de tronco de árvore e um pescoço grosso, ele consegue se movimentar com bastante leveza. Seus olhos tristes de cílios longos e o semblante cortês, que enruga perpetuamente a fronte meio calva, transmitem um ar de inesperada ternura.

— Não é difícil... viu? — Ele demonstra de novo, e o bíceps tatuado, grande como uma *pancetta*, salta quando maneja o martelo imaginário. — Entende o que estou dizendo?

Lilly desvia os olhos discretamente do braço definido de Josh. Ela sente um ligeiro arrepio de culpa toda vez que repara em seus músculos, nas costas amplas, nos ombros largos. A despeito da quantidade de tempo que passam juntos nesse inferno na Terra, ao qual alguns georgianos estão chamando "a Mudança", Lilly tem evitado escrupulosamente qualquer ligação íntima com Josh. Melhor manter o relacionamento platônico, fraterno, de melhores amigos, nada mais. Melhor ser estritamente prática... especialmente em meio a esta praga.

Mas isso não impede Lilly de lançar ao homenzarrão tímidos sorrisinhos dissimulados quando ele a chama de "garota" ou "boneca"... ou de deixá-lo ter um vislumbre do caractere chinês tatuado em seu cóccix à noite, quando está se acomodando no saco de dormir. Será que está dando falsas esperanças a ele? Que o está manipulando para obter proteção? As perguntas retóricas continuam sem resposta.

Para Lilly, as brasas do medo que ardem constantemente em suas entranhas cauterizaram todas as questões éticas e nuances de comportamento social. Na verdade, o medo a perseguira pela maior parte da vida — ela desenvolveu uma úlcera no ensino médio e teve de tomar medicamentos ansiolíticos durante a passagem malsucedida pelo Georgia Tech —, mas agora ele fervilha constantemente dentro dela. O medo envenena seu sono, nubla os pensamentos, pressiona seu coração. O medo a obriga a fazer coisas.

Ela agarra o martelo com tanta força que as veias do pulso estremecem.

— *Pelo amor de Deus*, isso não é nenhum bicho de sete cabeças! — vocifera ela, conseguindo finalmente controlar o martelo e enfiar uma estaca no chão por pura raiva. Ela pega outra estaca. Vai até o canto oposto da lona e força a ponta de metal diretamente através do tecido e para dentro da terra, martelando furiosa e desenfreadamente, errando tantos golpes quanto acerta. O suor brota em seu pescoço e em sua testa. Ela martela sem parar. Ela perde o controle por um momento.

Finalmente, para, exausta, ofegante, molhada de suor.

— OK... Também dá para fazer desse jeito — diz Josh suavemente, levantando-se com um sorriso malicioso no rosto moreno cinzelado enquanto observa a meia dúzia de estacas que prende a lona ao chão. Lilly não diz nada.

Os zumbis, chegando despercebidos por entre as árvores a norte, estão a menos de cinco minutos de distância.

Nenhum dos outros sobreviventes, companheiros de Lilly Caul — que já são quase cem, e agrupam-se com relutância na tentativa de construir ali uma comunidade heterogênea —, percebe a desvantagem inevitável daquele terreno rural abandonado no qual ergueram suas tendas improvisadas.

À primeira vista, a propriedade parece ideal. Situada em uma área verdejante 80 quilômetros ao sul da cidade — uma área que, em média, produz milhões de alqueires de pêssegos, peras e maçãs anualmente

—, a clareira fica em uma bacia natural de capim seco e terra compacta. Abandonado por seus antigos proprietários — provavelmente donos dos pomares próximos — o terreno é do tamanho de um campo de futebol. Estradas de cascalho rodeiam a propriedade. Ao longo dessas vias sinuosas erguem-se paredes densas e frondosas de pinheiros e carvalhos que se estendem pelas colinas.

Na extremidade norte do pasto ficam os restos dizimados e queimados de uma grande mansão, com as trapeiras enegrecidas destacando-se contra o céu como esqueletos petrificados e as janelas estraçalhadas pelo recente turbilhão. Nos últimos meses, incêndios destruíram grandes extensões dos subúrbios e das casas de fazenda ao sul de Atlanta.

Em agosto, após os primeiros contatos humanos com os cadáveres ambulantes, o pânico que varreu o Sul prejudicou a infraestrutura de emergência. Hospitais ficaram superlotados e depois fecharam, unidades do corpo de bombeiros ficaram incomunicáveis, a Interestadual 85 foi obstruída por veículos destruídos. As pessoas desistiram de encontrar estações em seus rádios a pilha e começaram a procurar suprimentos para recolher, lugares para saquear, alianças para fazer e áreas onde se abrigar.

As pessoas que estão reunidas nesta propriedade rural abandonada se encontraram nas estradas de terra vicinais que serpenteiam através da colcha de retalhos formada pelas inúmeras fazendas de tabaco e shoppings de estrada desertos dos condados de Pike, Lamar e Meriwether. Abrangendo todas as idades, incluindo mais de uma dúzia de famílias com crianças pequenas, o comboio de veículos engasgados e agonizantes cresceu... até que a necessidade de encontrar abrigo e espaço se tornou suprema.

Agora eles se espalham por esse lote de quase 1 hectare de terra abandonada, como se regredissem a uma espécie de Hooverville* da Depressão, uns vivem em carros, outros abrem vãos no capim mais tenro, alguns já estão abrigados em pequenas tendas triangulares na

* Hooverville era o nome dado às favelas construídas pelos que ficaram sem-teto durante a Grande Depressão, muito comuns em 1920. (N. do T.)

periferia. Eles têm pouquíssimas armas de fogo, e menos munição ainda. Instrumentos de jardinagem, acessórios esportivos e equipamentos de cozinha — todos as amenidades da vida civilizada — agora servem como armas. Dezenas desses sobreviventes ainda estão enfiando estacas no chão frio e áspero, trabalhando diligentemente, correndo contra um relógio invisível e subentendido, esforçando-se para erigir seus santuários improvisados — todos inconscientes do perigo que se aproxima por entre os pinheiros a norte.

Um dos colonos, um homem alto e esguio de trinta e poucos anos usando um boné da John Deere e uma jaqueta de couro, está parado sob a borda de uma gigantesca área de lona no centro do pasto, seus traços cinzelados são obscurecidos pelo tecido da enorme tenda. Ele supervisiona um grupo de adolescentes mal-humorados sob a lona.

— Vamos, senhoritas, deem o sangue! — vocifera ele, gritando acima da balbúrdia de metal retinindo que enche o ar gelado.

Os adolescentes se atrapalham com uma pesada viga de madeira que serve como mastro central do que é essencialmente uma grande lona de circo. Eles a encontraram na I-85, estendida em uma vala perto de uma carreta capotada em cuja lateral havia a insígnia gasta de um gigante palhaço com a tinta descascada. Com uma circunferência de mais de 100 metros, a grande tenda de circo suja e puída — que cheira a mofo e excremento de animais — pareceu ao homem com o boné da John Deere a cobertura perfeita para uma área comum, um lugar para guardar os suprimentos, um lugar para manter a ordem, um lugar para manter alguma aparência de civilização.

— Cara... isso não vai segurar o peso — reclama um dos adolescentes, um garoto preguiçoso usando um casaco do Exército, chamado Scott Moon. Seu cabelo comprido louro pende sobre o rosto, e a respiração fica visível enquanto ele bufa e se esforça com os outros garotos góticos, cheios de tatuagens e piercings, de seu colégio.

— Pare de reclamar, vai segurar, sim — retruca o homem de boné com um grunhido. Seu nome é Chad Bingham, um dos homens de família do assentamento, pai de quatro meninas: uma de 7 anos, duas gêmeas de 9 e uma adolescente. Infeliz em seu casamento com uma garota submissa de Valdosta, Chad se considera um disciplinador rigoroso, exatamente como o pai era. Mas seu pai teve filhos homens e nunca precisou lidar com as coisas femininas sem sentido. Aliás, o pai de Chad nunca teve que lidar com sacos apodrecidos de pus e carne morta que perseguem os vivos. Portanto, agora Chad assume o controle, o papel de macho alfa... porque, como dizia seu pai: "*Alguém tem que fazê-lo.*" Ele lança um olhar feroz para os garotos.

— Aguentem firme!

— Não vai ficar mais alto do que já está — resmunga um dos garotos góticos através de dentes cerrados.

— *Você* é que está alto — brinca Scott Moon, com uma risadinha abafada.

— Segurem firme! — ordena Chad.

— O quê?

— Eu disse para segurar *FIRME* essa merda! — Chad enfia um contrapino de metal através de uma ranhura na viga. As paredes externas do enorme pavilhão de lona tremulam no vento outonal, causando um estrondo, enquanto outros adolescentes correm em direção aos cantos mais afastados com vigas de sustentação menores.

Quando a grande cobertura toma forma e o panorama da clareira fica visível para Chad pela ampla abertura em uma das extremidades, seu olhar atravessa o capim marrom achatado do pasto, passando por carros com capôs abertos, por bandos de mães e filhos sentados no chão contando as magras provisões de frutinhas silvestres e detritos de máquinas de salgadinhos, pela meia dúzia de picapes repletas de bens materiais.

Por um instante, Chad trava o olhar com o grande sujeito negro a quase 30 metros de distância, perto do canto norte da propriedade, montando guarda para Lilly Caul como um gigantesco leão de chácara em algum clube ao ar livre. Chad conhece Lilly de nome, mas é só isso. Ele não sabe muito sobre a garota — a não ser pelo fato de que ela é "uma das amigas da Megan" — e sabe menos ainda sobre o homem grande. Chad esteve próximo do gigante durante semanas e não consegue sequer lembrar o nome dele. Jim? John? Jack? Na verdade, Chad não sabe nada sobre *nenhuma* dessas pessoas, a não ser que estão totalmente desesperadas, apavoradas e implorando por disciplina.

Mas há algum tempo Chad e o grande sujeito negro têm trocado olhares carregados. Medindo um ao outro. Avaliando um ao outro. Nem sequer uma palavra foi trocada, mas Chad sente que está sendo desafiado. Provavelmente, o grandão conseguiria vencê-lo em um corpo a corpo, no entanto, o homem de família nunca deixaria chegar a esse ponto. Tamanho não é documento para uma bala de calibre .38 que está convenientemente acomodada na Smith & Wesson modelo 52 cromada enfiada e escondida no largo coldre de Chad.

Só que agora uma corrente inesperada de reconhecimento se arqueia como um raio através dos 30 metros que separam os dois homens. Lilly continua ajoelhada diante do negro, espancando furiosamente as estacas, mas algo sombrio e perturbador lampeja de repente no fundo dos olhos do sujeito quando ele encara Chad. A percepção chega rapidamente, em estágios, como um circuito elétrico se incendiando.

Mais tarde, os dois homens concluirão, independentemente, que — assim como todos os outros — deixaram passar dois fatos muito importantes que estão ocorrendo naquele momento. Primeiro, o barulho que a construção das tendas na clareira está gerando na última hora tem atraído os errantes. Segundo, e talvez mais importante, a propriedade tem uma única deficiência crítica.

Depois do ataque, os dois homens perceberão mortificados, cada um por si, que, devido à barreira natural fornecida pela floresta adjacente, que se estende até o topo de uma colina vizinha, qualquer som natural que ocorra atrás das árvores é abafado, amortecido, quase eliminado pela topografia.

Na verdade, mesmo que uma banda marcial universitária chegasse pelo alto daquele platô, um colono não a ouviria até que os pratos estalassem bem na sua cara.

Lilly Caul permanece tranquila e alheia ao ataque por vários minutos. Apesar das coisas terem começado a se desenrolar com grande velocidade ao seu redor, o barulho das vozes e dos martelos retinido é substituído pelos gritos dispersos das crianças. Lilly continua enfiando furiosamente estacas no chão — confundindo os berros dos mais novos com brincadeiras — até o momento em que Josh agarra a gola de seu moletom.

— O quê... — Lilly se contrai com o susto, voltando-se para o homem com uma expressão surpresa.

— Lilly, temos que...

Josh mal termina a primeira parte da frase quando uma figura sombria e cambaleante sai das árvores a menos de 4 metros de distância. Ele não tem tempo de correr, não tem tempo de salvar Lilly, não tem tempo de fazer nada além de arrancar o martelo da mão da garota e empurrá-la para longe do perigo.

Lilly cai e rola instintivamente antes de se situar e se levantar de novo, com um grito preso no fundo da garganta.

O problema é que o primeiro cadáver que entra cambaleando na clareira — um errante alto e pálido usando uma bata hospitalar suja, com metade do ombro faltando e as fibras dos tendões pulsando como vermes — é seguido por mais duas criaturas. Uma mulher e um homem, ambos com bocas que parecem valas abertas, lábios descorados vertendo bílis preta, olhos de botão fixos e vidrados.

Os três se aproximam com o característico passo espasmódico, as mandíbulas estalando, os lábios deixando entrever dentes enegrecidos, como piranhas.

Nos vinte segundos que os três errantes levam para cercar Josh, a cidade de tendas passa por uma mudança rápida e dramática. Os homens vão buscar suas armas caseiras, aqueles que têm pistolas levam a mão aos coldres improvisados. Algumas das mulheres mais ousadas agarram tábuas de madeira, ganchos de feno, forcados e machados enferrujados. Guardiães correm com suas crianças pequenas para dentro dos carros e das cabines das caminhonetes. Punhos cerrados esmurram pinos. Caçambas traseiras são fechadas com estrondo.

De uma maneira estranha, os poucos gritos que ressoam — das crianças, principalmente, e de algumas mulheres mais velhas que talvez estejam em estado inicial de senilidade — mínguam depressa, substituídos pela calma sinistra de uma tropa em manobra ou de uma milícia provisória. No intervalo de vinte segundos, o barulho de surpresa rapidamente se transforma na atividade da defesa, da repulsão e da raiva canalizada para a violência controlada. Essas pessoas já fizeram isso. Há uma curva de aprendizagem em ação ali. Alguns dos homens armados se espalham em direção às margens do campo, pegando calmamente seus martelos, enfiando balas na culatra das espingardas, empunhando pistolas de exibição roubadas ou revólveres de família enferrujados. O primeiro tiro que ressoa é o estalo seco de uma Ruger calibre .22 — de forma alguma a arma mais poderosa, porém certeira e fácil de disparar. A explosão arranca a parte de cima do crânio de uma mulher morta a cerca de 30 metros de distância.

A mulher mal sai das árvores antes de cair no chão em um batismo de fluido craniano oleoso, que se despeja sobre ela em grossos borbotões. Esse abate acontece dezessete segundos depois do começo do ataque. No vigésimo segundo, as coisas começam a acontecer em um passo mais rápido.

Na extremidade norte do terreno, Lilly Caul está se movendo, colocando-se de pé, movimentando-se com a rigidez lenta e confusa de um sonâmbulo. O instinto assume o controle, e ela percebe que está se afastando quase *involuntariamente* de Josh, que logo é cercado por três cadáveres. Ele tem um martelo. Não tem uma arma. E três bocas apodrecidas repletas de dentes pretos se aproximam.

Ele gira em direção ao zumbi mais próximo enquanto o resto do acampamento se espalha. Josh enfia a ponta afiada do martelo na têmpora daquele que está usando um avental hospitalar. O som da fratura lembra o de uma fôrma de gelo sendo torcida. Massa cerebral jorra, a lufada de decomposição comprimida é liberada com um sopro audível, quando o ex-paciente cai.

O martelo fica preso, e é arrancado da grande mão de Josh quando o errante se dobra.

Ao mesmo tempo, outros sobreviventes espalham-se por todos os cantos da clareira. Na extremidade mais distante das árvores, Chad bota sua Smith cromada em ação, acertando a cavidade ocular de um velho esquálido sem metade do maxilar, então o morto geriátrico gira em uma névoa de fluidos rançosos, caindo no capim. Atrás de uma fila de carros, a armação de uma tenda é enfiada na boca de uma mulher que ruge, prendendo-a ao tronco de um carvalho. Na extremidade leste do pasto, um machado abre um crânio apodrecido com a facilidade que teria para dividir ao meio uma romã. A cerca de 20 metros dali, o estouro de uma espingarda vaporiza a vegetação, assim como a metade superior do corpo de um ex-homem de negócios em decomposição.

Do outro lado do terreno, Lilly Caul — ainda se afastando da emboscada que engole Josh — se contrai e estremece na algazarra da matança. O medo perfura sua pele como agulhas, tirando o fôlego e dominando o cérebro. Ela vê o grande homem negro de joelhos, se rastejando, tentando alcançar o martelo, enquanto os outros dois errantes se aproximam como aranhas pela lona caída em direção a suas pernas. Um segundo martelo está na grama, fora de seu alcance.

Lilly se vira e corre.

Ela demora menos de um minuto para percorrer o espaço entre a fileira externa de tendas e o centro do pasto, onde mais de vinte almas enfraquecidas estão aglomeradas entre as caixas e provisões estocadas sob a lona de circo parcialmente erigida. Diversos veículos foram ligados e agora param perto desse grupo amontoado em meio a nuvens de monóxido de carbono. Homens armados na traseira de uma carreta protegem as mulheres e crianças enquanto Lilly se abaixa atrás de um velho baú de viagem, com os pulmões arfando por ar e a pele formigando de terror.

Ela fica desse jeito durante todo o ataque, com as mãos sobre as orelhas. Não vê Josh perto das árvores, agarrando o martelo enterrado no cadáver caído, arrancando-o no último instante possível e brandindo-o na direção do agressor mais próximo. Ela não vê a extremidade achatada do martelo atingindo a mandíbula do zumbi, quebrando ao meio o crânio apodrecido com a enorme força do golpe de Josh. E Lilly perde a última parte da luta; a da mulher quase cravando os incisivos pretos no tornozelo de Josh antes de uma pá fincar-se em sua nuca. Diversos homens chegaram até Josh a tempo de liquidar o último zumbi, e Josh se afasta; ileso, mas trêmulo por conta da adrenalina e do nervosismo de ter escapado por um triz.

Todo o ataque — agora subjugado e se desvanecendo em um suave murmúrio de crianças choramingando, fluidos pingando e na liberação de gases da decomposição — durou menos de 180 segundos.

Mais tarde, quando arrastam os corpos para um leito seco de rio ao sul, Chad e os outros machos alfa contam 24 errantes ao todo — um nível de ameaça totalmente viável... pelo menos por enquanto.

— Nossa, Lilly, por que você simplesmente não toma coragem e vai se desculpar com o homem? — A jovem chamada Megan se senta em um cobertor do lado de fora da tenda de circo, observando o café da manhã intocado na frente de Lilly.

O sol acabou de sair, pálido e frio no céu limpo — mais um dia na cidade de tendas —, e Lilly está sentada diante de um fogão portátil Coleman, bebendo café instantâneo em um copo de papel. Os restos frios dos ovos desidratados ficam na frigideira enquanto ela tenta afastar as reflexões culpadas de uma noite em claro. Neste mundo, não existe descanso para os exaustos *nem* para os covardes.

Ao redor da grande e puída tenda de circo — agora totalmente montada — o alvoroço dos sobreviventes continua, quase como se o ataque do dia anterior não tivesse acontecido. Pessoas carregam cadeiras e mesas dobráveis para a grande tenda através da ampla abertura em uma das extremidades (que provavelmente um dia foi a entrada para elefantes e carros de palhaços), enquanto as paredes externas da tenda palpitam com as brisas inconstantes e mudanças na pressão do ar. Em outras partes do acampamento, mais abrigos são levantados. Pais se reúnem e fazem um inventário da lenha, água mineral, munição, armas e enlatados. Mães cuidam das crianças, dos cobertores, dos casacos e dos remédios.

Se olhasse com mais atenção, um observador perspicaz perceberia uma camada de ansiedade mal disfarçada em cada atividade. Mas não se sabe qual dos perigos é a maior ameaça: os mortos-vivos ou o inverno iminente.

— Ainda não pensei no que falar — murmura finalmente Lilly, bebendo o café morno.

Suas mãos não pararam de tremer. Já se passaram 18 horas desde o ataque, mas Lilly ainda se aflige de vergonha, evitando o contato com Josh, isolando-se, convencida de que ele a odeia por ter fugido e o deixado para morrer. Josh tentou falar com ela algumas vezes, mas Lilly não conseguiu lidar com ele, e disse que estava se sentindo mal.

— O que há para dizer? — Megan procura na jaqueta jeans seu minúsculo cachimbo. Ela soca um pouquinho de maconha na ponta e acende com um isqueiro Bic, dando um saudável tapa. A jovem de pele oliva, com quase 30 anos, cachos pintados com hena soltos caindo ao redor do rosto fino e astuto solta a fumaça e tosse. — Quero dizer, olhe para aquele cara, ele é enorme.

— Do que você está falando?

Megan sorri.

— Só estou dizendo que um cara assim consegue se cuidar sozinho.

— Essa não é a questão.

— Você está dormindo com ele?

— O quê? — Lilly olha para a amiga. — Está falando sério?

— É uma pergunta simples.

Lilly balança a cabeça, suspira.

— Não vou nem me dar ao trabalho de resp...

— Não está... não é? Lillyzinha Boazinha. Boazinha até o fim.

— Quer parar?

— Mas por quê? — O sorriso de Megan se torna malicioso. — Por que você ainda não montou nele? O que está esperando? Aquele corpo... aqueles bíceps que ele tem...

— Pare com isso! — A raiva de Lilly dispara uma dor aguda e intensa atrás da ponte de seu nariz.

Suas emoções estão à flor da pele, o tremor recomeça, até *ela* se surpreende com o volume de sua voz.

— Eu não sou igual a você... OK? Não sou tão sociável. Nossa, Meg, eu perdi a conta. Qual desses caras está com você agora?

Megan a encara por um instante, tosse, depois recarrega o cachimbo.

— Quer saber? — Megan oferece o cachimbo. — Por que você não se acalma um pouco? Relaxa?

— Não, obrigada.

— Faz bem para o que está te incomodando. Vai acabar com esse remorso.

Lilly esfrega os olhos, balança a cabeça.

— Você é uma figura, Meg.

Megan dá outro tapa, e assopra a fumaça.

— Prefiro ser uma figura a ser uma idiota.

Lilly não diz nada, apenas continua balançando a cabeça. A triste verdade é que Lilly às vezes se pergunta se Megan Lafferty não é exatamente assim — uma idiota. As duas se conhecem desde o último ano do ensino médio na Sprayberry High School, em Marietta. Eram inseparáveis na época, compartilhavam tudo, desde lição de casa a drogas e namorados. Mas então Lilly começou a querer ter uma carreira, passou dois anos de purgatório no Massey College of Business em Atlanta, e depois foi para o Georgia Tech fazer um MBA que nunca chegaria a obter. Ela queria ser estilista, talvez começar a criar para a própria grife, mas só chegou até a recepção em sua primeira entrevista — um estágio extremamente cobiçado na Mychael Knight Fashions — antes de amarelar. Seu velho companheiro, o medo, estragava todos os seus planos.

O medo a fez fugir daquele extravagante saguão, desistir de tudo e voltar para Marietta e retomar o estilo de vida ocioso com Megan, se drogando, sentada no sofá assistindo a reprises de *Project Runway*.

Mas alguma coisa havia mudado entre as duas mulheres nos últimos anos, algo fundamentalmente químico — para Lilly era claro, como uma barreira idiomática. Megan não tinha ambição, direção, nem foco, e não via problema nisso. Mas Lilly ainda nutria sonhos — sonhos impossíveis, talvez, mas mesmo assim sonhos. Ela desejava secretamente ir para Nova York, começar um site ou voltar para aquela recepcionista na Mychael Knight e dizer, "Ops, desculpe, tive que me ausentar por um ano e meio..."

O pai de Lilly — professor de matemática, aposentado e viúvo, chamado Everett Ray Caul — sempre encorajava a filha. Everett era um homem gentil e respeitoso que, depois da morte lenta da esposa por câncer de mama em meados da década de 1990, assumiu a responsabilidade de criar a filha única com carinho. Ele sabia que ela queria mais da vida, mas também sabia que precisava de amor incondicional, que precisava de uma família, que precisava de um lar. E Everett era tudo o que ela tinha. E foram todas essas coisas que tornaram os eventos dos últimos meses tão infernais para Lilly.

O primeiro surto de errantes atingiu violentamente o norte do condado de Cobb. Eles vieram das periferias, dos parques industriais a norte das florestas de Kennesaw, infiltrando-se entre a população como células malignas. Everett decidiu pegar Lilly e fugir em sua velha perua Volkswagen, mas só conseguiram chegar até a U.S. 41 antes de os destroços de carros interrompê-los. Encontraram um ônibus municipal desgarrado a 1,5 km ao sul de onde estavam — percorrendo as ruas secundárias, recolhendo sobreviventes — e quase conseguiram subir a bordo. Até hoje, a imagem do pai empurrando-a pela porta do ônibus que se fechava enquanto os zumbis se aproximavam assombra os sonhos de Lilly.

O coroa salvou sua vida. Ele bateu aquela porta sanfonada no último instante possível, e escorregou para o chão, já em poder de três canibais. O sangue espirrou pelo vidro enquanto o ônibus arrancava dali. Lilly gritou até que as cordas vocais se exaurissem. Depois, ela entrou em uma espécie de estado catatônico, encolhida em posição fetal em um dos bancos, olhando fixamente para a porta manchada de sangue do pai até chegar em Atlanta.

Foi um pequeno milagre Lilly encontrar Megan. Naquela altura do surto, os celulares ainda funcionavam, e ela conseguiu marcar um encontro com a amiga nas cercanias do aeroporto Heartsfield. As duas mulheres partiram juntas a pé, pedindo caronas para o Sul, dormindo em casas vazias, concentrando-se apenas na sobrevivência. A tensão entre elas se intensificou. Cada uma parecia estar compensando o terror e a perda de um jeito diferente. Lilly se introverteu. Megan fez o contrário, passando a maior parte do tempo drogada, falando sem parar e envolvendo-se com qualquer viajante que cruzasse o caminho delas.

Elas se juntaram a uma caravana de sobreviventes a 50 km a sudeste de Atlanta — três famílias de Lawrenceville, viajando em minivans. Megan convenceu Lilly de que era mais seguro ficar com um grupo, e Lilly concordou em seguir com eles por algum tempo. Ela ficou na sua durante as semanas seguintes, quando ziguezaguearam pelo cinturão das frutas, mas Megan logo se interessou por um dos maridos. Seu nome era Chad, e ele tinha o jeito do típico sulista durão, com seu rapé Copenhagen sob o lábio e as tatuagens da marinha nos braços rijos. Lilly ficou horrorizada ao ver o flerte acontecer em meio àquele pesadelo, e não demorou até que Megan e Chad estivessem saindo de fininho para as sombras das paradas na estrada para "se aliviar". A distância entre Lilly e Megan aumentou ainda mais.

Foi nessa época que Josh Lee Hamilton entrou em cena. Certo dia, ao anoitecer, a caravana tinha sido encurralada por um grupo de mortos em um estacionamento do Kmart, quando o grande Beemote afro-americano veio em nosso socorro, saindo das sombras do galpão de carga. Apareceu como um gladiador mouro, brandindo as enxadas de jardinagem com as etiquetas de preço ainda tremulando ao vento. Despachou facilmente a meia dúzia de zumbis, e os integrantes da caravana o agradeceram profusamente. Ele mostrou ao grupo algumas espingardas novas em folha nos corredores dos fundos da loja, assim como equipamentos de camping.

Josh dirigia uma moto, e depois de ajudar a carregar as minivans com provisões, decidiu se juntar ao grupo, acompanhando-os na moto enquanto a caravana se aproximava da miscelânea de pomares abandonados no condado de Meriwether.

Agora Lilly começava a se arrepender do dia em que concordou em ir na garupa da grande Suzuki. Será que seu apego àquele homenzarrão é apenas uma projeção do luto pela perda do pai? Será que é um ato desesperado de manipulação em meio a um terror interminável? Será que era vulgar e transparente como a promiscuidade de Megan? Lilly se pergunta se seu ato de covardia — abandonar Josh no campo de batalha no dia anterior — foi um ato subconsciente doentio e sombrio de profecia autorrealizável.

— Ninguém está dizendo que você é idiota, Megan — diz finalmente Lilly, com a voz tensa e pouco convincente.

— Não precisa dizer. — Megan bate furiosamente o cachimbo no fogão. Ela se levanta. — Você já disse mais que o bastante.

Lilly fica de pé. Ela se acostumou com essas guinadas de humor repentinas da amiga.

— Qual é o seu problema?

— Você... você é o meu problema.

— De que merda está falando?

— Deixa pra lá, não aguento mais isso — diz Megan, o tom triste da voz filtrado pela onda da erva agindo sobre ela. — Boa sorte, garotinha... Você vai precisar.

Megan sai pisando duro em direção à fila de carros na extremidade leste da propriedade.

Lilly observa a amiga desaparecer atrás de um trailer alto carregado de caixas de papelão. Os outros sobreviventes praticamente não percebem o desentendimento entre as duas garotas. Algumas cabeças se viram, alguns sussurros são trocados, mas a maioria dos colonos continua ocupada em reunir e contar suprimentos, com expressões sombrias contraídas de tensão nervosa. O vento cheira a metal e granizo. Está chegando uma frente fria.

Olhando através da clareira, Lilly fica momentaneamente transfixada por toda a atividade. A área parece um mercado de pulgas repleto de compradores e vendedores, pessoas trocando suprimentos, empilhando lenha e jogando conversa fora. Pelo menos vinte tendas menores alinham-se agora na periferia da propriedade, alguns varais de roupa estão amarrados aleatoriamente entre árvores com peças salpicadas de sangue tiradas dos errantes, nada é desperdiçado, a ameaça do inverno é uma motivação constante. Lilly vê crianças brincando de pular corda perto de uma carreta, alguns garotos chutam uma bola de futebol. Ela vê fogo em uma churrasqueira, a névoa de fumaça flutuando acima do teto dos carros estacionados. O ar está perfumado com gordura de bacon e fumaça de nogueira, um cheiro que, em outro contexto, poderia sugerir preguiçosos dias de verão, festas ao ar livre, churrascos no quintal, jogos de futebol americano e reuniões de família.

Uma maré de ódio escuro se eleva em Lilly enquanto ela esquadrinha o alvoroço do pequeno assentamento. Ela vê as crianças brincando... e os pais trabalhando para fazer o lugar dar certo... todos eles são comida de zumbi... e de repente Lilly tem uma pontada de clareza... um choque de realidade.

Ela vê claramente que essas pessoas estão condenadas. Esse grande plano para construir uma cidade de tendas nos campos da Geórgia não vai dar certo.

DOIS

No dia seguinte, sob um céu cor de estanho, Lilly brinca com as filhas dos Bingham em frente à tenda de Chad e Donna Bingham, quando um barulho aflitivo ecoa sobre as árvores que acompanham a estrada de terra de acesso. O som faz metade dos colonos da área se contrair; rostos viram-se em direção ao barulho de um motor que se aproxima, roncando em marcha lenta.

Pode ser qualquer um. Pela terra flagelada, espalham-se boatos de que bandidos estão pilhando os vivos, bandos de piratas fortemente armados despojam os sobreviventes de tudo, até dos sapatos de seus pés. Diversos veículos de colonos estão fazendo reconhecimento para encontrar suprimentos, mas nunca se sabe.

Lilly levanta o olhar da amarelinha das meninas — os quadrados foram riscados em um pequeno trecho de barro cor de tijolo sem vegetação —, e as filhas dos Bingham congelam no meio do pulo. A mais velha, Sarah, lança um olhar para a estrada. Uma moleca magra de jardineira jeans desbotada e colete acolchoado, com grandes olhos azuis inquisidores, Sarah, de 15 anos, a inteligente líder das quatro irmãs diz suavemente:

— Isso é...

— Está tudo bem, querida — diz Lilly. — Com certeza é um dos nossos.

As três irmãs mais novas começam a esticar o pescoço, procurando a mãe.

Donna não está à vista, foi lavar roupas em um barril de latão galvanizado atrás da grande barraca de camping que Chad Bingham carinhosamente ergueu quatro dias antes, equipando-a com camas de campanha de alumínio, prateleiras para coolers, exaustores e um DVD a pilha com uma coleção de histórias infantis, como *A pequena sereia* e *Toy Story 2*. Ouve-se o som dos passos arrastados de Donna Bingham contornando a tenda enquanto Lilly reúne as crianças.

— Sarah, pegue a Ruthie — diz Lilly calmamente enquanto o barulho do motor se aproxima, o vapor de óleo queimado ultrapassa a copa das árvores.

Lilly se levanta e vai rapidamente até as gêmeas. Mary e Lydia, de 9 anos, são querubins idênticos em casacos iguais e marias-chiquinhas louras. Lilly reúne as pequenas enquanto Sarah pega Ruthie, de 7 anos — um pequeno e adorável elfo, com cachos a la Shirley Temple pendendo sobre a gola de seu casaco de esqui em miniatura.

Donna Bingham aparece pela lateral da barraca no momento em que Lilly está levando as gêmeas para dentro.

— O que está acontecendo? — A mulher tímida com jaqueta de lona dá a impressão de que pode ser derrubada por um vento forte. — Quem são? É um estranho?

— Nada com que se preocupar — diz Lilly, segurando a aba da tenda enquanto as quatro meninas entram enfileiradas nas sombras. Desde que o grupo de colonos chegou ali, há cinco dias, ela se tornou a babá de fato, tomando conta de vários grupos de crianças enquanto os pais saem para procurar comida ou aproveitam algum tempo a sós. Ela fica contente com a distração bem-vinda, especialmente agora, que essa função pode fornecer uma desculpa para evitar todo o contato com Josh Lee Hamilton. — Fique na tenda com as meninas até sabermos quem é.

Com prazer, Donna Bingham se fecha na barraca com as filhas.

Lilly volta-se na direção da estrada e vê a grade de um familiar caminhão International Harvester de 15 marchas se materializando em meio a uma névoa de fumaça de madeira no fim da estrada — fazendo a curva entre engasgadas do escapamento —, o que gera uma onda de alívio em Lilly. Ela sorri, apesar do nervosismo, e começa a ir em direção ao descampado no canto oeste do campo, que serve como área de carga. O caminhão enferrujado chega pela grama e estremece ao parar, os três adolescentes que estão na traseira com os engradados amarrados quase caem para a frente contra a cabine esburacada.

— Lilly Marlene! — grita o motorista pela janela aberta da cabine quando ela contorna a frente do caminhão. Bob Stookey está com as grandes mãos sujas de graxa — as mãos de um trabalhador — ao redor do volante.

— O que temos no cardápio hoje? — diz Lilly com um sorriso quase imperceptível. — Mais Twinkies?

— Ah, hoje temos um banquete completo com todos os acompanhamentos, irmãzinha. — Bob ergue o rosto profundamente enrugado na direção do grupo na traseira. — Encontramos uma Target deserta, só tivemos de lidar com alguns errantes... Foi moleza.

— Conte.

— Vejamos... — Bob coloca a marcha em ponto morto e desliga o motor retumbante. Com a pele da cor de um couro de vaca castanho e olhos caídos margeados de vermelho, Bob Stookey é um dos últimos homens no Novo Sul que ainda usa pomada para emplastar seu cabelo preto para trás sobre a cabeça exposta ao clima local. — Pegamos madeira, sacos de dormir, ferramentas, frutas enlatadas, lanternas, cereais, rádios meteorológicos, pás, carvão... O que mais? Também pegamos um monte de panelas, alguns pés de tomate... ainda com tomatinhos murchos nos galhos... alguns botijões de gás, dez galões de leite que só estão fora da validade há algumas semanas, um pouco de desinfetante para as mãos, Sterno, sabão em pó, chocolates, papel higiênico, um Chia Pet, um livro sobre cultivo de orgânicos, uma placa com um peixe cantor para minha tenda... enfim, tudo e mais um pouco.

— Bob, Bob, Bob... nenhuma AK-47? Nem dinamite?

— Trouxe algo ainda melhor, espertinha. — Bob pega um engradado de pêssegos que está no banco do carona a seu lado. Ele o entrega a Lilly. — Faça o favor de colocar isso na minha tenda enquanto ajudo esses três palhaços a levar as coisas pesadas.

— O que é isso? — Lilly baixa os olhos para o engradado cheio de potes e frascos de plástico.

— Suprimentos médicos. — Bob abre a porta e sai. — Precisam ser mantidos em segurança.

Lilly repara em algumas garrafas pequenas de bebida enfiadas entre os anti-histamínicos e a codeína. Ela lança um olhar para Bob.

— Suprimentos médicos?

Ele sorri.

— Sou um homem muito doente.

— Eu que o diga — comenta Lilly. Agora, ela conhece o suficiente do histórico de Bob para saber que, além de ser uma alma doce, genial, um pouco perdida, e ser ex-paramédico do Exército — o que o torna o único habitante da cidade de tendas com algum treinamento médico —, também é um bêbado inveterado.

No começo da amizade deles, quando Lilly e Megan ainda estavam na estrada e Bob as ajudara a sair de uma enrascada em uma parada de ônibus repleta de zumbis, ele fizera tentativas ineficazes de esconder o alcoolismo. Mas, quando o grupo se estabelecera naquele pasto abandonado cinco dias antes, Lilly começara a ajudar Bob a cambalear em segurança para sua tenda à noite, garantindo que ninguém o roubasse — o que era uma verdadeira ameaça em um grupo tão grande, variado e tão cheio de tensão. Ela gostava de Bob e não se importava em servir de babá para *ele*, assim como fazia com as crianças. Mas isso também acrescentava uma camada adicional de estresse, algo de que Lilly precisava tanto quanto precisava de uma lavagem intestinal.

Na verdade, naquele momento ela percebeu que ele precisava de mais alguma coisa dela. Ela sabe disso porque ele está esfregando pensativamente a mão suja na boca.

— Lilly, tem mais uma coisa que eu queria... — Ele se interrompe e engole em seco.

Ela suspira.

— Desembucha, Bob.

— Não é da minha conta... tudo bem. Eu só queria dizer... Ai, droga. — Ele respira fundo. — Josh Lee, ele é um bom homem. Eu o visito de vez em quando.

— Sim... e?

— Falei por falar.

— Continue.

— Só estou... Olhe... Ele não está muito bem, OK? Acha que você está zangada com ele.

— Ele acha que estou o quê?

— Ele acha que você está chateada com ele por algum motivo, e não sabe qual é.

— O que ele disse?

Bob dá de ombros.

— Não tenho nada com isso. Não sou exatamente íntimo do... Não sei, Lilly. Ele só gostaria que você não o estivesse ignorando.

— Eu não estou.

Bob olha para ela.

— Tem certeza?

— Bob, é sério...

— Tudo bem. — Bob balança a mão nervosamente. — Olha, não estou lhe dizendo o que fazer. Só acho que pessoas como vocês, bons amigos... É uma pena uma coisa assim, sabe, em uma época como esta... — A voz dele some.

Lilly se abranda.

— Eu agradeço por você dizer isso, Bob, de verdade. — Ela baixa os olhos.

Bob contrai os lábios, pensa no assunto.

— Eu o vi hoje mais cedo. Perto da pilha de lenha, cortando madeira como se não houvesse amanhã.

A distância entre a área de carga e a pilha de lenha é de menos de 100 metros, mas, para Lilly, cruzá-la parece a marcha da morte de Bataan.

Ela anda lentamente, com a cabeça baixa e as mãos enfiadas nos bolsos do jeans para esconder o tremor. Ela tem que passar por um grupo de mulheres que seleciona roupas em malas, circundar a extremidade da tenda de circo, desviar de um grupo de meninos que conserta um skate e evitar um aglomerado de homens que inspeciona uma fileira de armas espalhadas sobre um cobertor no chão.

Quando passa pelos homens — Chad Bingham está entre eles, no centro das atenções, como um déspota caipira —, Lilly baixa os olhos para as 11 pistolas sujas, de diferentes calibres, marcas e modelos, bem arrumadas como talheres em uma gaveta. O par de espingardas de calibre .12 do Kmart está ali. Apenas 11 pistolas e as espingardas, e uma quantidade limitada de munição — o total do arsenal dos colonos — interpõem-se como um fino tecido de defesa entre os colonos e a calamidade.

O pescoço de Lilly se arrepia quando ela passa, o medo queima um buraco em suas entranhas. O tremor aumenta. Ela se sente febril. A tremedeira sempre foi um problema para Lilly Caul. Ela se lembra de quando teve que fazer uma apresentação para o comitê de admissão do Georgia Tech. Suas anotações estavam escritas em fichas, e ela tinha ensaiado durante semanas. Mas, quando se viu diante dos professores naquela sala de reuniões sufocante na North Avenue, tremeu tanto que deixou cair o bolo de fichas no chão e travou completamente.

Agora ela sente o mesmo tipo de tensão — elevada a mil — conforme se aproxima da cerca de tábuas que contorna a extremidade ocidental da propriedade. Ela sente o tremor nos traços de seu rosto e nas mãos dentro dos bolsos, tão intenso que parece que está prestes a dominar suas juntas e paralisá-la. "Transtorno de ansiedade crônica", fora o diagnóstico do médico em Marietta.

Nas últimas semanas, ela experimentou esse tipo de paralisia espontânea imediatamente depois de ataques dos errantes — um episódio de tremedeira que leva horas para passar —, mas agora uma sensação de pavor mais intensa a inunda, vinda de algum lugar primitivo e rudimentar. Ela está se voltando para dentro, encarando a própria alma ferida, desfigurada pela tristeza e pela perda do pai.

Ela se sobressalta ao ouvir o som de um machado acertando a lenha, a atenção se desvia para a cerca.

Um grupo de homens se aglomera ao redor de uma longa fileira de toras secas. Folhas mortas e flocos algodoados de choupo rodopiam no vento acima das árvores. O ar cheira a terra molhada e agulhas de pinheiro. Sombras dançam atrás da vegetação, estimulando o medo de Lilly como um diapasão em seu cérebro. Ela se lembra de quase ter sido mordida em Macon há três semanas, quando um zumbi avançou sobre ela saindo de trás de uma caçamba de lixo. Agora, para Lilly, essas sombras atrás das árvores parecem a passagem atrás da caçamba, podres de ameaças, odor de decomposição e milagres horríveis — os mortos voltando à vida.

Outro golpe do machado a sobressalta, e ela se volta para a extremidade mais distante da pilha de lenha.

Josh está com as mangas da camisa arregaçadas, de costas para ela. Uma mancha de suor oblonga desce pelo tecido de cambraia entre suas enormes omoplatas. Seus músculos se contraem, a pele se dobra na nuca negra pulsante, ele trabalha em um ritmo uniforme, meneando, golpeando, puxando, retesando-se, meneando outra vez com um *thwack*!

Lilly vai até ele e pigarreia.

— Você está fazendo tudo errado — diz ela com uma voz trêmula, tentando manter as coisas leves e casuais.

Josh congela com a lâmina do machado em pleno ar. Ele se vira e olha para ela, o rosto esculpido de ébano está perolado de suor. Por um momento, parece ficar em estado de choque, o brilho em seus olhos denuncia a surpresa.

— Sabe, percebi que alguma coisa não estava indo bem — diz ele finalmente. — Só consegui cortar umas cem toras em 15 minutos.

— Você está segurando o cabo baixo demais.

Josh sorri.

— Sabia que era algo do gênero.

— Precisa deixar a tora fazer o trabalho por você.

— Boa ideia.

— Quer que eu te mostre?

Josh se afasta para o lado, entrega a ela o machado.

— Assim — diz Lilly, fazendo de tudo para parecer atraente, espirituosa e corajosa.

Mas a tremedeira é tão intensa que a cabeça do machado estremece quando ela faz uma débil tentativa de cortar uma tora. Ela dá um impulso e a lâmina pega de raspão na madeira, cravando-se no chão. Ela se esforça para soltá-lo.

— Agora entendi — assente Josh, divertindo-se.

Ele percebe que ela está tremendo, e seu sorriso se desvanece. Josh se aproxima de Lilly e coloca a enorme mão sobre as dela, que agarram com força o cabo do machado, tentando arrancá-lo do barro. O toque dele é terno e tranquilizador.

— Tudo vai ficar bem, Lilly — diz ele suavemente.

Ela solta o machado e volta-se para ele. O coração dispara quando ela olha em seus olhos. A pele fica fria, e ela tenta colocar os sentimentos em palavras, mas tudo o que consegue fazer é desviar o olhar, envergonhada. Finalmente, consegue encontrar a voz.

— Podemos ir conversar em algum lugar?

— Como você faz isso?

Lilly está sentada de pernas cruzadas no chão sob os enormes galhos de um carvalho, que salpicam o carpete de folhas emaranhadas ao seu redor com um entrelaçado de sombras. Ela se reclina contra o gigantesco tronco enquanto fala. Os olhos se mantêm fixos nas copas oscilantes das árvores, não muito distantes.

Ela está com um olhar perdido que Josh Lee Hamilton já tinha visto algumas vezes no rosto de veteranos de guerra e enfermeiras de salas de emergência — os olhos em exaustão perpétua, a aparência abatida dos atordoados, o olhar a mil metros de distância. Josh sente o ímpeto de tomar aquele corpo esbelto e delicado em seus braços e abraçá-la, acariciar seus cabelos e fazer com que tudo melhore. Mas de alguma forma ele sente — ele sabe — que não é o momento. Agora é hora de ouvir.

— Faço o quê? — pergunta ele.

Josh está sentado na frente dela, também com as pernas cruzadas, enxugando a nuca com uma bandana úmida. Uma caixa de charutos está diante dele, no chão — os últimos de seu decrescente estoque. Ele quase hesita em fumá-los; uma pontada supersticiosa de que se o fizer estará selando seu destino.

Lilly levanta os olhos para ele.

— Quando os errantes atacam... como você consegue não ficar... apavorado?

Josh solta um riso cansado.

— Se você descobrir como se faz, vai ter que me ensinar.

Ela o encara por um instante.

— Pare com isso.

— O que foi?

— Está me dizendo que fica apavorado quando atacam?

— Exatamente.

— Ah, por favor. — Ela inclina a cabeça, incrédula. — Você?

— Deixe-me dizer uma coisa, Lilly. — Josh pega o pacote de charutos, tira um e o acende com seu Zippo. Ele solta a fumaça, pensativo. — Só os idiotas ou os loucos não estão com medo hoje em dia. Se você não está com medo, não está prestando atenção.

Ela olha para além das fileiras de tendas alinhadas ao longo da cerca de tábuas. Solta um suspiro aflito. Seu rosto fino está cansado, pálido. Ela parece estar tentando articular pensamentos que teimam em não colaborar com seu vocabulário. Finalmente, diz:

— Já lido com isso há bastante tempo. Não é algo de que eu me... orgulhe. Acho que estragou muitas coisas para mim.

Josh olha para ela.

— Do que você está falando?

— Do fator covardia.

— Lilly...

— Não. Escute. Preciso dizer isso. — Ela se recusa a olhar para ele, seus olhos queimam de vergonha. — Antes desse... surto acontecer... era só meio... inconveniente. Eu perdi algumas coisas. Estraguei algumas coisas porque sou uma cagona... Mas agora os riscos são... sei lá. Eu poderia causar a morte de alguém. — Ela finalmente consegue olhar o homem grande nos olhos. — Eu poderia arruinar completamente as coisas para alguém de quem gosto.

Josh sabe do que ela está falando, e isso deixa seu coração apertado. Desde que colocou os olhos em Lilly Caul, teve sentimentos que não tinha desde que era adolescente em Greenville — aquele tipo de fascínio arrebatador que um garoto pode ter pela curva do pescoço de uma garota, pelo cheiro de seu cabelo, pelo borrifo de sardas sobre a ponte de seu nariz. Sim, de fato, Josh Lee Hamilton está apaixonado. Mas ele *não* vai estragar esse relacionamento como estragou tantos outros antes de Lilly, antes da praga, antes de o mundo ficar tão terrivelmente desolado.

Em Greenville, Josh se apaixonava com uma frequência constrangedora, mas sempre estragava tudo por se precipitar. Ele se comportava como um grande filhote de cachorro lambendo os calcanhares delas. Mas não dessa vez. Dessa vez, Josh ia ser esperto... esperto e cuidadoso, dando um passo de cada vez. Ele pode ser um caipira bobo da Carolina do Sul, mas não é idiota. Está disposto a aprender com os erros do passado.

Naturalmente solitário, Josh cresceu nos anos 1970, quando a Carolina do Sul ainda se apegava aos dias fantasmagóricos de Jim Crow, insistindo em tentativas inúteis de integrar suas escolas e ingressar no século XX. Arrastado de um projeto habitacional caindo aos pedaços para outro, com a mãe solteira e as quatro irmãs, Josh tirava vantagem de seu tamanho e força providenciais no campo de futebol americano, jogando pela Mallard Creek High School e visando bolsas de estudo. Mas lhe faltava a única coisa que impulsionava os jogadores nas escalas acadêmica e socioeconômica: *agressividade pura.*

Josh Lee Hamilton sempre fora uma alma bondosa... até demais. Deixava garotos muito mais fracos implicar com ele. Acatava todos os adultos com "sim, senhora" ou "sim, senhor". Simplesmente não tinha garra em si. Por causa de tudo isso, a carreira no futebol americano perdeu força em meados dos anos 1980. Foi mais ou menos na mesma época em que sua mãe, Raylene, ficou doente. Os médicos disseram que se chamava "lúpus eritematoso", e que não era fatal, mas para Raylene foi uma sentença de morte, uma vida de dor crônica, lesões cutâneas e quase paralisia. Josh assumiu a responsabilidade de cuidar da mãe (enquanto as irmãs se afastavam, em casamentos ruins e empregos sem futuro fora do estado). Ele cozinhava, limpava e tomava conta dela, e em poucos anos estava cozinhando bem o bastante para conseguir emprego em um restaurante.

Tinha um talento natural para a culinária, especialmente no preparo de carnes, e galgou a hierarquia de cozinhas de steakhouses na Carolina do Sul e na Geórgia. Por volta dos anos 2000, tornara-se um dos mais cobiçados chefs executivos do sudoeste dos Estados Unidos, supervisionando grandes equipes de subchefs, cuidando de eventos sociais sofisticados e tendo sua foto publicada na *Atlanta Homes and Lifestyles*. E, ao mesmo tempo, conseguia comandar suas cozinhas com gentileza — uma raridade no mundo dos restaurantes.

Agora, em meio a esses horrores diários, perturbado por todo esse amor não correspondido, Josh gostaria de cozinhar algo especial para Lilly.

Até agora, eles têm sobrevivido com coisas como ervilhas e carne enlatadas, cereais matinais e leite em pó — nada que forneça o pano de fundo apropriado para um jantar romântico ou uma declaração de amor. Toda a carne e todos os produtos frescos da área ficaram para os vermes há semanas. Mas Josh tinha desejos de pegar um coelho ou um porco selvagem que estivesse vagando pelos bosques adjacentes. Faria um ragu ou um guisado com cebolas silvestres e alecrim e um pouco do Pinot Noir que Bob Stookey tinha arranjado naquela loja de bebidas, e Josh serviria a carne com um pouco de polenta com ervas e acrescentaria outros toques especiais. Algumas mulheres da cidade de tendas estavam fazendo velas com o sebo que tinham encontrado em um comedouro para pássaros. Isso seria bom. Velas, vinho, talvez uma pera cozida do pomar para a sobremesa, e Josh estaria pronto. Os pomares ainda estavam repletos de frutas passadas. Talvez um chutney de maçã com o porco. Sim. Com certeza. Então Josh estaria pronto para servir o jantar para Lilly e lhe dizer o que sente por ela, que quer estar com ela, protegê-la e ser seu homem.

— Sei aonde você quer chegar com isso, Lilly — diz Josh, finalmente, batendo o charuto em uma pedra. — E quero que saiba de duas coisas. Primeiro, o que você fez não é vergonhoso.

Ela baixa os olhos.

— O quê, fugir como um cachorro açoitado quando você estava sendo atacado?

— Ouça, se fosse o contrário, eu teria feito exatamente a mesma coisa.

— Isso é mentira, Josh. Eu nem sequer...

— Deixe-me terminar. — Ele apaga o charuto. — Segundo, eu *queria* que você fugisse. Você não me ouviu. Eu gritei para você sair dali. Só um dos martelos estava ao alcance, não faria sentido nós dois tentarmos lutar contra aquelas coisas. Entendeu o que estou dizendo? Não precisa sentir nenhuma vergonha do que fez.

Lilly suspira. Ela continua olhando para baixo. Uma lágrima se forma e rola pelo nariz.

— Josh, eu agradeço pelo que está tentando...

— Somos um time, não é? — Ele se abaixa para poder ver o lindo rosto dela. — Não é?

Ela assente.

— A dupla dinâmica, não é?

Outro aceno.

— É.

— Uma máquina bem lubrificada.

— É. — Ela enxuga o rosto com as costas da mão. — É, está bem.

— Então vamos continuar assim. — Ele joga a bandana úmida para ela. — Combinado?

Ela olha para o pano em seu colo, o pega, olha para ele e consegue dar um sorriso.

— Jesus Cristo, Josh, isto aqui está muito nojento.

* * *

Três dias se passam na cidade de tendas sem qualquer tipo de ataque. Apenas alguns poucos incidentes perturbam a calma. Certa manhã, um grupo de crianças topa com um torso trêmulo em uma vala de escoamento paralela à estrada. Seu rosto cinzento e carcomido está virado para as copas das árvores em uma perpétua agonia de grunhidos, a coisa parece ter se enroscado recentemente em uma segadora mecânica, e tem cotos dilacerados onde ficavam os braços e as pernas. Ninguém consegue entender como a coisa sem membros chegou ali. Chad mata a criatura com um único golpe da machadinha sobre o osso nasal apodrecido. Em outra ocasião, nos banheiros comunitários, um colono mais velho percebe, com horror de parar o coração, que em sua ida vespertina ao banheiro acabou cagando involuntariamente em um zumbi. De alguma forma, o errante ficou preso na vala de esgoto. A coisa é facilmente despachada por um dos homens mais jovens com um único golpe de uma cavadeira manual.

Mas esses acabam sendo encontros isolados, e a semana progride tranquilamente.

A pausa dá aos habitantes tempo para se organizar, terminar de erguer os últimos abrigos, guardar suprimentos, explorar as adjacências, criar uma rotina e formar coalizões, panelinhas e hierarquias. As famílias — dez ao todo — parecem ter mais peso no processo de tomada de decisões do que os solteiros. Algo a respeito de se ter mais em risco, da necessidade de proteger os filhos, talvez até do simbolismo de carregar as sementes genéticas do futuro — tudo isso contribui para uma espécie de superioridade tácita.

Entre os patriarcas das famílias, Chad Bingham aparece como o líder de fato. A cada manhã, conduz as reuniões comunitárias dentro da tenda de circo, distribuindo tarefas com a autoridade despreocupada de um chefe da máfia. Todos os dias, caminha empertigado pelas margens do campo com seu rapé aparecendo audaciosamente sob a bochecha e a pistola totalmente à mostra. Com a aproximação do inverno, e os barulhos perturbadores atrás das árvores à noite, Lilly se preocupa com essa imitação de testa de ferro. Chad tem ficado de olho em Megan, que está tendo um caso com um dos outros pais diante dos olhos de todos, inclusive da mulher grávida do homem. Lilly teme que toda a aparência de ordem desse lugar repouse sobre um barril de pólvora.

A tenda de Lilly e a de Josh ficam a meros 10 metros uma da outra. Todas as manhãs, ela acorda e senta diante da abertura de sua barraca, olhando para a tenda de Josh, bebendo o café instantâneo e tentando decifrar seus sentimentos pelo homem grande. O ato covarde ainda a atormenta, a assombra, envenena seus sonhos. Ela tem pesadelos com a porta dobrável ensanguentada daquele ônibus desgarrado em Atlanta, mas agora, em vez do pai sendo devorado, escorregando pelo vidro manchado, Lilly vê Josh.

Seus olhos acusadores sempre a acordam com um sobressalto e suor frio encharcando as roupas de dormir.

Nessas noites atormentadas por pesadelos, fica deitada sem conseguir pegar no sono no saco de dormir bolorento, com os olhos fixos no teto mofado de sua minúscula tenda — ela adquiriu a tenda triangular usada em uma incursão a uma área KOA de camping deserta, e ela fede a fumaça, sêmen seco e cerveja choca — ela inevitavelmente ouve os barulhos. Tênues na distante escuridão além da colina atrás das árvores, os sons se misturam ao vento, os grilos e a folhagem farfalhante: estalos estranhos, barulhos espasmódicos de algo se arrastando que lembram a Lilly sapatos velhos girando e batendo dentro de uma secadora.

Em sua imaginação transformada pelo terror, os barulhos distantes conjuram imagens de terríveis fotos forenses em preto e branco, corpos mutilados, escurecidos pelo rigor mortis, e mesmo assim ainda se movendo, rostos mortos voltando-se e olhando para ela, pequenos filmes macabros de cadáveres dançando freneticamente como rãs em uma frigideira quente. Deitada e insone a cada noite, Lilly rumina sobre o que os barulhos podem de fato significar, o que está acontecendo lá e quando virá o próximo ataque.

Alguns dos colonos mais previdentes vêm desenvolvendo teorias.

Um jovem de Athens chamado Harlan Steagal, um estudante de graduação meio nerd com óculos de armações de tartaruga grossas, começou a presidir saraus de filosofia ao redor da fogueira. Com os cérebros ligados pela pseudoefedrina, pelo café instantâneo e pela maconha de má qualidade, a cerca de meia dúzia de desajustados tenta encontrar respostas para as questões imponderáveis que atormentam a todos: as origens da praga, o futuro da humanidade e, talvez a questão mais oportuna de todas, os padrões de comportamento dos errantes.

O consenso entre esses experts é que só existem duas possibilidades: *(a)* zumbis não têm instinto, propósito ou padrão comportamental além da alimentação involuntária. São apenas terminações nervosas com dentes, esbarrando uns nos outros como máquinas letais que simplesmente precisam ser "desligadas". Ou *(b)* está em ação um padrão comportamental complexo que nenhum sobrevivente conseguiu decifrar ainda. Esta hipótese levanta a questão de como a praga é transmitida dos mortos para os vivos — é somente por meio da mordida de um errante? — assim como questões de comportamento de manada, de possíveis curvas de aprendizagem pavlovianas e, em uma escala ainda maior, imperativos genéticos.

Em outras palavras, no jargão de Harlan Steagal: "*Será que essas coisas mortas estão, tipo, tramando alguma parada evolucionária estranha, fodida e louca?*"

Lilly entreouve muitas dessas divagações nesses três dias e presta pouca atenção. Não tem tempo para conjecturas ou análises. Quanto mais tempo a cidade de tendas fica sem ser atacada pelos mortos, mais Lilly se sente vulnerável, apesar das precauções de segurança. Com a maioria das tendas montada e uma barricada de veículos estacionados ao redor da periferia da clareira, as coisas se acalmaram. As pessoas se acomodaram, se isolaram, e as poucas fogueiras ou fogareiros usados para as refeições são logo apagados por medo de que a fumaça ou os odores atraiam intrusos indesejados.

Mesmo assim, Lilly fica extremamente nervosa todas as noites. Parece que uma frente fria está chegando. O céu noturno fica cristalino e sem nuvens, uma nova geada se forma a cada manhã no chão batido, nas cercas e nas lonas das tendas. O frio crescente reflete a sombria intuição de Lilly. Algo terrível parece estar a ponto de acontecer.

Uma noite, antes de ir dormir, Lilly Caul pega um pequeno calendário com capa de couro em sua mochila. Nas semanas seguintes ao advento da praga, a maioria dos dispositivos pessoais falhou. A rede elétrica caiu, baterias sofisticadas se esgotaram, provedores de serviços desapareceram e o mundo retrocedeu aos fundamentos: tijolos, argamassa, papel, fogo, carne, sangue, suor e, sempre que possível, *combustão interna*. Lilly sempre foi uma garota analógica — sua casa em Marietta está repleta de discos de vinil, rádios antigos, relógios a corda e primeiras edições enfiadas em todos os cantos —, então ela naturalmente começa a acompanhar os dias da praga no pequeno fichário preto com o logo desbotado do American Family Insurance gravado em dourado na capa.

Nesta noite, ela coloca um grande X no quadrado marcado quinta-feira, 1º de novembro.

O dia seguinte é 2 de novembro — o dia em que seu destino, assim como o de muitos outros, mudará irrevogavelmente.

A sexta-feira amanhece limpa e terrivelmente fria. Lilly acorda logo depois do nascer do sol, tremendo em seu saco de dormir, com o nariz entorpecido de frio. As juntas doem quando veste apressadamente as camadas de roupa. Ela se obriga a sair da tenda, fechando o zíper do casaco e olhando para a tenda de Josh.

O homenzarrão já está de pé, parado ao lado de sua tenda, alongando a sólida circunferência. Embrulhado em um suéter de lã de aran e um colete acolchoado puído, ele se vira, vê Lilly e diz:

— Frio bastante para você?

— Qual é a próxima pergunta idiota? — diz ela, indo até a tenda dele para pegar a garrafa térmica de café instantâneo que Josh segura na enorme mão enluvada.

— Esse tempo deixou as pessoas em pânico — diz ele suavemente, entregando a garrafa térmica. Com a cabeça, indica três caminhões ligados ao longo da estrada que cruza a clareira. Sua respiração sai em lufadas de vapor enquanto fala. — Vários colonos estão indo para o bosque, reunindo a maior quantidade de lenha que pudermos carregar.

— Vou também.

Josh balança a cabeça.

— Falei com Chad ainda agora, acho que ele precisa que você olhe as filhas dele.

— Está bem. Claro. Tanto faz.

— Fique com isso — diz Josh, indicando a garrafa térmica com um gesto. Ele pega o machado que está apoiado em sua tenda e sorri para ela. — Devo estar de volta na hora do almoço.

— Josh — diz ela, segurando sua manga antes que ele vire as costas. — Tenha cuidado no bosque.

O sorriso dele se abre.

— Sempre, boneca... sempre.

Ele se vira e se afasta em direção às nuvens de fumaça de escapamento visíveis na estrada de cascalho.

Lilly observa o contingente entrando em cabines, pulando sobre estribos, subindo em caçambas. Ela não se dá conta, neste momento, da quantidade de barulho que estão fazendo, a comoção causada pelos três grandes caminhões embarcando ao mesmo tempo, as vozes chamando outras pessoas, portas batendo, a densa fumaça de dióxido de carbono.

Em toda essa empolgação, nem Lilly nem ninguém percebe que a algazarra da partida está ultrapassando as copas das árvores.

Lilly pressente o perigo primeiro.

Os Bingham a deixaram dentro da tenda do circo cuidando das quatro meninas, que agora brincam sobre o chão de grama batida, correndo entre mesas dobráveis, pilhas de caixas de pêssegos e botijões de gás. O interior da tenda de circo é iluminado por claraboias improvisadas — abas no teto puxadas para baixo, de forma a deixar entrar a luz do dia —, e o ar ali dentro cheira a mofo e décadas de feno embolorado impregnado nas paredes. As garotas estão brincando de dança da cadeira com três velhas cadeiras de jardim dispostas sobre o chão de terra frio.

Lilly tem que providenciar a música.

— Duh-do-do-do... duh-da-da-da — canta indiferentemente Lilly, murmurando um velho sucesso Top 40 do The Police, com a voz fina e fraca, enquanto as garotas riem e rodeiam as cadeiras.

Lilly está distraída. Não para de olhar na direção de uma das extremidades do pavilhão através da entrada de carga, uma grande faixa da cidade de tendas é visível na luz acinzentada do dia. O terreno está praticamente deserto, aqueles que não saíram para procurar suprimentos estão escondidos em suas tendas.

Lilly engole seu terror, o sol frio cai enviesado por entre as árvores distantes, o vento sussurra através da grande tenda. Sobre a colina, sombras dançam na luz fraca. Lilly acha que está ouvindo barulhos arrastados em algum lugar lá, talvez atrás das árvores; ela não tem certeza. Pode ser sua imaginação. Dentro da tenda esvoaçante e vazia, os sons enganam os ouvidos.

Ela vira as costas para a abertura e esquadrinha o pavilhão em busca de armas. Vê uma pá encostada contra um carrinho de mão cheio de terra adubada. Depois algumas ferramentas de jardinagem em um balde sujo. Vê os restos do café da manhã em uma lata de lixo plástica — pratos de papel encrostados de feijões e ovos, embalagens de burrito amassadas, caixas vazias de suco — e ao lado um recipiente plástico com talheres sujos. Os talheres vieram de uma das picapes adaptadas com uma camper, e Lilly repara que há algumas facas afiadas no recipiente, mas basicamente vê garfos de plástico arredondados sujos de comida. Ela se pergunta quão efetivo seria um desses garfos contra um monstruoso canibal salivante.

Ela xinga em silêncio os líderes do campo por não deixar armas de fogo.

Entre os que permaneceram na propriedade incluem-se os colonos mais velhos — o Sr. Rhimes, algumas solteironas de Stockbridge, um professor aposentado de 80 anos chamado O'Toole, dois irmãos idosos de um asilo abandonado em Macon — e algumas mulheres adultas, boa parte delas ocupada demais lavando roupas e batendo papos filosóficos ao longo da cerca dos fundos para perceber qualquer coisa estranha.

Além dessas pessoas, as únicas almas presentes na cidade de tendas neste momento são as crianças — dez grupos — algumas ainda aconchegadas contra o frio em suas tendas particulares, outras chutando uma bola de futebol em frente à casa de fazenda abandonada. Cada bando de crianças é vigiado por uma mulher adulta.

Lilly olha pela saída e vê Megan Lafferty, bem distante, empoleirada na varanda da casa queimada, fingindo estar de babá, e não fumando maconha. Lilly balança a cabeça. Megan devia estar olhando os filhos dos Hennessey. Jerry Hennessey, um vendedor de seguros de Augusta, está tendo um caso com Megan há dias, de um jeito não muito discreto. Os filhos dos Hennessey são os segundos mais novos do acampamento — com idades de 8, 9 e 10 respectivamente. As crianças mais novas do assentamento são as gêmeas Bingham e Ruthie, que neste momento pausam a brincadeira para olhar impacientemente para a nervosa babá.

— Anda logo, Lilly — grita Sarah Bingham, com as mãos nos quadris, recuperando o fôlego ao lado de uma pilha de engradados de frutas. A adolescente usa um adorável suéter imitação de angorá que parte o coração de Lilly. — Continue cantando.

Ela se volta para as crianças.

— Desculpe, querida, eu só...

Lilly se interrompe. Ela ouve um barulho vindo de fora da tenda, das árvores. Parece o rilhar da amurada de um navio virado... ou o lento ranger de uma porta em uma casa assombrada... ou, mais provavelmente, o peso do pé de um zumbi sobre um tronco caído.

— Meninas, eu...

Outro som interrompe as palavras de Lilly. Ela se volta para a abertura da tenda ao ouvir um farfalhar ressoando a 100 metros de distância no leste, despedaçando a quietude, vindo de uma moita de rosas silvestres e cornisos.

Um bando de pombos alça voo repentinamente, saindo da folhagem com a inércia de uma exibição de fogos de artifício. Lilly observa, transfixada por um único instante, quando a revoada enche o céu com uma constelação de borrões pretos e cinzentos.

Como explosões controladas, ao longo da extremidade mais distante do campo, outras duas revoadas de pombos emergem. Cones de partículas esvoaçantes perfuram a luz, dispersando-se e se reagrupando como nuvens de tinta flutuando em uma piscina transparente.

Os pombos são abundantes nesta área — "ratos do céu", como são chamados pelos locais, que afirmam que eles são deliciosos quando desossados e grelhados —, mas a repentina aparição nas últimas semanas ganhou um significado mais sombrio e perturbador do que uma possível fonte de alimento.

Algo espantou os pássaros de seu local de repouso e agora está se dirigindo para a cidade de tendas.

TRÊS

— Meninas, prestem atenção. — Lilly vai rapidamente até a filha mais nova dos Bingham e a pega no colo. — Vocês precisam vir comigo.

— Por quê? — Sarah demonstra a Lilly o patenteado mau humor adolescente. — O que está acontecendo?

— Não discuta comigo, querida, por favor — diz Lilly suavemente, e seu olhar endireita a adolescente com o poder de um aguilhão para gado.

Sarah se vira depressa e pega as gêmeas pelas mãos, depois começa a encaminhá-las para a saída.

Lilly para repentinamente no meio da abertura da tenda quando vê o primeiro zumbi sair das árvores a 40 metros de distância — um homem grande e careca com o couro cabeludo roxo e olhos que parecem vidro leitoso. De repente, Lilly está empurrando as crianças para dentro do pavilhão, apertando Ruthie nos braços e dizendo entredentes:

— Mudança de planos, meninas, mudança de planos. — Lilly impele rapidamente as crianças de volta para a luz fraca e o ar bolorento da tenda de circo vazia. Ela coloca a menina de 7 anos no capim emaranhado ao lado de um baú de viagem. — Fiquem quietas — sussurra Lilly.

Sarah está com uma gêmea de cada lado, o rosto adolescente aterrorizado e os olhos arregalados.

— O que está acontecendo?

— Fique aqui e faça silêncio. — Lilly corre novamente para a abertura da tenda e luta com a enorme aba, que está amarrada com cordas a 3 metros de altura. Ela puxa as cordas até a aba da tenda cair sobre o vão.

O plano original — que passou instantaneamente pela mente de Lilly — era esconder as crianças em um veículo, de preferência um que estivesse com as chaves ainda na ignição, para o caso de precisar fazer uma fuga rápida. Mas agora, Lilly só consegue pensar em se encolher silenciosamente no pavilhão vazio e torcer para que os outros colonos escapem ao ataque.

— Agora vamos brincar de um jogo diferente — diz Lilly quando volta para perto das meninas amontoadas.

Um grito reverbera de algum lugar, do outro lado da propriedade. Lilly tenta estancar seu tremor, e uma voz ressoa em sua cabeça, *Que droga, sua vaca idiota, você precisa ter coragem uma vez na vida, por essas crianças.*

— Um jogo diferente, isso, isso, um jogo diferente — diz Sarah, com os olhos cintilando de medo. Agora ela sabe o que está acontecendo. Ela aperta as mãozinhas de suas irmãs gêmeas e segue Lilly para o espaço entre duas pilhas altas de engradados de frutas.

— Vamos brincar de esconde-esconde — diz Lilly para a pequena Ruthie, que está muda de pavor. Lilly coloca as quatro meninas nas sombras atrás dos engradados, cada uma das crianças se agacha e ofega. — Precisamos ficar totalmente imóveis... e muito, muito, muito quietas. Está bem?

A voz de Lilly parece reconfortá-las temporariamente, embora até a mais nova já saiba que aquilo não é um jogo, não é faz de conta.

— Volto logo — sussurra Lilly para Sarah.

— Não! Espere! NÃO, NÃO VÁ! — Sarah agarra a jaqueta acolchoada de Lilly, segurando com todas as suas forças. Os olhos da adolescente estão suplicantes.

— Só vou pegar uma coisa do outro lado da tenda, não estou indo embora.

Lilly se solta e engatinha rapidamente através do carpete de capim comprimido até a pilha de baldes perto da longa mesa central. Ela pega a pá que está apoiada contra o carrinho de mão, depois rasteja de volta para o esconderijo.

Durante esse tempo, sons terríveis se sobrepõem e crescem do lado de fora do pavilhão batido pelo vento. Outro grito atravessa o ar, seguido por passos frenéticos, e então o som de um machado sendo enterrado em um crânio. Lydia choraminga, Sarah a acalma, e Lilly se agacha diante das meninas, com a visão borrada de terror.

O vento gelado agita a barra das paredes da tenda, e por um breve instante, por um vão momentâneo, Lilly vê de relance o ataque em progresso. Pelo menos duas dúzias de errantes — apenas seus pés enlameados são visíveis, arrastando-se como uma brigada de vítimas de derrame — convergem para o campo coberto de tendas. Os sobreviventes, a maioria mulheres e velhos, fogem correndo em todas as direções.

O espetáculo do ataque distrai temporariamente Lilly do barulho atrás das meninas.

Um braço ensanguentado aparece sob a aba da tenda a apenas alguns centímetros das pernas de Sarah.

Sarah grita quando uma mão morta agarra seu tornozelo, cravando as unhas enegrecidas como garras. O braço está esburacado e retalhado, envolvido pela manga rasgada de um terno fúnebre, e a garota convulsiona em choque. Agindo por instinto, a adolescente se arrasta para longe — a força de seu movimento puxa o resto do zumbi para dentro da tenda.

O coro dissonante de gritos e guinchos das irmãs ressoa enquanto Lilly se põe de pé segurando com força a pá nas mãos suadas. O instinto assume o controle, Lilly corre e ergue a pá no alto. O homem morto morde o ar com fúria enquanto a adolescente se contorce e rasteja pelo chão frio, soltando gemidos indistintos de terror, arrastando consigo o zumbi.

Antes que os dentes apodrecidos tenham uma chance de penetrar, Lilly desce a pá com força no crânio do zumbi, e o impacto faz um barulho seco como o toque de um gongo quebrado. A vibração da ruptura do crânio chega até os pulsos de Lilly e a faz estremecer.

Sarah se livra dos dedos frios e consegue se levantar.

Lilly desce a pá outra vez... e mais outra... enquanto o ferro ressoa com um estrondo seco de sino de igreja e a coisa morta se esvazia em um fluxo preto rítmico de sangue arterial e massa cinzenta podre. No quarto golpe, o crânio cede com um som aquoso de rachadura, e a espuma preta borbulha pela grama batida.

Nesse momento, Sarah já se juntou às irmãs, que se agarram umas às outras, de olhos arregalados e choramingando de horror enquanto recuam em direção à saída, a grande aba de lona oscila sonoramente ao vento atrás delas.

Lilly vira as costas para o cadáver destroçado com o terno risca de giz em frangalhos e vai em direção à abertura a 6 metros de distância, quando de repente fica paralisada, agarrando a manga de Sarah.

— Espere, Sarah, espere... ESPERE!

Do outro lado da tenda de circo, o vento levanta a gigantesca aba da lona, revelando ao menos uma dúzia de errantes se aglomerando na saída. Eles se arrastam espasmodicamente para dentro da tenda — todos adultos, tanto homens quanto mulheres, vestidos com roupas rasgadas e salpicadas de sangue, formando um estranho agrupamento — com os olhos velados e carcomidos fixos nas meninas.

— Por aqui! — Lilly puxa Sarah em direção à extremidade oposta da tenda de circo, a uns 45 metros de distância, e Sarah pega a irmã menor no colo. As gêmeas correm atrás delas, escorregando na grama molhada e batida. Lilly aponta para o fundo da parede de lona, agora a 30 metros, e sem fôlego sussurra:

— Vamos passar por baixo da tenda.

Elas estão na metade do percurso até a parede oposta quando outro errante surge em seu caminho.

Aparentemente, esse cadáver magro e mutilado usando uma jardineira jeans desbotada — com metade do rosto arrancada em uma explosão destroçada de carne e dentes — entrou por baixo da lona e vai diretamente para Sarah. Lilly se coloca entre o zumbi e a garota e meneia a pá com toda a força, colidindo-a contra o crânio mutilado e fazendo a coisa cambalear para o lado.

O zumbi se choca contra o pilar central, e a simples inércia do peso morto desloca a viga. Tirantes estalam. Ouve-se um estrépito, como o de um navio atravessando o gelo, e três das quatro garotas Bingham soltam gritos desesperados quando a imensa grande cobertura desaba sobre si mesma, estraçalhando os pilares menores como se fossem palitos de fósforo e arrancando estacas do chão a sua volta. O teto cônico afunda como um imenso suflê.

A tenda cai sobre as garotas e o mundo se torna escuro, abafado e repleto de movimentos serpenteantes.

Lilly empurra o tecido pesado e luta para se orientar, ainda segurando a pá. A lona a oprime com o peso repentino de uma avalanche. Ouve os gritos abafados das crianças e vê a luz do dia a 15 metros de distância. Ela se desloca na diagonal sob a tenda em direção à luz, com a pá em uma das mãos.

Finalmente, ela roça um dos pés contra o ombro de Sarah. Lilly grita:

— Sarah! Segure a minha mão! Pegue as garotas com a outra e PUXE!

Nesse ponto, para Lilly, a passagem do tempo, como geralmente acontece durante catástrofes, começa a ficar lenta, pois várias coisas acontecem quase simultaneamente. Ela chega ao final da tenda e se desvencilha da lona murcha. O vento e o frio a despertam, ela puxa Sarah para fora com toda a força, e duas das outras meninas são arrastadas para fora com Sarah — suas vozes estão agudas como chaleiras fervendo.

Lilly fica de pé e ajuda Sarah a se levantar com as duas outras meninas.

Uma das garotas — Lydia, a mais nova das gêmeas por "uma boa meia hora", como diz Sarah — está desaparecida. Lilly empurra as outras garotas para longe da tenda e lhes diz para não se aproximar, mas ficar por perto. Então Lilly volta-se para a tenda e vê algo que para seu coração.

Formas movem-se sob a tenda de circo caída. Lilly larga a pá. Ela observa. Suas pernas e espinha se transformam em blocos de gelo. Ela não consegue respirar. Só consegue fixar os olhos na pequena protuberância no tecido agitando-se desesperadamente a 6 metros de distância — a pequena Lydia, lutando para escapar — o som dos gritos da criança são amortecidos pela lona.

A pior parte — a parte que enclausura Lilly Caul em gelo — é a visão de *outras* protuberâncias abrindo caminho firmemente, como toupeiras, em direção à menina.

Nesse momento, o medo estoura um fusível no cérebro de Lilly, o fogo purificador da raiva percorre seus tendões e vai até a medula.

Ela entra em ação, a explosão de adrenalina a leva até a margem da tenda caída, o combustível da raiva impele seus músculos. Ela levanta a lona sobre a cabeça, agachando-se e tentando pegar a garota.

— *LYDIA, QUERIDA, ESTOU BEM AQUI!! VENHA ATÉ MIM, QUERIDA!!*

Na escuridão turva e difusa sob a lona, Lilly vê a pequena menina loura a menos de 5 metros de distância, chutando e lutando para escapar da tenda. Lilly grita novamente e mergulha sob a lona, estica a mão e segura uma parte do macacão da garotinha. Lilly puxa com toda a força.

É nesse momento que ela vê o braço dilacerado e o rosto azulado sem sangue aparecendo no escuro a apenas alguns centímetros da criança, tentando às cegas agarrar seu tênis da Hello Kitty. As unhas pontiagudas e apodrecidas agarram a sola do sapato bem na hora em que Lilly consegue puxar a menina de 9 anos para fora das pregas do tecido fétido.

Lilly e a menina caem para trás na fria luz do dia.

Elas rolam alguns metros, e Lilly consegue segurá-la em um forte abraço.

— Está tudo bem, querida, está tudo bem, peguei você, você está a salvo.

A menina soluça e ofega, mas não há tempo para reconfortá-la. O rumor de vozes e tendas farfalhando se eleva ao redor delas enquanto o acampamento é atacado.

Lilly, ainda de joelhos, faz um gesto para que as outras garotas se aproximem.

— Está bem, meninas, prestem atenção, ouçam, agora vamos precisar ser rápidas, ficar juntas e fazer exatamente o que eu disser. — Lilly está ofegante quando se levanta. Ela pega a pá, vira-se e vê o caos se espalhando pela cidade de tendas.

Mais errantes desceram para o campo. Alguns deles andam em grupos de três, quatro ou cinco, grunhindo e babando com uma fome violenta e selvagem.

Entre gritos e pandemônio — colonos fugindo em todas as direções, motores de carro sendo ligados, machados oscilando, cordas de roupa caindo —, algumas das tendas estremecem com violentas lutas sendo travadas do lado de *dentro*, os atacantes entranham-se através de aberturas, encontrando os habitantes paralisados. Uma das tendas menores cai para o lado, pernas aparecem se debatendo em uma das extremidades. Outra barraca estremece em um frenesi alimentar, as paredes de náilon translúcido exibem silhuetas de sangue, como borrões de tinta.

Lilly vê um caminho desimpedido que leva até uma fileira de carros estacionados a 50 metros de distância e vira-se para as garotas.

— Preciso que todas vocês me sigam... OK? Fiquem bem juntas e não deem um pio. Está bem?

Após uma série de acenos frenéticos e silenciosos de cabeça, Lilly puxa as garotas pelo terreno... e para dentro do conflito.

Os sobreviventes dessa inexplicável praga aprenderam rapidamente que a maior vantagem que um humano tem sobre um cadáver reanimado é a velocidade. Sob as circunstâncias certas, um humano consegue escapar até mesmo do mais vigoroso defunto ambulante. Mas a superioridade física é anulada diante de uma horda. O perigo aumenta exponencialmente com cada zumbi adicional... até que a vítima é engolida em um lento tsunami de dentes pontiagudos e garras enegrecidas.

Lilly descobre essa dura realidade ao se dirigir para o primeiro carro estacionado.

O Chrysler 300 danificado e manchado de sangue seco com um compartimento de bagagens no teto está no acostamento da estrada de acesso a menos de 50 metros da tenda de circo, inclinado à sombra de uma alfarrobeira. As janelas estão fechadas, mas Lilly ainda tem motivos para acreditar que elas podem pelo menos ficar ali dentro, se não conseguir ligar o carro. Há 50% de chances de as chaves estarem na ignição. As pessoas têm deixado as chaves nos carros há algum tempo, para fugas rápidas.

Infelizmente, a propriedade agora está repleta de mortos, e Lilly e as meninas mal conseguem atravessar 10 metros de grama cheia de ervas daninhas antes de vários atacantes aparecerem em cada flanco.

— Fiquem atrás de mim! — grita Lilly para suas protegidas, e gira a pá no ar.

O ferro corroído golpeia a bochecha manchada de uma mulher com o penhoar salpicado de sangue, fazendo a errante resvalar sobre dois zumbis com jardineiras sujas, que caem no chão como pinos de boliche. Mas a mulher continua de pé. Cambaleia com o golpe, agita os braços por um momento, e depois volta.

Lilly e as meninas se aproximam mais 15 metros do Chrysler quando outra bateria de zumbis bloqueia seu caminho. A pá zune pelo ar, despedaçando o nariz de um errante mais novo. Outro golpe atinge a mandíbula de uma mulher morta que usa um imundo casaco de pele de marta. Mais um golpe racha o crânio de uma velha corcunda com os intestinos aparecendo através de sua bata hospitalar, mas a velha morta apenas cambaleia e recua.

Finalmente, as garotas chegam ao Chrysler. Lilly tenta abrir a porta do passageiro e vê que está — felizmente — destrancada. Delicada, mas rapidamente, ela empurra Ruthie para o banco da frente enquanto a horda de errantes cerca o sedan. Lilly vê as chaves pendendo da ignição na base do volante — outro golpe de sorte.

— Fique no carro, querida — diz Lilly para a menina de 7 anos, e bate a porta.

Nesse ponto, Sarah chega à porta de trás do lado do passageiro com as gêmeas.

— SARAH, CUIDADO!

O grito agudo de Lilly ultrapassa o rumor primitivo de grunhidos que preenche o ar, quando cerca de uma dúzia de mortos assomam atrás de Sarah. A adolescente abre a porta de trás com um puxão, mas não tem tempo para colocar as gêmeas dentro do carro. As duas garotas menores tropeçam e se estatelam no capim.

Sarah solta um lamento primitivo. Lilly tenta se colocar entre a adolescente e os atacantes com a pá, e consegue espatifar outra cabeça — o imenso crânio de um homem negro putrefato com uma jaqueta de caça —, fazendo o agressor cambalear para trás até cair sobre o capim. Mas há errantes demais agora, chegando de todas as direções para comer.

No caos resultante, as gêmeas conseguem rastejar para dentro do carro e bater a porta.

Com a sanidade a ponto de ceder e os olhos cheios de raiva ardente, Sarah vira-se e solta um grito ininteligível quando tira de seu caminho um errante lento. Ela encontra uma brecha, passa por ela aos empurrões e foge.

Lilly vê a adolescente correndo em direção à tenda de circo.

— SARAH, NÃO!

Sarah chega até a metade do campo antes que uma horda impenetrável de zumbis a encurrale, bloqueando seu caminho, agarrando-se às suas costas e subjugando-a. Ela cai com força, de boca, enquanto mais mortos enxameiam ao redor. A primeira mordida penetra o suéter imitação de angorá na altura do diafragma, arrancando um pedaço do torso e provocando um grito ensurdecedor. Dentes em decomposição afundam em sua jugular. A maré escura de sangue a encobre.

A 25 metros de distância, perto do carro, Lilly repele uma massa crescente de dentes rangendo e carne morta. Talvez vinte errantes ao todo — a maioria exibindo a grotesca adrenalina do frenesi alimentar enquanto cerca o Chrysler —, com bocas enegrecidas movendo-se e estalando vorazmente, enquanto atrás das janelas manchadas de sangue os rostos de três garotinhas observam catatônicas de horror.

Lilly balança a pá sem parar — seus esforços são inúteis contra a horda crescente — enquanto as engrenagens do cérebro se paralisam, torturadas pelos terríveis sons da morte de Sarah no chão do outro lado da propriedade. Os gritos da adolescente se deterioram e engrolam em uma série de guinchos tênues. Pelo menos meia dúzia de errantes está sobre ela agora, escavando, mastigando e rasgando seu abdômen transbordante. O sangue se derrama de seu vulto trêmulo.

Na fileira de carros, Lilly sente um frio na barriga ao bater com a pá em outra cabeça. A mente crepita e palpita de terror, fixada em um único objetivo: *Afastá-los do Chrysler*.

A silenciosa urgência dessa única necessidade — *afastá-los das crianças* — reanima Lilly e lança um choque de energia que percorre sua espinha. Ela se vira e golpeia a pá contra o para-lama da frente do Chrysler.

O estrondo ressoa. As crianças dentro do carro se sobressaltam. Os rostos azulados lívidos dos mortos se voltam para o barulho.

— VENHAM! VENHAM!! — Lilly se afasta correndo do Chrysler, indo em direção ao carro mais próximo na aleatória fileira de veículos, um Ford Taurus velho com uma janela coberta de papelão, e golpeia o teto com o máximo de força que consegue, causando outro estrondo metálico que chama atenção de mais mortos.

Lilly dispara em direção ao carro seguinte na fila e bate com a pá contra o para-lama frontal do lado esquerdo, emitindo outro baque surdo.

— VENHAM!! VENHAM!! VENHAM!!

A voz de Lilly se eleva sobre o clamor como o ganido de um animal doente, afinado pelo terror, áspero de trauma, sem tom, com um toque de loucura. Ela bate com a pá em carro após carro, sem saber exatamente o que está fazendo, sem o controle de suas ações. Mais zumbis percebem, os movimentos preguiçosos e desajeitados são atraídos para o barulho.

Lilly leva apenas segundos para chegar ao fim da fileira de veículos, batendo com a pá contra o último deles — mas nesse ponto a maior parte dos atacantes atendeu a seu estridente chamado, e agora, lentamente, estupidamente, desajeitadamente vagueiam em direção ao som de seus gritos traumatizados.

Os únicos errantes que restam são os seis que continuam a devorar Sarah Bingham no chão da clareira perto da grande ondulante tenda de circo.

— *VENHAM!! VENHAM!! VENHAM!! VENHAM!! VENHAM!! VENHAM!! VENHAM!! VENHAMMMMM!!* — Lilly se lança pela estrada de cascalho e corre colina acima em direção às árvores.

Com a pulsação disparada, a visão embaçada e os pulmões arfando por ar, ela larga a pá e enterra as botas de caminhada na lama quando pisa o macio solo da floresta. Precipita-se por entre as árvores. O ombro colide contra o tronco de uma antiga bétula, a dor explode em seu crânio, estrelas disparam por sua linha de visão. Agora se move instintivamente, com uma horda de zumbis subindo a colina atrás dela.

Ziguezagueando pelas entranhas do bosque, Lilly perde o senso de direção. Atrás dela, o bando de errantes perdeu a velocidade e não consegue mais farejá-la. O tempo perde todo o sentido. Como se estivesse em um sonho, Lilly sente os movimentos desacelerando, os gritos se recusando a sair, as pernas afundando na areia movediça invisível dos pesadelos. A escuridão a cerca conforme a floresta se adensa e aprofunda.

Lilly pensa em Sarah, pobre Sarah, com o lindo suéter de angorá cor-de-rosa agora banhado em seu próprio sangue, e a tragédia a deprime, arrebatando-a e jogando-a no macio solo de agulhas de pinheiro emaranhadas, matéria em decomposição e infinitos ciclos de morte e regeneração. Lilly libera um espasmo de dor e soluça sem fôlego, suas lágrimas rolam pelas bochechas e umedecem a terra.

Seu choro — que não é ouvido por ninguém — dura bastante tempo.

O grupo de buscas encontra Lilly no final daquela tarde. Liderados por Chad Bingham, os cinco homens e as três mulheres — todos fortemente armados — veem o casaco azul-claro de Lilly atrás de um tronco caído a quase 1 quilômetro a norte da cidade de tendas, na gélida escuridão das profundezas do bosque, em uma pequena clareira sob um dossel de galhos de pinheiro. Ela parece estar inconsciente, deitada em um trecho de arbustos.

— Cuidado! — grita Chad Bingham para seu imediato, um mecânico magro de Augusta, chamado Dick Fenster. — Se ela ainda estiver se mexendo, pode já ter se transformado!

Com a respiração nervosa visível no ar gelado, Fenster segue com cautela até a clareira empunhando sua .38 de cano curto, com o cão armado e o dedo estremecendo no gatilho. Ele se ajoelha ao lado de Lilly, dá uma boa olhada e depois volta-se para o grupo.

— Ela está bem! Está viva... Não foi mordida nem nada... Ainda está consciente!

— Não por muito tempo — diz Chad Bingham entredentes enquanto marcha até a clareira. — Essa vadia covarde de merda deixou minha filha ser morta...

— Ei! Ei! — Megan Lafferty para entre Chad e o tronco. — Espere um pouco, espere.

— Saia da minha frente, Megan.

— Você precisa respirar fundo.

— Só vou falar com ela.

Uma pausa constrangedora parece abater todos os presentes. Os outros integrantes do grupo de buscas mantêm distância perto das árvores, com os olhos baixos. As expressões tensas e exaustas refletem o horrível trabalho do dia. Alguns dos homens estão com os olhos vermelhos, arrasados pela perda.

Ao voltar da expedição de coleta de lenha, com o barulho dos motores e machados ainda reverberando em seus ouvidos, eles ficaram chocados ao encontrar a cidade de tendas terrivelmente destroçada. Tanto humanos quanto zumbis cobriam o terreno encharcado de sangue, 16 colonos mortos, alguns deles devorados — nove entre eles eram crianças. Josh Lee Hamilton fez o trabalho sujo de eliminar os errantes remanescentes e os infelizes humanos cujos restos foram deixados intactos. Ninguém mais teve coragem de atirar na cabeça de amigos e entes queridos para garantir-lhes o descanso eterno. Estranhamente, o período de encubação parece estar cada vez mais imprevisível nos últimos tempos. Algumas vítimas se reanimam em questão de minutos depois de uma mordida. Outras levam horas — até mesmo dias — para se transformar. Neste momento, de fato, Josh ainda está no acampamento supervisionando uma equipe de descarte, preparando as vítimas para um enterro coletivo. Ainda vão precisar de mais 24 horas para reerguer a tenda de circo.

— Cara, ouça, é sério — diz Megan Lafferty para Chad, com a voz ficando mais baixa e se tornando levemente urgente. — Eu sei que você está devastado e tudo, mas ela salvou três das suas filhas... eu já disse que vi com meus próprios olhos. Ela afastou os errantes, arriscou a porra da vida dela.

— Eu só... — Chad parece estar a ponto de chorar ou gritar. — Só quero falar.

— Sua mulher está no acampamento e vai enlouquecer de tristeza... Ela precisa de você.

— Eu só...

Outro instante constrangedor de silêncio. Um dos outros pais começa a chorar baixinho nas sombras das árvores, o revólver cai no chão. São quase 17 horas, e o frio está apertando, nuvens de vapor flutuam diante de todos os rostos angustiados. Do outro lado da clareira, Lilly se senta, enxuga a boca e tenta se situar. Ela parece uma sonâmbula Fenster a ajuda a se levantar. Chad baixa os olhos.

— Foda-se. — Ele se vira e sai andando, a voz o acompanha. — Foda-se.

No dia seguinte, sob um céu frio e nublado, os moradores das tendas fazem um funeral improvisado para os amigos e entes queridos mortos.

Cerca de 75 sobreviventes se reúnem em um grande semicírculo ao redor do local do enterro coletivo na extremidade leste da propriedade. Algumas das pessoas em luto seguram velas que tremulam com teimosia contra o vento de outubro. Outros se agarram uns aos outros em uma tristeza convulsiva. A dor pungente em alguns dos rostos — especialmente nos rostos dos pais — reflete a agonizante aleatoriedade desse mundo flagelado. Seus filhos foram levados com a brusquidão arbitrária de um relâmpago, e os rostos dos que estão em luto se contraem de desolação, os olhos vermelhos cintilam sob a impiedosa luz prateada do sol.

Os marcos de pedra estão enfiados no barro, espalhando-se sobre a pequena elevação de terra nua além da cerca de tábuas. Pequenas pilhas de pedra marcam cada um dos 16 túmulos. Alguns marcos têm ramalhetes de flores silvestres cuidadosamente enfiadas entre as pedras. Josh Lee Hamilton cuidou para que o marco de Sarah Bingham fosse adornado com um lindo buquê de pequenas rosas Cherokee, que crescem em profusão às margens dos pomares. O homem grande tinha passado a gostar da irascível e inteligente adolescente... e a morte dela partiu seu coração.

— Senhor, pedimos que tome os amigos e vizinhos que perdemos em suas mãos — diz Josh da extremidade da cerca.

O vento agita o casaco verde-oliva do Exército esticado sobre seus enormes ombros. O rosto profundamente burilado brilha com as lágrimas.

Josh foi criado como batista, e embora tenha perdido a maior parte da fé ao longo dos anos, naquela manhã perguntou aos outros sobreviventes se poderia dizer algumas palavras. Batistas não dão muita importância a orações pelos mortos. Eles acreditam que os justos vão imediatamente para o Céu na hora em que morrem — ou, no caso dos descrentes, que vão imediatamente para o inferno —, mas Josh se sentiu na obrigação de dizer alguma coisa.

Ele viu Lilly mais cedo e a deteve por um instante, sussurrando-lhe palavras de conforto. Mas percebeu que havia algo errado. Estava acontecendo alguma coisa dentro dela além do mero luto. Ela parecia inerte em seus enormes braços, e a forma delgada tremia incessantemente como um pássaro ferido. Falou muito pouco. Disse apenas que precisava ficar sozinha. E não apareceu para o funeral.

— Pedimos que os leve para um lugar melhor — continua ele, com a profunda voz de barítono falhando. O trabalho de descarte teve um preço para o grandão. Ele luta para manter o controle, mas as emoções estão estrangulando suas cordas vocais. — Pedimos que... que...

Ele não consegue continuar. Vira-se, baixa a cabeça e deixa as lágrimas silenciosas virem. Ele não consegue respirar. Não consegue ficar ali. Quase sem saber o que está fazendo, afasta-se da multidão e do suave e terrível som do choro e da reza.

Entre as muitas coisas que ele não percebeu nesse dia, em sua névoa de tristeza, está o fato de que a decisão de Lilly Caul de evitar o funeral não é a única ausência notável. Chad Bingham também não compareceu.

— Você está bem? — Lilly mantém distância por um momento, parada à margem da clareira, retorcendo as mãos nervosamente a cerca de 4 metros de Chad Bingham.

O homem esguio com o boné da John Deere não diz nada por um tempo extremamente longo. Apenas fica perto das árvores, com a cabeça baixa, de costas para ela, com os ombros caídos como se estivesse carregando um grande peso.

Minutos antes do começo do funeral, Chad Bingham surpreendeu Lilly ao aparecer em sua tenda perguntando se eles podiam conversar em particular. Disse que queria acertar as coisas. Disse que não a culpava pela morte de Sarah, e pela expressão desoladora de seus olhos, Lilly acreditou nele.

E por isso o acompanhou até aquela pequena clareira no denso bosque que contorna a extremidade norte da propriedade. Com menos de 20 m^2 de solo coberto de agulhas de pinheiro e rodeada por pedras cobertas de limo, a clareira fica sob um dossel de folhagem, a luz cinzenta do sol se infiltra em feixes que iluminam grossas partículas de poeira. O ar frio cheira a decomposição e fezes de animais.

A clareira fica longe o bastante da cidade de tendas para dar alguma privacidade.

— Chad... — Lilly quer dizer alguma coisa, quer dizer o quanto está sentida.

Pela primeira vez desde que conheceu o homem, após ficar inicialmente chocada com sua disposição em ter um caso com Megan bem debaixo do nariz da esposa, Lilly vê Chad Bingham como um simples humano... imperfeito, assustado, emotivo, confuso e devastado pela perda da filha.

Em outras palavras, ele é apenas um sulista típico — nem melhor nem pior do que qualquer outro sobrevivente. E agora Lilly sente uma onda de simpatia inundando-a.

— Quer conversar sobre isso? — pergunta ela, finalmente.

— É, acho que sim... talvez não... não sei. — Ele ainda está de costas, a voz sai como uma torneira vazando, intermitentemente, tão baixa quanto a água pingando. A tristeza junta suas omoplatas, o faz tremer um pouco à sombra dos pinheiros.

— Eu sinto muito, Chad. — Lilly ousa se aproximar. Ela está com lágrimas nos olhos. — Eu adorava a Sarah, ela era uma garota maravilhosa.

Ele fala alguma coisa, tão baixo que Lilly não consegue ouvir, e chega mais perto.

Com gentileza, ela coloca a mão no ombro do homem.

— Eu sei que não há nada que alguém possa dizer... em um momento como este. — Ela fala para a nuca dele, na pequena tira de plástico na parte de trás do boné está escrito SPALDING. Ele tem uma pequena tatuagem de cobra entre os tendões do pescoço. — Sei que não é um consolo — acrescenta Lilly —, mas Sarah morreu como uma heroína, ela salvou a vida das irmãs.

— Salvou? — A voz dele não passa de um sussurro. — Ela era uma ótima menina.

— Eu sei que era... era uma menina maravilhosa.

— Você acha? — Ele ainda está de costas. Cabeça baixa. Ombros estremecendo suavemente.

— Sim, acho, Chad, ela foi uma heroína, ela era única.

— Mesmo? Você acha?

— Com certeza.

— Então por que você não fez a MERDA DO SEU TRABALHO!? — Chad se vira e acerta Lilly com as costas da mão, a força é tamanha que ela morde a língua. Sua cabeça oscila bruscamente e ela vê estrelas.

Ele bate outra vez e ela cambaleia para trás, tropeçando em uma raiz exposta e caindo no chão. Chad assoma sobre ela, com os punhos cerrados, os olhos fulgurantes.

— Sua vadia inútil! Tudo o que você precisava fazer era proteger minhas filhas! Um chimpanzé poderia fazer isso!

Lilly tenta rolar para longe, mas Chad impele a biqueira de aço de sua bota de trabalho contra o quadril dela, jogando-a de lado. A dor trespassa o abdômen de Lilly. Ela tenta respirar, a boca se enche de sangue.

— P-por favor, nã...

Ele se abaixa e a coloca de pé. Segurando-a pela parte da frente do moletom, ele sibila com o hálito ácido e quente em seu rosto:

— Você e sua amiguinha vagabunda acham que isto aqui é uma festa? Você estava fumando bagulho ontem? Hein? HEIN?

Chad dá um gancho de direita no maxilar de Lilly, quebrando seus dentes e jogando-a novamente no chão. Ela cai em uma pilha agonizante, com duas costelas quebradas, sufocando com o sangue. Ela não consegue respirar. Um frio gélido se espalha por seu corpo e embaça a visão.

Ela mal consegue focalizar a forma vigorosa e compacta de Chad Bingham pairando acima dela e se lançando sobre seu corpo com um peso enorme; ele monta nela, a baba da fúria incontrolável vazando pelo canto da boca, e a saliva voando.

— Responda! Você estava fumando maconha enquanto cuidava das minhas filhas?

Lilly sente as mãos poderosas de Chad se fechando em torno de sua garganta, a parte de trás da cabeça bate contra o chão.

— RESPONDA, SUA VAD...

Sem aviso, uma terceira figura surge atrás de Chad Bingham, afastando-o de Lilly; a identidade de seu salvador é praticamente indistinguível.

Lilly vê apenas o borrão de um homem tão grande que encobre os raios do sol.

Josh segura a jaqueta jeans de Chad Bingham com as duas mãos e o puxa com toda a força.

Seja pelo pico repentino de adrenalina que corre pelo homem grande ou simplesmente por causa da relativa magreza de Chad, o resultante descarte faz Chad Bingham parecer uma bola de canhão humana. Ele voa através da clareira em um arco alto, uma de suas botas sai voando, o boné rodopia para o meio das árvores. Ele bate com o ombro em um enorme e antigo tronco de árvore. Chad fica sem ar e cai no chão diante da árvore. Ele tenta respirar, perplexo.

Josh se ajoelha ao lado de Lilly e gentilmente ergue seu rosto cheio de sangue. Ela tenta falar, mas não consegue obrigar os lábios ensanguentados a formar as palavras. Josh solta um suspiro aflito, uma espécie de gemido terminal. Algo na visão daquele lindo rosto — com olhos verde-claros e bochechas delicadamente sardentas, agora pontilhadas de sangue — o lança em uma fúria que coloca um filtro diáfano sobre seus olhos.

O homem grande se levanta, vira-se e marcha através da clareira até o local onde Chad Bingham está caído, contorcendo-se de dor.

Josh só consegue ver o borrão branco leitoso do homem no chão enquanto a luz fraca do sol irradia-se pelo ar úmido. Chad faz uma débil tentativa de se arrastar para longe, mas Josh pega as pernas do homem com facilidade, e com um único e decidido puxão, o corpo de Chad é deslocado novamente para a frente da árvore. Josh levanta o homem rijo contra o tronco.

Chad gagueja com sangue na boca:

— Isso não é... não é da sua... por favooor... m-meu irmão... você não precisa FAZEEEE...!

Josh empurra o corpo agitado do homem contra a casca de um carvalho centenário. O impacto racha o crânio do homem e desloca suas omoplatas com a violenta brusquidão de um aríete.

Chad solta um grito indistinto e viscoso — mais primitivo e involuntário do que consciente — revirando os olhos. Se Chad Bingham fosse atingido pelas costas diversas vezes por um imenso aríete, a série de impactos não rivalizaria com a força com a qual Josh Lee Hamilton empurra o homem vigoroso de jeans contra a árvore.

— Não sou seu irmão — diz Josh com uma calma sinistra.

Uma voz baixa e aveludada vem de algum lugar escondido e inacessível em suas profundezas enquanto ele esmurra o homem, que mais parece um boneco de pano, contra o tronco.

Josh raramente perde o controle dessa maneira. Só aconteceu algumas vezes em sua vida: uma vez em campo, quando um jogador adversário — um cara de Montgomery — chamou-o de crioulo... e em outra ocasião, quando um batedor de carteiras em Atlanta roubou a bolsa de sua mãe. Mas agora a tempestade silenciosa dentro dele esta mais violenta do que nunca — as ações são desimpedidas, mas mesmo assim controladas — enquanto ele bate sem parar a parte de trás do crânio de Chad Bingham contra a árvore.

A cabeça de Chad pende a cada impacto, o baque doentio fica cada vez mais aquoso conforme a parte de trás do crânio cede. Vômito é esguichado de Chad — novamente um fenômeno involuntário —; partículas de cereal e bílis amarela rolam despercebidas pelos grossos antebraços de Josh Lee Hamilton. Josh nota a mão esquerda de Chad tateando pelo cabo da Smith & Wesson cromada, enfiada na parte de rás do cinto.

Josh arranca facilmente a pistola das calças de Chad e a joga do outro lado da clareira.

Usando sua última centelha de força, com o cérebro confuso por causa das múltiplas concussões e a hemorragia vazando pela parte de trás do crânio fraturado, Chad Bingham faz a tentativa inútil de impulsionar um joelho contra a virilha do homem grande, mas Josh rápida e habilmente bloqueia o joelho com um dos antebraços, e então desfere um golpe extraordinário — um violento tapa com as costas da mão, cujo eco surreal chega instantes depois até Lilly —, que arremessa Chad Bingham para o lado.

Chad se estatela no chão a quase 5 metros do tronco da árvore. Josh não consegue ouvir Lilly cambaleando através da clareira. Não consegue ouvir sua voz estrangulada.

— Josh, NÃO! NÃO! JOSH, PARE, VOCÊ VAI MATÁ-LO!!

De repente, Josh acorda, e pisca como se descobrisse que é sonâmbulo e está caminhando nu pela Peachtree Boulevard durante a hora do rush. Ele sente a mão de Lilly em suas costas, agarrando seu casaco, tentando puxá-lo parta trás e para longe do homem caído no chão.

— Você vai matá-lo!

Josh se vira. Ele vê Lilly — machucada e exausta, com a boca cheia de sangue, mal conseguindo se manter de pé, respirar ou falar — bem atrás, com o olhar pálido cravado ao dele. Ele a puxa para um abraço e os olhos se enchem de lágrimas.

— Você está bem?

— Estou... por favor, Josh... você precisa parar antes que o mate.

Josh começa a dizer alguma coisa, mas se interrompe. Ele se vira e baixa os olhos para o homem no chão. Durante aquela terrível pausa silenciosa — enquanto Josh move os lábios, mas não consegue emitir um som ou colocar um pensamento em palavras — ele vê o corpo mole, caído sobre uma poça de seus próprios fluidos, imóvel e sem vida como um fardo de trapos.

QUATRO

— Fique quieta, querida. — Bob Stookey vira gentilmente a cabeça de Lilly para obter um ângulo melhor de seu lábio inchado. Com cuidado, ele passa uma quantidade de antibiótico do tamanho de uma ervilha sobre a pele cortada. — Está quase acabando.

Lilly se contrai de dor. Bob está ajoelhado ao lado dela, com o kit de primeiros-socorros aberto na ponta da cama estreita na qual Lilly está deitada de bruços, olhando para o teto de lona. A tenda brilha com os pálidos raios de sol do final da tarde, que atravessa as paredes de tecido manchadas. O ar está frio e cheira a desinfetante e bebida velha. Um cobertor protege o torso e o sutiã de Lilly.

Bob precisa de uma bebida. Precisa muito. Suas mãos estão tremendo outra vez. Nos últimos tempos ele tem tido flashbacks de seus dias no Corpo Médico dos Fuzileiros Navais dos Estados Unidos. A estada no Afeganistão, 11 anos antes, esvaziando comadres em Camp Dwyer — parece que foi há um milhão de anos-luz — nunca poderia tê-lo preparado para *isto*. Ele também era uma esponja naquela época, mal conseguiu se formar na escola de medicina e terminar o treinamento em San Antonio por causa da bebida, e agora a guerra veio buscar Bob em casa. Os corpos crivados de estilhaços que ele costurou no Oriente Médio não foram nada comparados aos campos de batalha deixados para trás por *esta* guerra. Bob sonha com o Afeganistão, às vezes — os mortos-vivos misturando-se e infectando as fileiras do Talibã de um jeito bem Grand Guignol —, os braços frios, mortos e cinzentos brotando das paredes de unidades de cirurgia móveis.

Mas remendar Lilly é um assunto completamente diferente para Bob — muito pior do que ser um paramédico de campanha ou limpar o resultado de um ataque de errantes. Bingham a machucou muito. Pelo que Bob consegue ver, ela está com pelo menos três costelas quebradas e uma grande contusão no olho esquerdo — que pode ou não envolver uma hemorragia do vítreo ou até mesmo um descolamento de retina — assim como uma série de machucados e lacerações no rosto. Bob se sente desprovido, tanto de técnica quanto de suprimentos médicos, para sequer *fingir* tratá-la. Mas ele é a única opção disponível nas redondezas, então improvisou uma tala com lençóis, capas duras de livros e ataduras elásticas em torno do tronco de Lilly e aplicou creme antibiótico de seu decrescente estoque nos ferimentos superficiais. O olho é o que mais o preocupa. Ele precisa observá-lo, cuidar para que melhore da maneira correta.

— Pronto — diz ele, aplicando a última porção de creme no lábio dela.

— Obrigada, Bob. Pode mandar a conta para a minha seguradora. — A fala de Lilly está obstruída pelo inchaço, há um leve ceceio no *s*.

Bob solta uma risadinha sem graça e a ajuda a recolocar o casaco sobre o tronco enfaixado e os ombros machucados.

— O que aconteceu lá, afinal?

Lilly suspira, sentando-se na cama de campanha, fechando cuidadosamente o zíper do casaco e estremecendo com as pontadas de dor.

— As coisas saíram um pouco... do controle.

Bob encontra o cantil de bebida amassado, recosta-se na cadeira dobrável e toma um longo trago medicinal.

— Correndo o risco de dizer o óbvio... isso não é bom para ninguém.

Lilly engole como se estivesse tentando digerir vidro quebrado. Cachos do cabelo avermelhado caem sobre o rosto.

— Eu que o diga.

— Eles estão fazendo uma reunião sobre isso agora na tenda de circo.

— Quem?

— Simmons, Hennessey, alguns dos caras mais velhos, Alice Burnside... esse pessoal... filhos e filhas da revolução. Josh está... bom... eu nunca o tinha visto assim. Ele está bastante abalado. Sentado no chão diante da barraca dele como uma esfinge... Não diz uma palavra... só fica olhando para o nada. Disse que vai concordar com o que quer que decidam.

— Como assim?

Bob toma outro saudável gole de seu remédio.

— Lilly, isso tudo é novo. Alguém assassinou um vivo. Essas pessoas nunca lidaram com algo assim.

— *Assassinou*?

— Lilly...

— É assim que chamam agora?

— Só estou dizendo...

— Preciso falar com eles. — Lilly tenta se levantar, mas a dor a puxa de volta para a borda da cama.

— Cuidado aí, Kemosabe. Vá com calma. — Bob se inclina e gentilmente a endireita. — Eu só lhe dei codeína suficiente para acalmar um Clydesdale.

— Que merda, Bob, eles não vão linchar o Josh por isso, não vou deixar.

— Vamos dar um passo de cada vez. Você não vai a lugar nenhum agora.

Lilly baixa a cabeça. Uma única lágrima aparece e cai de seu olho saudável.

— Foi um acidente, Bob.

Bob olha para ela.

— Que tal nos concentrarmos apenas em melhorar por enquanto, hein?

Lilly levanta os olhos para ele. Seu lábio machucado está três vezes maior do que o normal, o olho esquerdo está injetado de vermelho, com a pele ao redor já enegrecida e contundida. Lilly puxa a gola de seu sobretudo de brechó e estremece de frio. Ela usa diversos acessórios estranhos que chamam a atenção de Bob: pulseiras de macramê e contas e pequenas penas entrelaçadas aos cachos do cabelo âmbar que cai sobre o rosto devastado. Bob Stookey acha interessante o fato de uma garota ainda prestar atenção à moda naquele mundo. Mas isso é parte do charme de Lilly Caul, parte de seu caráter. Da pequena tatuagem de flor-de-lis na nuca aos meticulosos rasgos e remendos do jeans, ela é uma daquelas garotas que conseguem transformar 10 dólares e uma tarde no brechó em um guarda-roupa completo.

— É tudo culpa minha, Bob — diz ela, com uma voz áspera e sonolenta.

— Isso é bobagem — retruca Bob Stookey depois de dar outro gole no cantil velho. Talvez o álcool tenha começado a soltar a língua de Bob, porque ele sente uma pontada de crueldade. — Conhecendo a personalidade daquele Chad, acho que ele já estava pedindo por isso há algum tempo.

— Bob, não é...

Lilly se interrompe quando escuta o barulho de passos do lado de fora da tenda. A sombra de um leviatã cai sobre a lona. A silhueta familiar faz uma pausa momentânea, espreitando desajeitadamente do lado de fora da aba fechada da tenda de Bob. Lilly reconhece a figura, mas não diz nada.

Uma mão enorme dobra a aba da tenda para dentro e um grande rosto negro e profundamente contraído espia para dentro.

— Disseram que eu podia... eles me deram três minutos — diz Josh Lee Hamilton em um tom estrangulado e tímido.

— Do que você está falando? — Lilly se senta e fixa os olhos no amigo. — Três minutos para quê?

Josh se ajoelha diante da aba da tenda, olhando para o chão, lutando para encobrir suas emoções.

— Três minutos para me despedir.

— *Se despedir?*

— É.

- Como assim *se despedir*? O que aconteceu?

Josh solta um suspiro aflito.

— Eles votaram... Decidiram que a melhor maneira de lidar com isso é me mandar embora, me chutar do grupo.

— *O quê!?*

— Acho que é melhor do que ser enforcado na árvore mais alta.

— Você não... quero dizer... foi completamente acidental.

— É, claro — diz Josh, com os olhos fixos no chão. — O pobre sujeito esbarrou no meu punho um monte de vezes por acidente.

— Mas naquelas circunstâncias, essas pessoas sabem que tipo de homem...

— Lilly...

— Não, está errado. Isso está... errado.

— Acabou, Lilly.

Ela olha para ele.

— Vão deixar você levar algum suprimento? Talvez um dos veículos?

— Eu tenho minha moto. Vou ficar OK, vou ficar bem...

— Não... não... isso é simplesmente... *ridículo.*

— Lilly, ouça. — O homem grande entra parcialmente na tenda. Bob desvia os olhos por respeito. Josh se agacha, estica a mão e toca com gentileza o rosto machucado de Lilly. Pela maneira como os lábios de Josh estão contraídos, como seus olhos estão cintilando, e como as linhas se aprofundam ao redor da boca, não há dúvida de que ele está segurando uma emoção fortíssima. — É assim que tem que ser. Vai ser melhor. Eu vou ficar bem. Você e Bob seguram as pontas.

Os olhos de Lilly se enchem de lágrimas.

— Então eu vou com você.

— Lilly...

— Não há nada para mim aqui.

Josh balança a cabeça.

— Desculpe, boneca... a passagem é só para um.

— Eu vou com você.

— Lilly, sinto muito mesmo, mas isso não vai acontecer. Aqui é mais seguro. Com o grupo.

— É, isto aqui é muito estável — diz ela friamente. — É um verdadeiro festival do amor.

— Melhor aqui do que lá fora.

Lilly olha para ele com uma expressão furiosa, as lágrimas começam a descer por seu rosto ferido.

— Você não pode me impedir, Josh. A decisão é minha. Vou junto e pronto. E se tentar me impedir, vou perseguir você, vou encontrá-lo. Vou também, e não há nada que você possa fazer a respeito. Você não pode me impedir, OK? Então só... aceite.

Ela abotoa o casaco, enfia os pés nas botas e começa a recolher suas coisas. Josh observa com desalento. Os movimentos de Lilly são incertos, interrompidos por sobressaltos intermitentes de dor.

Bob troca um olhar com Josh. Algo tácito, mas poderoso ocorre entre os dois homens, enquanto Lilly enfia as peças soltas de roupa em uma sacola e sai da tenda.

Josh fica na entrada da tenda por um instante, olhando para Bob, que finalmente dá de ombros e diz, com um sorriso cansado:

— *Mulheres.*

Quinze minutos depois, os alforjes da Suzuki ônix de Josh estão transbordando de latas de carne enlatada e atum, sinalizadores luminosos para a estrada, fósforos à prova d'água, corda, uma tenda enrolada, uma lanterna, um pequeno fogão de campanha, uma vara de pescar desmontável, uma pequena calibre .38 vagabunda e alguns pratos de papel e temperos surrupiados da área comum. O dia se tornou tempestuoso, o céu se fechando com nuvens escuras cinzentas.

O tempo ameaçador adiciona mais uma camada de ansiedade aos procedimentos, enquanto Josh prende as bagagens e olha por cima do ombro para Lilly, que está a 3 metros de distância na margem da estrada, colocando sobre os ombros uma mochila excessivamente cheia. Ela se contrai com a dor aguda nas costelas ao apertar as tiras.

Do outro lado da propriedade, alguns dos autoproclamados líderes da comunidade assistem. Três homens e uma mulher de meia-idade estão parados observando estoicamente. Josh quer gritar alguma coisa sarcástica e desmoralizante para eles, mas segura a língua. Em vez disso, vira-se para Lilly e diz:

— Está pronta?

Antes de Lilly conseguir responder, uma voz ressoa da extremidade leste da propriedade.

— Esperem aí, companheiros!

Bob Stookey aparece caminhando ao longo da cerca com uma grande sacola de lona jogada sobre as costas. O chocalhar das garrafas é audível — seu estoque particular de "remédios", sem dúvida — e há uma expressão estranha no rosto do velho paramédico, uma mistura de expectativa e constrangimento. Ele se aproxima cuidadosamente.

— Antes de cavalgarem em direção ao pôr do sol, tenho uma pergunta.

Josh lança um olhar ao homem.

— O que está havendo, Bob?

— Só me responda uma coisa — diz ele. — Você tem algum treinamento médico?

Lilly se aproxima com a testa franzida de confusão.

— Bob o que você quer?

— É uma pergunta simples. Algum dos dois desmiolados tem credencial médica legítima?

Josh e Lilly trocam um olhar. Josh suspira.

— Que eu saiba, não, Bob.

— Então, deixe-me perguntar outra coisa. Quem vai vigiar aquele olho para não infeccionar? — Ele indica o olho hemorrágico de Lilly. — Ou cuidar daquelas costelas fraturadas?

Josh olha para o paramédico.

— O que você está tentando dizer, Bob?

O homem mais velho aponta o dedo para a fileira de veículos estacionados ao longo da estrada de acesso de cascalho atrás dele.

Já que estão indo se divertir na imensidão azul, não faria mais sentido levar um integrante do Corpo Médico dos Fuzileiros Navais dos Estados Unidos?

Eles colocam as coisas na picape de cabine dupla de Bob. A velha Dodge Ram é um monstro — esburacada com cicatrizes enferrujadas e mossas —, e tem uma camper adaptada na caçamba estendida. As janelas da camper são longas, estreitas e opacas. A mochila de Lilly e os alforjes de Josh entram pelo basculante traseiro e ficam enfiados entre pilhas de roupas sujas e garrafas de uísque barato pela metade. Ali, há duas instáveis camas dobráveis de campanha, um grande cooler, três kits velhos de primeiros-socorros, uma mala puída, dois reservatórios de combustível, uma velha bolsa de médico de couro que parece saída de uma loja de penhores e um amontoado de ferramentas de jardinagem comprimidas contra a divisória na frente — pás, uma enxada, alguns machados e um forcado com aparência nojenta. O teto abobadado é alto o bastante para acomodar um adulto com a cabeça abaixada.

Enquanto acondiciona as bagagens, Josh vê partes espalhadas de uma espingarda calibre .12 desmontada, mas nenhum sinal de munição. Bob carrega uma .38 de cano curto, que provavelmente não conseguiria acertar um alvo parado a dez passos sem vento — e isso se Bob estiver sóbrio, o que raramente é o caso. Josh sabe que vão precisar de armas e munição se quiserem ter uma chance real de sobrevivência.

Josh bate o basculante e sente que alguém mais os está observando da propriedade.

— Oi, Lil.

A voz é familiar, e quando Josh se vira, vê Megan Lafferty, a garota com os cachos castanhos avermelhados e libido desvairada, parada a alguns carros de distância, perto do acostamento de cascalho. Ela está de mãos dadas com o garoto maconheiro — qual é mesmo o nome dele? — de cabelo louro pegajoso caindo no rosto e suéter roto. Steve? Shawn? Josh não consegue se lembrar. Tudo de que se lembra é de aturar a garota pulando de cama em cama desde Peachtree City.

Agora os dois vagabundos estão parados ali, observando como abutres.

— Oi, Meg — diz Lilly suavemente, um pouco cética, ao contornar a traseira da caminhonete e parar ao lado de Josh. No silêncio constrangedor, ouve-se o barulho que Bob está fazendo sob o capô do veículo.

Megan e o garoto maconheiro se aproximam cuidadosamente. Ela mede suas palavras ao se dirigir a Lilly.

— Cara, soube que você estava, tipo, pegando a estrada.

Ao lado de Megan, o maconheiro ri baixo.

— Estou sempre disposto a *viajar*.

Josh fuzila o garoto com um olhar.

— O que podemos fazer por vocês, bons jovens?

Megan não tira os olhos de Lilly.

— Lil, eu só queria dizer... tipo... Espero que você não esteja chateada comigo ou coisa assim.

— Por que estaria chateada com *você*?

Megan baixa os olhos.

— Eu disse umas coisas no outro dia, eu não estava pensando direito... eu só queria... sei lá. Só queria pedir desculpas.

Josh dá uma olhada para Lilly, e nesse breve instante de silêncio antes da resposta dela, ele vê toda a essência de Lilly Caul. Seu rosto machucado se ameniza. Os olhos se enchem de perdão.

— Você não precisa pedir desculpas por nada, Meg — diz Lilly à amiga. — Todos nós só estamos tentando manter a sanidade.

— Ele realmente ferrou você — diz Megan, ponderando os ferimentos do rosto de Lilly.

— Lilly, temos que ir — interrompe Josh. — Vai escurecer logo.

O garoto maconheiro sussurra para Megan:

— Você vai perguntar ou não?

— Perguntar o quê, Megan? — diz Lilly.

Megan umedece os lábios. Ela levanta os olhos para Josh.

— O jeito que estão tratando você é muito escroto.

Josh assente educadamente.

— Eu agradeço, Megan, mas temos mesmo que ir.

— Queremos ir também.

Josh olha para Lilly, e ela encara a amiga. Finalmente, Lilly, diz:

— Ahn, sabe, é que...

— É mais seguro ficar em grupo, cara — entusiasma-se o garoto maconheiro com a risadinha seca e nervosa de drogado. — Estamos totalmente em *modo bélico*...

Megan levanta a mão.

— Scott, dá para calar a boca por *dois minutos*? — Ela olha para Josh. — Não podemos ficar aqui com esses idiotas fascistas. Não depois do que aconteceu. Isto aqui está uma bagunça da porra. As pessoas não confiam mais umas nas outras.

Josh cruza os grandes braços sobre o peito de tonel, olhando para Megan.

— Você ajudou a agitar as coisas.

— Josh... — Lilly tenta interceder.

Repentinamente, Megan baixa os olhos com uma expressão abatida.

— Não, tudo bem. Eu mereço. Acho que eu só... só esqueci quais são as regras.

No silêncio que se segue — os únicos sons são o vento nas árvores e os barulhos de Bob matando tempo sob o capô — Josh revira os olhos. Ele não acredita que está a ponto de concordar com isso.

— Peguem suas coisas — diz ele, finalmente. — E sejam rápidos.

Megan e Scott viajam na traseira. Bob dirige, com Josh no banco do carona e Lilly no espaço estreito na parte de trás da cabine. A picape tem um leito modificado atrás do banco da frente, com portas laterais menores e um banco estofado dobrável que serve de cama. Lilly se senta no banco esfarrapado e se segura, cada solavanco e curva causa uma pontada de dor em suas costelas.

Conforme percorrem a sinuosa estrada de acesso que sai dos pomares, ela vê as árvores de ambos os lados escurecendo, as sombras do final da tarde se alongam, a temperatura despenca. O barulhento aquecedor da picape luta uma batalha perdida contra o frio. O ar na cabine cheira a bebida velha, fumaça e odores corporais. Através da ventilação, o cheiro dos campos de tabaco e das frutas apodrecidas — o cheiro do outono na Geórgia — é levemente discernível, um aviso para Lilly, um prenúncio do desligamento da civilização.

Ela começa a procurar errantes nas árvores — cada sombra, cada lugar escuro é uma ameaça em potencial. O céu está vazio de aviões ou pássaros de qualquer espécie, o firmamento está frio, morto e silencioso como uma imensa geleira cinzenta.

Eles entram na Spur 362 — a principal via do condado de Meriwether — enquanto o Sol afunda no horizonte. Por causa da proliferação de destroços e carros abandonados, Bob dirige devagar, mantendo a caminhonete a mais ou menos 60 km/h. A estrada de mão-dupla se torna azul-acinzentada na escuridão crescente, o crepúsculo espalha-se sobre as colinas ondulantes de pinheiros e soja.

— Qual é o plano, capitão? — Bob pergunta a Josh depois de terem percorrido 2,5 km.

— Plano? — Josh acende um charuto e abre a janela. — Você deve estar me confundindo com um daqueles comandantes de batalha que você costurava no Iraque.

— Nunca estive no Iraque — diz Bob. Ele está com um cantil entre as pernas. Toma um gole. — Não fiz nada que valesse a pena no Afeganistão e, para ser honesto, aquilo lá está parecendo cada vez melhor para mim.

— Tudo o que sei é que me mandaram sair da cidade, e é o que estou fazendo.

Eles passam por um cruzamento, uma placa que diz ESTRADA FILBURN, uma desolada estrada rural de terra ladeada por valas, que passa entre dois campos de tabaco. Josh toma nota e começa a se perguntar se é prudente estar em uma estrada grande depois do anoitecer. Ele começa a dizer:

— Mas estou começando a pensar que talvez não devêssemos nos afastar demais do...

— Josh! — A voz de Lilly corta o ronco da picape — Errantes... olhe!

Josh percebe que ela está apontando para um trecho à frente, na autoestrada, a mais ou menos 450 metros de distância. Bob pisa com força no freio. A picape derrapa, jogando Lilly contra o assento. Uma dor aguda como um caco de vidro pontiagudo atravessa suas costelas. O baque abafado de Megan e Scott batendo na divisória na traseira penetra a cabine.

— Filhos da mãe! — Bob agarra o volante com as mãos enrugadas e desgastadas pelo tempo, os nós de seus dedos ficam brancos com a pressão enquanto a picape continua barulhentamente em ponto morto. — Filhos da *mãe*!

Josh vê a horda de zumbis ao longe, pelo menos quarenta ou cinquenta — talvez mais, o crepúsculo pode enganar — aglomerados ao redor de um ônibus escolar virado. Dessa distância, parece que o ônibus despejou montes de roupas molhadas, que os mortos estão ocupados em separar. Mas rapidamente fica claro que os volumes são restos humanos. E os errantes estão se alimentando.

E as vítimas são crianças.

— Podíamos simplesmente forçar a passagem através deles — sugere Bob.

— Não... não — diz Lilly. — Está falando sério?

— Podemos contorná-los.

— Não sei. — Josh joga o charuto pela janela, seu pulso se acelera. — Aquelas valas de cada lado são íngremes, poderíamos virar.

— O que você sugere?

— O que você tem de munição para aquela espingarda de pressão que está lá atrás?

Bob solta um suspiro tenso.

— Tenho uma caixa de chumbinho com 25 grãos que tem mais ou menos um milhão de anos. E aquela sua arma de brinquedo?

— Apenas o que está no tambor, acho que cinco tiros, e só.

Bob olha pelo retrovisor. Lilly vê seus olhos profundamente enrugados faiscando de pânico. Bob está olhando para Lilly quando diz:

— Alguma ideia?

Lilly diz:

— OK, então mesmo se derrubarmos a maioria deles, o barulho vai atrair uma horda. Se quer minha opinião, acho que devemos evitá-los completamente.

Nesse momento, batidas abafadas fazem Lilly se sobressaltar. Suas costelas dão uma pontada quando ela se vira. Na janelinha estreita da traseira da cabine, o rosto pálido e ansioso de Megan aparece. Ela bate com a palma da mão no vidro e forma com os lábios as palavras *Porra, o que está acontecendo?*

— Calma! Está tudo bem! Fiquem calmos! — grita Lilly pelo vidro, depois se volta para Josh. — O que você acha?

Josh olha pela janela para o espelho longo e salpicado de ferrugem. No reflexo retangular, ele vê o solitário cruzamento cerca de 300 metros para trás, quase invisível na luz cada vez mais fraca.

— Dê marcha a ré — diz ele.

Bob olha para ele.

— O quê?

— Dê ré... rápido. Vamos pegar aquela estrada secundária lá atrás.

Bob engata a ré e pisa fundo. A picape dispara. O motor geme. A força gravitacional empurra todos para a frente. Bob morde o lábio inferior enquanto luta com o volante, usando o espelho lateral para se guiar. A picape desliza para trás, com a frente oscilando e as engrenagens se esgoelando. A traseira se aproxima do cruzamento.

Bob trava os freios e Josh bate contra seu assento quando a traseira da picape derrapa no acostamento da via de mão dupla, enredando-se em um emaranhando de cornisos, espadanas e mandrágoras, levantando uma nuvem de folhas e detritos. Ninguém ouve os sons arrastados de algo morto se movendo atrás dos arbustos.

Ninguém ouve o leve raspar da coisa morta saindo da vegetação e envolvendo o para-choque traseiro com os dedos sem vida até ser tarde demais.

Dentro da camper, caindo no chão com o violento chacoalhar da picape e rindo histericamente, Megan e Scott não sabem do zumbi que agora está preso ao estribo da traseira. Quando a Dodge Ram engata a primeira e dispara pela estrada de terra perpendicular, ambos voltam para os assentos improvisados feitos de engradados de pêssego ainda rindo furiosamente.

O ar dentro da camper apertada está azul por causa da névoa de um cachimbo cheio de erva que Scott acendeu dez minutos antes. Ele vem conservando seu estoque, protegendo-o, temendo o inevitável dia em que ficará sem e terá que descobrir como plantá-la no barro arenoso

— Você acabou de peidar quando caiu. — Scott ri de Megan, com os olhos sonhadores e dopados por causa do intenso entorpecimento.

— Tenho quase certeza de que não peidei, não — retruca ela com uma risada descontrolada, tentando se equilibrar sobre o engradado. — Foi a merda do meu sapato que arranhou a merda do chão.

— Mentira, cara, você peidou *sim*.

— Não peidei.

— Peidou, peidou *com certeza*... você acabou de soltar um, e foi um peido de menina.

Megan cai na gargalhada.

— O que é um peido de menina?

Scott gargalha.

— É... é tipo... tipo um punzinho delicado. Que nem um trenzinho. *Tchu-tchu*. O peidinho que podia...

Os dois se dobram em um incontrolável espasmo de risos enquanto um rosto lívido de olhos leitosos se eleva como uma pequena lua na superfície escura da janela traseira da camper. Esse é um homem de meia-idade quase careca, com o couro cabeludo delineado com veias azul-escuras e punhados de cabelos cinza-mofo.

Nem Megan nem Scott o veem a princípio. Eles não veem o vento soprando suas mechas bolorentas de cabelos ralos, os lábios gordurosos se arreganhando para expor dentes enegrecidos, ou o movimento dos dedos insensíveis e podres enfiando-se pelo vão da janela basculante parcialmente aberta.

— AI, MERDA! — Scott solta as palavras em meio a uma risada quando vê o intruso. — AI, MERDA!

A risada convulsiva faz Megan se dobrar, enquanto Scott gira e cai de cara, depois engatinha enlouquecidamente pelo espaço estreito em direção às ferramentas de jardinagem. Ele não está mais rindo. O zumbi já está com metade do corpo dentro da camper. O som de seu rosnado semelhante ao de uma serra e o fedor de seus tecidos em decomposição enchem o ar. Megan finalmente vê o intruso e começa a tossir e ofegar, a risada se alterando.

Scott tenta pegar o forcado. A picape dá uma guinada. O zumbi, agora com o corpo inteiro dentro da camper, cambaleia como um bêbado para o lado e bate na parede. Uma pilha de engradados cai. Scott empunha o forcado.

Megan se afasta rapidamente, deslizando sobre a bunda, enfiando-se no canto mais distante. O terror em seus olhos parece incongruente com as risadas agudas e soluçantes. Como um motor engasgado, sua risada indistinta e demente continua enquanto Scott se levanta com os joelhos frouxos e investe com o forcado com toda a força na direção do cadáver em movimento à sua frente.

Os dentes enferrujados acertam a lateral do rosto da coisa.

Uma das pontas empala o olho esquerdo do zumbi. As outras entram na mandíbula e na jugular. Sangue preto jorra por toda a camper. Scott dá um grito de guerra e solta a ferramenta. O zumbi cambaleia para trás, na direção do basculante açoitado pelo vento — que agora está batendo — e por alguma razão, o segundo golpe arranca de Megan uma gargalhada convulsiva e insana.

Os dentes do forcado afundam no crânio da coisa.

Isso é hilário para Megan: o engraçado homem morto estremecendo como se estivesse sendo eletrocutado, com um forcado enfiado na cabeça, estendendo os braços impotentemente no ar. Como um tolo palhaço de circo com o rosto branco, com grandes dentes pretos ridículos, a coisa cambaleia para trás por um instante, até que a pressão do vento o puxa para fora do basculante traseiro.

O forcado escorrega das mãos de Scott quando o zumbi despenca da picape. Scott cai de bunda, aterrissando em uma pilha de roupas.

Agora, tanto Megan quanto Scott caem na gargalhada diante do absurdo do zumbi resvalando para a estrada com o forcado ainda fincado no crânio. Os dois engatinham até o basculante traseiro e olham os restos humanos desaparecendo na distância atrás deles — com o forcado ainda espetado em sua cabeça como uma placa de identificação quilométrica.

Scott fecha o basculante e os dois caem outra vez na gargalhada em espasmos de riso chapado e tosse frenética.

Ainda rindo, com os olhos úmidos, Megan se vira para a frente da camper. Através da janela da cabine ela vê a parte de trás da cabeça de Lilly e de Josh. Eles parecem absortos, inconscientes do que acabou de acontecer a apenas alguns centímetros deles. Parecem estar apontando para alguma coisa ao longe, no topo de uma colina adjacente.

Megan não consegue acreditar que ninguém na cabine ouviu a comoção na camper. Será que o barulho da estrada era tão alto? Será que a luta foi abafada pelo som das risadas? Megan está a ponto de bater no vidro quando finalmente vê para onde estavam apontando tanto.

Bob está saindo da estrada e entrando em um íngreme caminho de terra em direção a um prédio que pode ou não estar abandonado.

CINCO

O posto de gasolina deserto fica no alto de uma colina de onde é possível ver os pomares ao redor. Com três lados protegidos por cercas de tábuas repletas de ervas daninhas e caçambas de lixo espalhadas, o lugar tem uma letreiro pintado à mão sobre as duas ilhas de combustível — uma bomba de diesel e três de gasolina — que diz FORTNOY'S FUEL AND BAIT. A construção térrea possui um escritório imundo, uma loja de conveniência e uma pequena oficina com apenas um elevador automotivo.

Quando Bob para no terreno de cimento rachado — com os faróis desligados para evitar detecção —, a noite está completamente escura, e os pneus da picape trituram vidro quebrado. Megan e Scott espiam pelo basculante traseiro, notando as sombras da propriedade abandonada, enquanto Bob leva a picape para trás da oficina, fora do campo de visão de algum passante intrometido.

Ele estaciona a picape entre a carcaça de um sedan destruído e um pilar de pneus. Logo depois, o motor é desligado, e Megan ouve o rangido da porta do carona e o pesado baque de Josh Lee Hamilton saindo e contornando a traseira da camper.

— Fiquem aí um segundo — diz Josh suave e calmamente depois de abrir a porta da camper e ver Megan e Scott agachados perto do basculante como um casal de corujas. Josh não repara nos respingos de sangue nas paredes. Ele verifica o cilindro de sua .38, o aço azulado cintila na escuridão. — Vou dar uma olhada no lugar para ver se não há nenhum errante.

— Não quero ser grosseira, mas *como assim*? — diz Megan, sua onda completamente esgotada, substituída por uma espécie de áspera descarga de adrenalina. — Vocês não notaram o que houve aqui atrás? Não ouviram o que estava acontecendo?

Josh olha para ela.

— Tudo o que ouvi foram dois maconheiros se divertindo até não poder mais... Isto aqui está com cheiro de Mardi Gras em um bordel.

Megan conta a ele o que aconteceu.

Josh lança um olhar a Scott.

— Fico surpreso por você ter conseguido... com o cérebro confuso desse jeito. — A expressão de Josh se ameniza. Ele suspira e sorri para o garoto. — Parabéns, júnior.

Scott dá a ele um sorrisinho entorpecido.

— Meu primeiro abate, chefe.

— Provavelmente não vai ser o último — diz Josh, fechando o cilindro.

— Posso perguntar só mais uma coisa? — diz Megan. — O que estamos *fazendo* aqui? Achei que tínhamos bastante combustível.

— Está complicado demais por aí para viajar à noite. É melhor nos abrigarmos até de manhã. Quero que vocês dois fiquem aí até terem certeza de que está tudo limpo.

Josh se afasta.

Megan fecha a porta. Na escuridão, ela sente o olhar de Scott sobre si. Ela se vira e olha para ele. Scott está com uma expressão estranha nos olhos. Ela sorri para ele.

— Cara, tenho que admitir, você é muito habilidoso com ferramentas de jardinagem... Foi muito foda com aquele forcado.

Ele retribui o sorriso. Algo muda em seus olhos, como se a visse pela primeira vez — apesar da escuridão — e umedece os lábios. Ele tira uma mecha de cabelos louros sujos dos olhos.

— Não foi nada.

— Ah, falou. Já tem algum tempo que Megan está fascinada pela semelhança de Scott Moon com Kurt Cobain. A semelhança parece irradiar dele com uma mágica atávica, seu rosto cintila na escuridão, seu cheiro — óleo de patchuli, fumaça, folhas e chiclete — causa um turbilhão no cérebro de Megan.

Ela o agarra e comprime seus lábios contra os dele. Ele puxa seu cabelo e encaixa a boca na dela, e logo as línguas se entrelaçam e os troncos roçam um contra o outro.

— Me coma — sussurra ela.

— Aqui? — diz ele. — Agora?

— Talvez não — diz ela, olhando em volta, sem fôlego. Seu coração está acelerado. — Vamos esperar aqui dentro até ele ter terminado e depois achamos um lugar.

— Legal — diz ele, esticando a mão e acariciando-a através da camiseta rasgada do Grateful Dead.

Ela enfia a língua na boca dele. Megan precisa de Scott naquele momento, naquele instante, ela precisa muito de alívio.

Meg se afasta. Na escuridão, os dois se encaram, ofegantes, como animais selvagens que matariam um ao outro se não fossem da mesma espécie.

Megan e Scott encontram um lugar para consumar seu desejo momentos depois de Josh dizer que está tudo limpo.

Os dois maconheiros não enganam ninguém, apesar das descuidadas tentativas de serem discretos: Megan finge exaustão e Scott sugere arrumar um lugar para ela dormir no chão do almoxarifado nos fundos da loja de conveniência. O estoque apertado — com menos de 20 m^2 de ladrilhos embolorados e encanamento exposto — fede a peixe morto e isca de queijo. Josh lhes diz para ter cuidado e revira os olhos quando se afasta enojado, e talvez, só talvez, com um pouco de inveja.

Os baques surdos começam quase imediatamente, antes mesmo de Josh voltar ao escritório, onde Lilly e Bob estão descarregando uma mochila cheia de suprimentos para a noite.

— Que merda é essa? — pergunta Lilly ao homem grande quando ele volta.

Josh balança a cabeça. Os baques abafados dos dois corpos mandando ver na sala ao lado reverberam através dos cômodos pequenos do posto. De vez em quando, um suspiro ou um gemido se eleva acima dos sons rítmicos de sexo.

— Amor juvenil — diz ele, exasperado.

— Você não pode estar falando sério. — Lilly está parada tremendo no escritório escuro enquanto Bob Stookey tira nervosamente água engarrafada e cobertores de um engradado, fingindo não escutar os barulhos carnais. Lilly se segura como se pudesse se desintegrar a qualquer momento. — Então é isso o que podemos esperar?

O Fortnoy's está sem energia, os reservatórios de combustível estão vazios e o ar no prédio é frio como o de uma câmara refrigerada. A loja de conveniência parece ter sido depenada. Até mesmo o refrigerador sujo está sem as minhocas e os peixinhos usados como iscas. O escritório tem uma estante empoeirada de revistas, uma máquina de salgadinhos com poucos chocolates e sacos velhos de batatas fritas, rolos de papel higiênico, algumas cadeiras de plástico viradas, uma estante de anticongelante e desodorizantes para carro e um balcão de madeira arranhado no qual fica uma caixa registradora que deveria estar no Smithsonian. A gaveta da registradora está aberta e vazia.

— Talvez eles façam até cansar. — Josh verifica seu último charuto, que está parcialmente queimado no bolso da jaqueta. Ele esquadrinha o escritório procurando um mostruário de cigarros. O lugar parece saqueado. — Parece que os garotos Fortnoy saíram às pressas.

Lilly toca o olho machucado.

— É, acho que os saqueadores chegaram antes de nós.

— Como você está? — pergunta Josh.

— Vou viver.

Bob levanta os olhos do engradado de suprimentos.

— Sente-se, Lilly. — Ele coloca uma das cadeiras contra a janela. A luz da lua da colheita entra e deixa o chão listrado de sombras pratea-

das empoeiradas enquanto Bob limpa as mãos com um lenço estéril.
— Vamos dar uma olhada nesses curativos.

Josh observa Lilly se sentar e Bob abrir o kit de primeiros-socorros.

— Fique parada — avisa Bob suavemente enquanto dá leves pancadinhas com um lenço embebido em álcool em volta das crostas do olho machucado de Lilly. A pele sob a sobrancelha está do tamanho de um ovo cozido. Lilly não para de se retrair, e isso incomoda Josh. Ele reprime a ânsia de ir até ela, de abraçá-la, de acariciar seu cabelo macio. A visão daquelas mechas onduladas de mogno caindo sobre o rosto delicado e fino está torturando o homem grande.

— Ai! — Lilly se retrai. — Vá com calma, Bob.

— Você está com um olho roxo bem feio, mas se conseguirmos mantê-lo limpo, vai ficar pronta para partir.

— Para onde?

— É uma ótima pergunta. — Com cuidado, Bob solta as ataduras elásticas que estão ao redor das costelas de Lilly e apalpa gentilmente as áreas contundidas com as pontas dos dedos. Ela se retrai outra vez. — As costelas devem melhorar por conta própria, desde que você não se meta em nenhuma competição de luta ou maratona.

Bob substitui a atadura elástica ao redor do tronco dela, depois coloca um curativo em seu olho. Lilly olha para o homem grande.

— No que você está pensando, Josh?

Josh olha em volta.

— Vamos passar a noite aqui, fazer turnos de vigia.

Bob rasga um pedaço de esparadrapo cirúrgico.

— Isto aqui vai ficar mais frio do que um peito de bruxa.

Josh suspira.

— Vi um gerador na oficina, e temos cobertores. Aqui é bem seguro, e estamos alto o bastante nessa colina para ver qualquer número significativo daquelas coisas se juntando lá fora antes de chegarem até nós.

Bob termina e fecha o kit de primeiros socorros. Os sons abafados de fornicação diminuem no outro cômodo, uma pausa momentânea na ação. Nesse breve silêncio, sobre o som do vento chacoalhando o letreiro lá na frente, Josh ouve o distante *a cappella* dos mortos — a tênue vibração característica de cordas vocais mortas — como um órgão quebrado, gemendo e gorgolejando em uníssono atonal. O barulho eriça os pelos de sua nuca.

Lilly ouve o coro distante.

— Eles estão se multiplicando, não estão?

Josh dá de ombros.

— Vai saber.

Bob enfia a mão no bolso do casaco acolchoado puído. Ele pega um cantil, tira a tampa e toma um saudável gole.

— Acha que sentem nosso cheiro?

Josh vai até a suja janela da frente e olha para a noite.

— Acho que toda a atividade do Acampamento Bingham os está atraindo há semanas.

— A que distância você acha que *estamos* do acampamento-base?

— Mais ou menos 1,5 km em linha reta. — Josh olha para os pináculos dos pinheiros distantes, seu oscilante oceano de galhos é tão denso quanto uma renda preta. O céu clareou e o firmamento está adornado com uma profusão de estrelas geladas.

Sob o bordado de constelações se elevam colunas de fumaça de madeira da cidade de tendas.

— Tenho pensado em uma coisa... — Josh se vira e olha para os companheiros. — Isto aqui não é o Ritz, mas se conseguirmos procurar suprimentos, talvez encontrar um pouco mais de munição para as armas... pode ser melhor ficar aqui por um tempo.

A ideia paira no escritório silencioso por um instante, sendo absorvida.

Na manhã seguinte, após uma noite longa e inquieta no chão de cimento frio da oficina — se virando com cobertores surrados e fazendo turnos para montar guarda —, eles reúnem o grupo para decidir o que fazer. Enquanto tomam xícaras de café instantâneo preparado no fogão Coleman de Bob, Josh os convence de que o melhor a fazer é se entocar ali por enquanto. Lilly pode se curar e, se for necessário, eles podem roubar provisões da cidade de tendas por perto.

Nesse ponto, ninguém resiste muito. Bob descobriu um estoque de uísque sob um balcão na loja de iscas, e Megan e Scott se alternam entre ficar chapados e "ter bons momentos" na salinha dos fundos durante horas a fio. Eles trabalham duro para deixar o lugar seguro nesse primeiro dia. Josh decide não botar o gerador para funcionar do lado de dentro por medo de asfixiá-los com o gás, e teme fazê-lo funcionar do lado de fora por medo de atrair atenção indesejada. Ele encontra um fogão a lenha no almoxarifado e uma pilha de sobras de madeira do lado de fora, atrás de uma das lixeiras.

Na segunda noite no Fortnoy's Fuel and Bait, mantendo o fogão na capacidade máxima, eles conseguem elevar a temperatura para um nível tolerável na oficina, e Megan e Scott mantêm um ao outro aquecidos barulhentamente na sala dos fundos sob uma camada de cobertores. Bob fica bêbado o bastante para não perceber o frio, mas parece perturbado pelos baques abafados vindos do almoxarifado. Eventualmente, o homem mais velho fica tão bêbado que mal consegue se mover. Lilly o ajuda a entrar embaixo das cobertas como se estivesse colocando uma criança para dormir. Ela chega até a cantar uma canção de ninar para ele — uma de Joni Mitchell, "The Circle Game" —, enquanto ajeita o cobertor embolorado em torno de seu pescoço envelhecido e enrugado. É estranho, mas ela se sente responsável por Bob Stookey, mesmo que fosse *ele* quem devesse estar cuidando *dela*.

Nos dias seguintes, eles reforçam as portas e janelas e se lavam nas grandes pias galvanizadas atrás da oficina. Organizam uma espécie de rotina relutante. Bob prepara sua picape para o inverno, usando partes de alguns dos destroços, e Josh supervisiona missões de reconhecimento constantes nas cercanias da cidade de tendas 1,5 km a oeste. Sob o nariz dos colonos, Josh e Scott conseguem roubar lenha, água potável, algumas tendas descartadas, legumes enlatados, uma caixa de munição para espingarda e uma embalagem de Sterno. Josh percebe que os pontos que seguram o tecido de comportamento civilizado na cidade de tendas estão se esgarçando. Ele ouve discussões cada vez mais frequentes. Vê brigas entre alguns dos homens, e muita bebedeira. O estresse está levando a melhor sobre os colonos.

Na escuridão da noite, Josh mantém um controle restrito sobre o Fortnoy's Fuel and Bait. Ele e os outros ficam do lado de dentro, fazendo o máximo de silêncio possível, acendendo um mínimo de velas de emergência e lanternas, sobressaltando-se com os barulhos intermitentes causados pelos ventos cada vez mais intensos. Lilly Caul se pega imaginando qual é a ameaça mais letal — as hordas de zumbis, seus companheiros humanos ou o inverno iminente. As noites estão ficando mais longas, e o frio está começando. A geada se acumula nas janelas, o frio atacando as juntas das pessoas, e, embora ninguém fale muito sobre isso, ele é a ameaça silenciosa que pode realmente destruí-los com muito mais facilidade e eficiência do que qualquer ataque zumbi.

Para combater o tédio e o medo constante, alguns dos habitantes do Fortnoy's adotam hobbies. Josh começa a enrolar charutos caseiros com folhas de tabaco que colhe nos campos adjacentes. Lilly inicia um diário e Bob encontra um tesouro perdido de velhas iscas para peixes em um baú sem identificação na loja de iscas. Ele passa horas na loja de conveniência saqueada, sentado em uma bancada de trabalho, atando iscas para pesca com mosca, a fim de usá-las no futuro. Bob planeja pegar belas trutas, corvinões-de-pintas e percas nos baixios do rio próximo. Ele mantém uma garrafa de Jack Daniel's sob a bancada o tempo todo, sorvendo pequenos goles dia e noite.

Os outros percebem a rapidez com que Bob está acabando com a bebida, mas quem pode culpá-lo? Quem pode culpar qualquer um por afogar o nervosismo nesse cruel purgatório? Bob não tem orgulho de beber tanto. Na verdade, está completamente envergonhado. Mas é por isso que ele precisa do remédio — para afastar a vergonha, a solidão, o medo e os terríveis terrores noturnos dos bunkers salpicados de sangue em Kandahar.

Na sexta-feira daquela semana, de madrugada — Bob anota em seu calendário de papel que é dia 9 de novembro —, ele está na bancada de trabalho nos fundos da loja atando iscas, enchendo a cara como de hábito, quando ouve os barulhos arrastados vindo do almoxarifado. Ele não tinha visto Megan e Scott escapulindo mais cedo naquela noite, nem detectado os odores da maconha queimando no cachimbo, nem ouvira as risadas abafadas atravessando as paredes finas. Mas agora se dá conta de outra coisa que não percebeu naquele dia.

Ele para de mexer com as iscas e olha para os fundos da sala. Atrás de um grande botijão de gás velho, um buraco na parede está claramente visível na luz bruxuleante da lanterna de Bob. Ele se afasta da bancada e vai até o botijão. Ele o empurra para o lado e se ajoelha diante de um trecho de 15 cm sem revestimento. O buraco parece ter sido formado por dano de água, ou talvez pela deformação do reboco durante os úmidos verões da Geórgia. Bob olha por cima do ombro para ter certeza de que está sozinho. Os outros dormem profundamente na oficina.

Os gemidos e suspiros do sexo selvagem fazem a atenção de Bob retornar ao buraco.

Através da abertura de 15 cm ele espia o almoxarifado, onde a luz fraca de uma lanterna a pilha projeta sombras oscilantes pelo teto baixo. As sombras arquejam e penetram a escuridão. Bob umedece os lábios. Ele se inclina para mais perto do buraco, quase caindo de bêbado, apoiando-se contra o botijão de gás. Ele consegue ver uma pequena porção da bunda espinhenta de Scott Moon subindo e descendo sob a luz amarela, e Megan sob o jovem, com as pernas abertas, os dedos dos pés se contraindo em êxtase.

Bob Stookey sente o coração se apertar no peito, e a respiração fica presa na garganta.

O que mais o fascina não é o abandono desnudo com o qual os dois amantes entregam-se um ao outro, nem os grunhidos e gemidos que enchem o ar. O que deixa Bob Stookey arrebatado é a visão da pele oliva de Megan Lafferty à luz da lanterna, os cachos avermelhados espalhados pelo cobertor sob a cabeça, o cabelo lustroso e brilhante como o mel. Bob está boquiaberto por causa dela, o desejo brotando dentro dele.

Bob não consegue tirar os olhos dela, mesmo quando uma tábua do piso range atrás dele.

— Ah... Bob... desculpe... eu não...

A voz vem da sombra do vão da porta do outro lado da loja de conveniência, da passagem para o escritório. E quando Bob dá um pulo para longe do buraco na parede, virando-se para encarar seu inquisidor, quase cai no chão. Tem que se segurar ao botijão de gás.

— Eu não estava tentando... isso não é... eu... eu não...

— Não tem problema... eu só... eu só queria ter certeza de que você estava bem.

Lilly está no vão da porta usando moletom, cachecol de tricô e calças, sua roupa de dormir, com o rosto virado, desviando os olhos, que exibem uma estranha combinação de pena e nojo. A contusão em torno de seus olhos já melhorou bastante. Ela se movimenta muito melhor, suas costelas estão sarando.

— Lilly, eu não estava... — Bob vai cambaleando na direção dela, com as grandes mãos levantadas em um gesto de arrependimento, quando tropeça em uma tábua solta do piso. Ele se esborracha no chão, arfando com força. Incrivelmente, os barulhos carnais não diminuem na sala adjacente — uma cadência arrítmica de arquejos e carne colidindo.

— Bob, você está bem? — Lilly corre até ele, se ajoelha e tenta ajudá-lo a se levantar.

— Estou bem, estou bem. — Ele a afasta gentilmente. Ele se põe de pé com dificuldade por causa da bebedeira e não consegue encará-la. Ele olha para o outro lado da sala. — Pensei ter ouvido alguma coisa suspeita lá fora.

— Suspeita? — Lilly olha para o chão, para a parede, para qualquer lugar, menos para Bob. — Ah... OK.

— É, não era nada.

— Ah... que bom. — Lilly recua lentamente. — Só queria ver se você estava bem.

— Estou bem, estou bem. Está ficando tarde, acho que vou dormir.

— Que bom, Bob. Vá, sim.

Lilly se vira e sai apressada, deixando Bob Stookey sozinho à luz da lanterna. Ele fica parado ali por um instante, olhando para o chão. Depois atravessa lentamente a sala e vai até a bancada. Ele encontra a garrafa de Jack, tira a tampa e a leva aos lábios.

Ele engole os dedos restantes de bebida em três goles ofegantes.

— Só fico imaginando o que vai acontecer quando ele ficar sem bebida.

Embrulhada em seu casaco de esqui e sua boina de tricô, Lilly segue Josh por um caminho estreito que serpeia entre colunas de pinheiros. Josh força passagem através da folhagem, com a calibre .12 aninhada em seus enormes braços, indo em direção a um leito seco de rio coberto de seixos e vegetação morta. Ele usa seu casaco puído de lenhador e um gorro, a respiração fica visível quando ele fala.

— Ele vai encontrar mais... Não se preocupe com o velho Bob... Pés de cana sempre encontram mais cana. Para ser honesto, tenho mais medo de ficarmos sem comida.

O bosque está silencioso como uma capela quando se aproximam das margens do riacho. A primeira neve da estação se infiltra por entre os galhos altos, rodopiando ao vento, grudando em seus rostos.

Eles já estão no Fortnoy's há quase duas semanas, e já gastaram mais da metade dos suprimentos de água potável e quase todos os alimentos enlatados. Josh chegou à conclusão de que provavelmente é melhor usar a única caixa de munição da espingarda que eles têm em um veado ou coelho do que para se defender de um ataque de zumbis. Além disso, as fogueiras, o barulho e a atividade da cidade de tendas têm afastado do posto de gasolina a maior parte da ação dos errantes nos últimos tempos. Josh está apelando para as lembranças infantis das caçadas com seu tio Vernon na Briar Mountain para recuperar o faro e as antigas habilidades. Muito tempo atrás, Josh era um caçador com uma visão apurada. Mas agora, com essa espingarda de pressão avariada e os dedos gelados... como saber?

— Estou preocupada com ele, Josh — diz Lilly. — Ele é um homem bom, mas tem problemas.

— E isso não vale para todos nós? — Josh olha por cima do ombro para Lilly, que desce a colina, passando cuidadosamente por cima de um tronco caído. Ela parece mais forte pela primeira vez desde o incidente com Chad Bingham. Seu rosto cicatrizou bem e mal se nota qualquer marca. O inchaço ao redor do olho diminuiu, e ela não está mais mancando nem favorecendo o lado direito. — Ele com certeza cuidou bem de você.

— É, estou me sentindo muito melhor.

Josh para na margem do riacho e espera por ela. Lilly se junta a ele. Ele vê rastros na lama compactada no fundo do leito do riacho.

— Parece que um veado cruzou por aqui. Acho que se seguirmos o riacho devemos encontrar um ou dois deles.

— Podemos descansar um pouco antes?

— Claro — diz Josh, fazendo um gesto para ela se sentar em um tronco.

Ela o faz. Ele se junta a ela com a espingarda atravessada no colo. Ele suspira, sentindo um desejo enorme de colocar o braço em torno dela. O que há de *errado* com ele? Arrebatado por uma paixonite juvenil como um adolescente idiota em meio a todos esses horrores?

Josh baixa os olhos.

— Eu gosto do jeito que vocês tomam conta um do outro, você e o velho Bob.

— É, e você toma conta de todos nós.

Josh suspira.

— Queria ter tomado conta da minha mãe.

Lilly olha para ele.

— Você nunca me contou o que aconteceu.

Josh respira fundo.

— Como eu disse, ela ficou muito doente por vários anos... pensei que ia perdê-la algumas vezes... mas ela viveu o bastante para... — Ele se interrompe, a tristeza cresce nas entranhas, incha dentro dele, surpreende-o com sua brusquidão. Lilly vê a dor em seus olhos.

— Não tem problema, Josh, se você não quer...

Ele faz um gesto tênue, um aceno de sua grande mão negra.

— Não me importo de contar a você o que aconteceu. Eu ainda estava tentando ir para o trabalho todas as manhãs nesse ponto, ainda tentava receber um salário nos primeiros dias da Mudança, havia apenas alguns avistamentos de Mordedores na época. Já contei o que eu fazia? Minha profissão?

— Você me disse que era cozinheiro.

Ele assente.

— Um ótimo cozinheiro, modéstia à parte. — Ele olha para ela e a voz fica mais suave. — Eu sempre quis fazer um jantar de verdade para você. — Seus olhos ficam úmidos. — Minha mãe, que Deus a tenha, me ensinou o básico, me ensinou a fazer um pudim de pão que a deixaria com os olhos cheios de lágrimas e a barriga contente.

Lilly sorri para ele, depois o sorriso se desvanece.

— O que aconteceu com sua mãe, Josh?

Por um bom tempo, ele fixa os olhos na fina camada de neve sobre as folhas emaranhadas, reunindo a energia para contar a história.

— O Muhammad Ali não se comparava a minha mãe... Ela era uma lutadora; lutou contra aquela doença como uma leoa, durante anos. Mas *doce*? Ela era doce até não poder mais. De cachorros vadios a desajustados, ela acolhia qualquer um, os indivíduos mais maltrapilhos, mendigos, desabrigados, não importava. Ela os acolhia, os chamava de "doçura" e lhes fazia pão de milho e chá doce até eles roubarem dela ou se meterem em uma briga na sala de estar.

— Parece que ela era uma santa, Josh.

Ele encolhe novamente os ombros.

— Vou ser honesto com você, não eram as melhores condições de vida para mim e para minhas irmãs. Nós nos mudávamos muito, escolas diferentes, e todos os dias chegávamos em casa e a encontrávamos cheia de estranhos, mas eu adorava a velha.

— Dá para entender por quê.

Josh engole em seco. Aí vem ela. A parte ruim, a que assombra seus sonhos até hoje. Ele olha para a neve sobre as folhas.

— Aconteceu em um domingo. Eu sabia que minha mãe estava piorando, não estava pensando direito. Um médico nos disse que o

Alzheimer estava progredindo. Nesse ponto, os mortos estavam entrando nos conjuntos habitacionais, mas ainda havia as sirenes de alerta sendo ligadas, avisos e essas coisas. Nossa rua estava bloqueada naquele dia. Quando saí para o trabalho, minha mãe estava sentada à janela, olhando para aquelas coisas passando pelos cordões de isolamento e sendo abatidas pelos caras da SWAT. Eu não me preocupei. Achei que ela ia ficar bem.

Ele faz uma pausa e Lilly não diz nada. Está claro para ambos que ele precisa dividir essa história com outro ser humano ou ela vai continuar a corroê-lo.

— Eu tentei ligar para ela mais tarde. Acho que as linhas tinham caído. Imaginei que, se tivesse acontecido alguma coisa ruim, eu saberia. Acho que eram umas 17h30 quando saí do trabalho naquele dia.

Josh está com um bolo na garganta, e sente o olhar de Lilly sobre ele.

— Eu estava virando a esquina no começo da minha rua, mostrando a identidade para os caras no bloqueio, quando percebo uma grande atividade mais para a frente. Homens da SWAT indo e vindo. Bem em frente ao meu prédio. Estaciono. Eles gritam para eu sair dali e digo, "ei, cara, calma, eu moro aqui". Eles me deixam passar. Vejo a porta da frente do nosso prédio escancarada. Policiais estão entrando e saindo. Alguns deles carregando...

Josh engasga com as palavras. Ele respira. Se prepara. Enxuga lágrimas dos olhos.

— Alguns deles estavam carregando... *como se chamam*... recipientes para amostras? Para órgãos humanos e essas coisas? Subi as escadas correndo de dois em dois degraus. Acho que derrubei um dos policiais. Chego a nossa porta no segundo andar e lá estão uns caras com trajes de proteção bloqueando a entrada, e eu os empurro para o lado, entro e vejo...

Josh sente a tristeza subindo lentamente por sua garganta, estrangulando-o. Ele faz uma pausa para respirar. As lágrimas queimam e descem pelo queixo.

— Josh, você não tem que...

— Não, tudo bem, eu preciso... o que eu vi lá... soube imediatamente o que tinha acontecido. Soube no segundo em que vi a janela aberta e a mesa posta. A mamãe estava usando os pratos do enxoval. Não dava para *acreditar* na quantidade de sangue. O lugar estava pintado de sangue. — Ele sente a voz falhando, e nada contra a maré de lágrimas. — Havia pelo menos seis daquelas coisas no chão. Os caras da SWAT deviam tê-los abatido. Não tinha... sobrado muito da mamãe. — Ele engasga. Engole. Estremece com a dor causticante em seu peito. — Havia... pedaços dela na mesa. Com a louça boa. Eu vi... eu vi... seus dedos... todos mastigados ao lado da molheira... o que sobrou do corpo dela... jogado em uma cadeira... a cabeça estava caída para um lado... o pescoço aberto...

— Está tudo bem... Josh, você não precisa... sinto muito... sinto muito mesmo.

Josh olha para ela como se visse seu rosto sob uma nova luz, pairando no brilho difuso da neve, com os olhos distantes, como se estivesse em um sonho.

Através das lágrimas, Lilly Caul encontra o olhar do homem grande e seu coração se aperta. Ela quer abraçá-lo, quer reconfortar esse gentil colosso, acariciar seus grandes ombros e dizer a ele que tudo vai ficar bem. Nunca se sentiu tão próxima de outro ser humano, e isso a está torturando. Ela não merece sua amizade, sua lealdade, sua proteção, seu amor. O que deve dizer? Sua mãe está em um lugar melhor agora? Ela se recusa a rebaixar esse momento terrivelmente profundo com clichês idiotas.

Ela está para dizer outra coisa quando Josh fala novamente em um tom baixo, esgotado, derrotado, sem tirar os olhos dela.

— Ela convidou aquelas coisas para entrar e comer pão de milho e feijão... ela os acolheu... como cachorros vadios... porque é o que ela fazia. Amava todas as criaturas de Deus. — O homem grande se curva e seus ombros tremem enquanto as lágrimas pingam de seu maxilar grisalho sobre a frente do casaco de lenhador do Exército da Salvação. — Provavelmente os chamou de "doçura"... até o momento em que a comeram.

Então o homem grande baixa a cabeça e solta um som aterrador — meio soluço, meio risada insana — enquanto as lágrimas descem pelo rosto negro enorme e cinzelado.

Lilly se aproxima. Ela coloca a mão em seu ombro. A princípio, ele não diz nada. Ela toca suas mãos gigantescas, que apertam a espingarda no colo. Ele levanta os olhos para ela, sua expressão é uma máscara de ruína emocional.

— Desculpe, estou tão... — diz ele com um tom que mal chega a ser um sussurro.

— Está tudo bem, Josh. Tudo bem. Vou estar sempre aqui para você. Estou com você agora.

Ele levanta a cabeça, enxuga o rosto e consegue dar um sorriso fraco.

— Parece que está mesmo.

Ela o beija — rapidamente, mas na boca — pouco mais do que um selinho amistoso. O beijo dura alguns segundos.

Josh larga a arma, coloca os braços em torno dela e corresponde ao gesto, e as emoções conflitantes percorrem Lilly quando o homem grande deixa os lábios pairarem sobre os dela. Ela se sente flutuar na neve varrida pelo vento. Não consegue distinguir a corrente de sentimentos que a deixa tonta. Sente pena desse homem? Ela o está manipulando outra vez? Ele tem gosto de café, fumaça e chiclete Juicy Fruit. A neve fria toca os cílios de Lilly, o calor dos lábios de Josh derrete o frio. Ele fez muito por ela. Ela lhe deve sua vida mais de dez vezes. Ela abre a boca, pressiona o peito contra o dele, e então ele se afasta.

— O que foi? — Ela o encara, examina os grandes olhos castanhos e tristes. Será que ela fez alguma coisa errada? Será que passou do limite?

— Nada, querida. — Ele sorri, inclina-se e a beija na bochecha. É um beijo caloroso, suave, carinhoso, uma promessa de que há o que esperar. — É o momento, sabe — diz ele, e pega a espingarda. — Não é seguro aqui... não é certo.

Por um instante, Lilly não consegue entender se ele está se referindo ao bosque ou se está falando deles dois.

— Desculpe se eu...

Ele toca os lábios dela gentilmente.

— Eu quero que seja perfeito... quando chegar a hora.

Ele dá o sorriso mais sincero, puro e doce que Lilly já viu. Ela corresponde, os olhos se enchendo de lágrimas. Quem teria imaginado, em meio a todo esse horror, um perfeito cavalheiro? Lilly vai começar a dizer alguma coisa quando um barulho agudo chama sua atenção.

Josh ouve o suave tamborilar de cascos antes, e gentilmente empurra Lilly para trás de si. Ele levanta o cano simples da espingarda de pressão. O tropel se torna mais alto. Josh arma o cão.

A princípio, ele acha que está vendo coisas. Acima deles, descendo a barragem, levantando folhas e detritos, um bando de animais — impossíveis de identificar, apenas um borrão de pelos — lança-se através da vegetação diretamente na direção deles.

— Abaixe-se! — Josh puxa Lilly para trás de um tronco caído na margem do leito do rio.

— O que é isso? — Lilly se agacha atrás da madeira carcomida.

— Jantar! — Josh leva a alça de mirada da arma aos olhos e aponta para os animais que se aproximam: um pequeno grupo de corças com orelhas felpudas e pontudas, e olhos tão grandes quanto bolas de sinuca. Mas algo o impede de atirar. Seu coração palpita no peito, a pele fica toda arrepiada.

— Josh, o que foi?

Os veados passam com estrondo por Josh, quebrando galhos e jogando pedras enquanto ele evita a debandada.

Josh aponta a arma para as sombras mais escuras vindo atrás dos animais.

— Corra, Lilly!

— O quê? Não! — Ela se levanta de trás do tronco, observando os veados pularem para o outro lado do leito do riacho. — Não vou deixar você!

— Atravesse o riacho, estarei logo atrás de você! — Josh mira a espingarda nos vultos que descem a colina, ziguezagueando entre a vegetação rasteira.

Lilly vê a horda de zumbis movendo-se com dificuldade em direção a eles, pelo menos vinte, batendo contra as árvores e esbarrando uns nos outros.

— Ai, merda.

— VÁ!

Lilly corre pela vala de cascalho e mergulha nas sombras da floresta adjacente.

Josh recua, apontando a mira para a dianteira da horda que se aproxima.

Subitamente, no instante anterior a seu tiro, ele vê corpos e roupas com formas bizarras, e rostos e fantasias estranhos e queimados, mutilados a ponto de ficarem quase irreconhecíveis. E Josh se dá conta do que aconteceu com os proprietários anteriores da tenda de circo de três picadeiros — os infelizes membros do Cole Brothers' Family Circus.

SEIS

Josh aperta o gatilho.

O tiro ecoa no céu, o chumbinho abre um buraco na testa do anão mais próximo. A 6 metros de distância, o pequeno cadáver apodrecido recua em convulsão, colidindo com três outros anões com maquiagem de palhaço ensanguentada e dentes pretos arreganhados. Os pequenos zumbis — atrofiados e deformados como gnomos doentios — resvalam para o lado.

Josh dá uma última olhada nos intrusos surreais que se aproximam dele.

Atrás dos anões, cambaleando colina abaixo, vem um agrupamento heterogêneo de artistas mortos. Um homem gigantesco e forte com um bigode de pontas retorcidas para cima e a musculatura aberta em veios ensanguentados anda ao lado do cadáver de uma mulher morbidamente obesa, seminua, com pneus de gordura pendendo sobre os genitais, com olhos leitosos enterrados em um rosto tão encaroçado quanto massa fermentada.

Na retaguarda, um agrupamento aleatório de funcionários do parque, aberrações e contorcionistas mortos segue estupidamente. Cabeças de alfinete com encefalite, estalando as pequenas bocas, cambaleiam ao lado de trapezistas esfarrapados com extravagantes lantejoulas e rostos gangrenados, seguidos por vários amputados que os acompanham espasmodicamente. A horda se movimenta de forma irregular, selvagem e faminta como um cardume de piranhas.

Josh se esquiva, lançando-se através do leito seco do riacho em um único salto.

Ele sobe correndo a margem oposta e imerge no bosque adjacente com a espingarda no ombro. Não há tempo para recarregar. Vê Lilly ao longe, correndo em direção às árvores mais densas. Ele a alcança em questão de segundos e a direciona para o leste.

Os dois desaparecem nas sombras antes que o que restou do Cole Brothers' Family Circus tenha sequer a chance de atravessar o riacho.

No caminho de volta ao posto de gasolina, Josh e Lilly encontram um bando menor de veados. Josh tem sorte e mata um dos mais jovens com um único tiro. O estrondo ecoa pelo céu — longe o bastante do Fortnoy's para evitar chamar atenção, mas próximo o suficiente para que seja possível arrastar o troféu de volta para casa —, e o animal cai arfando e se contraindo.

Lilly não consegue parar de olhar a carcaça enquanto Josh prende o cinto em torno de suas ancas e arrasta os restos ainda quentes por quase 1 km até o Fortnoy's. Nesse Mundo Flagelado, a morte em qualquer contexto — humana ou animal — ganhou novas implicações.

Naquela noite, o humor melhora entre os habitantes do posto de gasolina.

Josh prepara o veado na oficina, nas mesmas pias galvanizadas nas quais eles têm se banhado, e obtém o suficiente do animal para durar semanas para o grupo. Ele mantém o excesso de carne do lado de fora, no frio cada vez mais intenso dos fundos do terreno, e prepara um banquete de órgãos, costelas e barriga, lentamente cozidos no caldo de uma sopa de frango instantânea que ele encontrou na última gaveta da mesa do escritório do Fortnoy`s, com fatias de alho silvestre e talos de urtiga. Eles têm alguns pêssegos enlatados para acompanhar o veado refogado, e se fartam.

Os errantes os deixam em paz pela maior parte da noite — nem sinal dos mortos do circo ou de qualquer outro enclave. Durante o jantar, Josh percebe que Bob não consegue tirar os olhos de Megan. O homem mais velho parece estar muito atraído pela garota e, por alguma razão, isso preocupa Josh. Há dias Bob está frio e áspero com Scott (não que o garoto tenha percebido alguma coisa em seu constante estado de demência). Mesmo assim, Josh sente as voláteis ligações químicas de sua pequena tribo sendo testadas, pressionadas, alteradas.

Mais tarde, sentam ao redor do fogão a lenha, fumam os charutos caseiros de Josh e compartilham um pouco do estoque de uísque de Bob. Pela primeira vez desde que saíram da cidade de tendas — talvez desde o advento da praga — eles se sentem quase normais. Falam em escapar. Falam de ilhas desertas, antídotos e vacinas, e em reencontrar a felicidade e a estabilidade. Eles falam sobre coisas às quais não davam valor antes da praga começar: fazer compras em supermercados, se divertir em parques, sair para jantar, assistir a programas de TV, ler o jornal nas manhãs de domingo, ir a shows de música ao vivo, se sentar no Starbucks, fazer compras nas lojas da Apple, usar o Wi-Fi e receber cartas por aquela coisa anacrônica chamada correio.

Cada um deles tem seus pequenos prazeres. Scott lamenta a extinção da boa maconha e Megan sente falta da época em que podia ficar em seu bar favorito — o Nightlies, em Union City — e desfrutar as porções de pepino e os espetinhos de camarão gratuitos. Bob anseia por Bourbon de dez anos como uma mãe ansiaria por um filho perdido. Lilly se lembra de seu prazer secreto de frequentar lojas de roupas usadas e brechós para encontrar o cachecol, o casaco ou a blusa perfeita — os dias em que encontrar roupas rejeitadas não era uma questão de sobrevivência. E Josh se lembra das várias delicatessens que havia na área de Little Five Points, em Atlanta; tinham de tudo, desde um bom kimchi ao raro óleo de trufa rosa.

Seja por causa de algum capricho do vento ou talvez pelo som combinado de suas risadas — assim como do crepitar do fogão a lenha —, os barulhos perturbadores chegando por sobre as árvores da cidade de tendas passam despercebidos durante horas naquela noite.

Em certo momento — depois que o pequeno jantar termina e cada um vai para seu saco de dormir no chão da oficina —, Josh tem a impressão de que ouve algo estranho ecoando sob o som da brisa que bate contra as portas de vidro. Mas simplesmente chega à conclusão de que é o vento e sua imaginação.

Josh se oferece para fazer o primeiro turno, ficando de vigia no escritório da frente, para se certificar de que os barulhos não são nada. Mas ele leva horas para ouvir ou ver qualquer coisa fora do comum.

O escritório tem uma grande janela de vidro suja em sua fachada, boa parte da qual está bloqueada por prateleiras, estantes de mapas, guias de viagem e pequenos desodorizantes de pinho. A mercadoria empoeirada bloqueia qualquer sinal dos problemas que acontecem do outro lado do distante mar de pinheiros.

A madrugada passa, e eventualmente Josh cochila na cadeira. Seus olhos ficam fechados até as 4h43, quando o primeiro som fraco de motores subindo a colina o acorda com um susto.

Lilly desperta com o som de passos pesados de bota saindo pela porta do escritório. Sentando-se contra a parede, com a bunda congelando, ela não percebe que Bob já está acordado em seu emaranhado ninho de cobertores do outro lado da oficina.

Sentando-se e olhando em volta da oficina, Bob Stookey aparentemente ouviu os barulhos de motor poucos segundos depois que acordaram Josh no escritório.

— O que está acontecendo? — resmunga ele. — Aquilo lá está parecendo as Quinhentas Milhas de Indianápolis.

— Todo mundo de pé — diz Josh, entrando de repente na oficina, olhando freneticamente o chão engordurado, procurando alguma coisa.

— Qual é o problema? — Lilly esfrega o sono dos olhos, o coração começa a bater com força. — O que foi?

Josh se aproxima dela. Ele se ajoelha e fala com suavidade, mas urgência:

— Está acontecendo alguma coisa lá, carros se movendo sem se preocupar com nada, e eu não quero ser pego desprevenido.

Ela ouve o ronco dos motores, o crepitar de cascalho voando. Os sons estão se aproximando. A boca de Lilly fica seca de pânico.

— Josh, o que você está procurando?

— Vista-se, boneca, rápido. — Ele olha para o outro lado do cômodo.

— Bob, sabe onde está aquela caixa de balas calibre .38 que trouxemos?

Bob Stookey se põe de pé, puxando desajeitadamente as calças de trabalho sobre a cueca comprida, uma fatia de luz da lua passa pela claraboia e cobre de listras seus traços profundamente enrugados.

— Coloquei sobre a bancada de trabalho — diz ele. — Qual é o problema, capitão?

Josh corre até lá e pega a caixa de munição. Ele enfia a mão sob o casaco de lenhador, pega a .38 de cano curto no cinto, abre o cilindro e carrega enquanto fala.

— Lilly, você vai buscar os pombinhos. Bob, vou precisar que você pegue aquela sua espingarda e me encontre lá na frente.

— E se eles forem amigáveis, Josh? — Lilly veste o suéter e calça as botas enlameadas.

— Se for o caso, não temos com o que nos preocupar. — Ele volta-se em direção à porta. — Mexam-se, vocês dois. — E sai do cômodo.

Com o coração acelerado e a pele formigando de terror, Lilly atravessa a oficina correndo, passa pela arcada e depois pelo estreito corredor da loja de conveniência. Uma única lanterna pendurada ilumina seu caminho.

— Gente! Acordem! — diz ela depois de chegar à porta do almoxarifado e começar a bater com força.

Há sons arrastados de pés descalços nas frias tábuas do piso, depois a porta se abre parcialmente. O rosto sonolento e confuso de Megan espia para fora de uma nuvem-fumaça de skank.

— *Qué pasa*? Cara... que porra é essa?

— Acorde, Megan, estamos com problemas.

O rosto da garota fica instantaneamente tenso e preocupado.

— Errantes?

Lilly balança a cabeça enfaticamente.

— Acho que não, a não ser que tenham aprendido a dirigir.

Minutos mais tarde, Lilly se junta a Bob e Josh na frente do Fortnoy's — no ar gelado e cristalino da madrugada — enquanto Scott e Megan, enrolados em cobertores, se amontoam atrás deles na porta do escritório.

— Ai, meu Deus — diz Lilly, praticamente falando sozinha.

A pouco mais de 1,5 km de distância, sobre as copas das árvores vizinhas, um grande miasma de fumaça se eleva e encobre as estrelas. O horizonte tem um leve brilho rosado, e parece que o oceano negro de pinheiros está pegando fogo. Mas Lilly sabe que não é a floresta que está sendo incendiada.

— O que eles fizeram?

— Isso não é bom — murmura Bob, segurando a espingarda apertada em suas mãos frias.

— Para trás — diz Josh, armando o cão da .38 barata.

Os barulhos de motor estão cada vez mais próximos, talvez a 100 metros de distância, vindos pela sinuosa estrada rural. As fontes do barulho ainda estão obscurecidas por trás do véu na noite e das árvores que cercam a propriedade. Os faróis criam feixes incrivelmente arqueados. Pneus derrapam e deslizam pelo cascalho. Raios de luz são apontados para o céu, depois para a copa das árvores e, outra vez, para a estrada.

Um dos faróis ilumina o letreiro do Fortnoy's e Josh murmura:

— O que está havendo com eles?

Lilly olha o primeiro veículo que aparece — um sedã modelo novo — ziguezagueando pela sinuosa estrada de cascalho, depois derrapando.

— Que merda é essa?

— Eles não estão parando! ELES NÃO ESTÃO PARANDO!! — Bob começa a se afastar do feixe duplo de luz halogênica mortal.

O carro entra derrapando no terreno, rugindo sem controle através dos 50 metros de cascalho fino que contornam o Fortnoy's, a traseira levanta uma nuvem de poeira no frio índigo da madrugada.

— CUIDADO!

Josh entra em ação, pegando Lilly pela manga e puxando-a para longe do perigo, enquanto Bob gira em direção ao escritório e grita o mais alto que consegue para os dois amantes abraçados, com os olhos arregalados, no vão da porta aberta.

— SAIAM DAÍ!!

Megan afasta o namorado da porta e o puxa pela faixa de cimento rachado que rodeia as ilhas de combustível. O sedã — que acaba se revelando um Cadillac DeVille danificado conforme se aproxima — canta pneus e oscila em direção ao prédio. Bob se joga em direção a Megan. Scott solta um grito indistinto.

Outro veículo, um utilitário velho com o bagageiro quebrado, chega guinchando e deslizando no terreno. Bob agarra Megan e a empurra gentilmente para o capim macio além das portas da oficina. Scott se joga para se esconder atrás de uma caçamba de lixo. Josh e Lilly se abaixam atrás de um destroço perto do letreiro da frente.

O sedã passa por cima da bomba de gasolina mais próxima e segue em frente, com o motor se esgoelando furiosamente. O outro veículo continua girando. Atrás do destroço, a cerca de 5 metros, Lilly observa em choque o sedã bater contra a janela da frente.

O terrível som de vidro e metal sendo triturados faz Lilly se retrair de susto. Detritos e fagulhas saem voando quando o sedã entra na frente do prédio.

O carro segue, com os pneus traseiros cantando e girando no piso, destruindo metade do prédio com a força de uma bola de demolição. Lilly cobre a boca com a mão. A parte frontal do telhado do Fortnoy's desmorona sobre o sedã quando ele para na loja de conveniência.

O utilitário bate de lado na bomba de diesel, incendiando os resquícios de combustível. O fogo explode para cima e lambe os vapores suspensos. As janelas do carro exibem o brilho amarelo opaco de alguma coisa queimando do lado de *dentro*. Lilly agradece silenciosamente a Deus pelo fato de os reservatórios de combustível estarem vazios, ou ela e seus amigos já teriam sido vaporizados.

O utilitário para enviesado sob o toldo, com os faróis altos ainda brilhando com força, iluminando o prédio como refletores em uma peça de teatro alucinante.

Por um instante, o silêncio despenca sobre a propriedade até que o crepitar das chamas e o chiado dos fluidos são tudo o que se pode ouvir.

Cautelosamente, Josh sai de trás do destroço, ainda segurando o revólver .38. Lilly se junta a ele e está a ponto de dizer algo como "Que merda foi essa?", quando percebe que os faróis do carro estão apontados para o interior do prédio, uma ampla piscina de luz caindo diretamente sobre a traseira do sedã.

Dentro do vidro de trás do carro — fraturado em enormes padrões circulares de vidro quebrado — algo se move. Lilly vê a parte de trás dos ombros de alguém, virando-se lentamente, girando desajeitadamente, revelando um rosto pálido e descorado.

De repente, Lilly entende exatamente o que aconteceu.

Momentos depois, as coisas no Fortnoy's começam a se desenrolar em grande velocidade quando Josh sussurra freneticamente para os outros:

— Afastem-se do prédio!

Do outro lado do terreno, Bob, Megan e Scott ainda estão agachados no capim atrás da caçamba de lixo. Eles se levantam lentamente e estão a ponto de responder.

— SSSSSHHHHHHHHH!! — Josh aponta para o prédio, indicando o perigo lá dentro, e sussurra alto o bastante para fazê-los se mexer: — *Rápido! Venham para cá!!*

Bob compreende imediatamente, pega a mão de Megan e contorna as chamas tremulantes da bomba de diesel. Scott os segue.

Lilly está ao lado de Josh.

— O que vamos fazer? Todas as nossas coisas estão lá.

A parte da frente do posto e metade de seu interior estão completamente destruídas, as faíscas ainda espirram, os canos de água ainda jorram sobre os pisos frios.

No clarão dos feixes dos faróis do utilitário, o vão aberto de uma das portas traseiras do sedã se alarga repentinamente, uma perna decomposta coberta de farrapos sai em movimentos espasmódicos e indecisos.

— Este lugar já era, querida — diz Josh entredentes. — P.T. Saudações... esqueça.

Bob e os outros se juntam a Josh e Lilly, e por um breve instante ficam parados ali, ainda em choque, recuperando o fôlego coletivamente. Bob ainda segura a espingarda com as mãos suadas. Megan parece enjoada.

— Que porra foi essa? — murmura ela, quase retoricamente.

— O pessoal deve ter tentado fugir — especula Josh. — Talvez um passageiro tenha sido mordido, e eles se transformaram no carro.

Dentro do prédio destruído, um zumbi sai do sedã como um feto deformado nascendo.

— Bob, está com a chave?

Bob olha para Josh.

— Está na picape.

— Na ignição?

— Porta-luvas.

Josh vira-se para os outros.

— Quero que todos esperem aqui. Vou pegar a picape. — Josh vira as costas e Lilly o segura. — Espere! Espere! Está me dizendo que vamos simplesmente deixar todas as nossas coisas lá, todos os nossos suprimentos?

— Não temos escolha.

Ele contorna as bombas fumegantes pelo lado esquerdo enquanto os outros ficam ali, perplexos e sem fala. A 8 metros de distância, o utilitário explode, uma porta entreaberta se escancara, o fogo cintila. Lilly estremece. Megan ofega quando outra coisa morta sai do veículo.

Bob tenta enfiar uma bala de espingarda dentro do cano com as mãos trêmulas.

Os outros se afastam em direção à estrada, Scott murmura histericamente:

— Merda, cara, merda... merda... merda... merda... merda... merda... merda...

A coisa que sai do carro, queimada a ponto de ficar irreconhecível, cambaleia em direção a eles. A boca escancarada verte saliva preta. A parte de trás de seu colarinho e parte do ombro esquerdo ainda crepitam com minúsculas chamas. A fumaça em torno da cabeça é como um halo. Aparentemente um homem adulto, com metade da pele do rosto queimada. Ele mal consegue ficar de pé enquanto se arrasta lentamente na direção do cheiro de humanos.

Bob não consegue encaixar a bala direito, de tanto que as mãos tremem.

Ninguém vê a luz das lanternas traseiras do outro lado do terreno atrás da fileira de destroços, e ninguém ouve o rumor do motor da picape de cabine dupla sendo ligado ou o guincho da tração dos pneus traseiros quando o motor acelera.

O zumbi em chamas se aproxima de Megan, que se vira, corre e tropeça em um trecho de cascalho solto. Ela se estatela no chão enquanto Scott grita, Lilly tenta ajudá-la a se levantar e Bob se atrapalha com a espingarda.

O errante chega a centímetros deles quando o borrão de metal aparece.

Josh recua a Ram diretamente sobre o zumbi, e o impacto do engate traseiro projetado empala a coisa, fazendo o cadáver chamuscado sair voando em uma nuvem de faíscas. A coisa quebra ao meio, o torso voa para um lado, e as extremidades inferiores, para outro.

Um dos órgãos escurecidos e crepitantes acerta as costas de Megan, salpicando-a de bile e fluidos quentes e oleosos. Ela solta um grito.

A picape derrapa para perto e eles entram correndo, puxando uma Megan histérica para dentro pelo basculante traseiro. Josh enfia o pé no acelerador.

A caminhonete sai do terreno em disparada e desce a estrada sinuosa de acesso.

Ao todo, apenas três minutos e meio passaram desde o ataque... mas, nesse tempo, o destino de todos os cinco sobreviventes mudou irrevogavelmente.

Eles decidem descer a colina e virar para o norte, ziguezagueando pela floresta em direção à cidade de tendas. Seguem cautelosamente, com os faróis desligados e os olhos bem abertos. Na camper, Scott e Megan espiam através da janela da divisória, enquanto Bob e Lilly, lado a lado na cabine, juntos a Josh, observam a paisagem com concentração febril. Ninguém diz uma palavra. Todos eles abrigam o medo oculto de investigar a extensão do dano na cidade de tendas — os recursos do vasto acampamento agora são cruciais para a sobrevivência.

Nesse ponto começou a amanhecer, as bordas do horizonte — azul-claras atrás das árvores — começam a afastar as sombras das valas e reentrâncias. O ar está terrivelmente frio e com cheiro dos incêndios recentes. Josh mantém as mãos no volante enquanto a picape serpeia através das sombras frias que se elevam sobre a cidade de tendas.

— PARE! JOSH! PARE!

Josh pisa no freio no cume de uma colina de onde se vê o canto sul do acampamento. Os pneus da picape raspam ao parar.

— Ah, meu Deus.

— Jesus Cristo.

— Vamos voltar. — Lilly rói a unhas, olhando por entre uma abertura na vegetação. Ela vê o que restou da cidade de tendas ao longe. O ar fede a carne queimada e algo pior, algo mortalmente sórdido, como uma infecção em massa. — Não há nada que possamos fazer aqui.

— Espere um pouco.

— Josh...

— Mas o que foi que aconteceu lá? murmura Bob para ninguém em particular, olhando através do vão entre as árvores, que se abre como um proscênio sobre o pasto 15 metros abaixo. Os raios do sol da manhã atravessam cortinas de fumaça, tornando a devastação quase irreal, como a cena de um filme mudo. — Parece que o Godzilla atacou esse lugar.

— Acha que alguém enlouqueceu? — Lilly não consegue tirar os olhos da ruínas fumegantes.

— Acho que não — diz Josh.

— Acha que os errantes causaram isso?

— Não sei, talvez tenha aparecido uma grande horda e um incêndio começou.

Lá embaixo, no pasto, ao longo das margens do acampamento, carros incendiados estão desordenados. Muitas das tendas menores ainda estão pegando fogo, soltando lufadas pretas de fumaça para o céu acre. No centro do campo, a tenda de circo foi reduzida a um endoesqueleto ardente de postes de metal e tirantes. Até mesmo o chão batido queima em alguns pontos, como se alguém tivesse distribuído bocados de chamas líquidas. Corpos fumegantes cobrem o terreno. Por um momento breve e surreal, Josh se lembra do desastre do *Hindenburg*, os destroços ardentes da nave em seus catastróficos estertores mortais.

— Josh...

O homem grande se vira e olha para Lilly, cujo rosto está virado, esquadrinhando as margens da floresta em ambos os lados da picape. Sua voz baixa vários tons até ficar quase grogue de terror.

— Josh... ãhn... temos que sair daqui.

— O que foi?

— Puta que pariu. — Bob vê o que Lilly está vendo, e o ar na cabine crepita de tensão. — Tire-nos daqui, capitão.

— O que vocês...

Então Josh vê o problema: as incontáveis figuras sombrias saindo das árvores — quase em uma ordem sincronizada de marcha — como um grande cardume de peixes expulso das profundezas. Alguns deles ainda ardem soltando finas colunas de fumaça das roupas esfarrapadas. Outros andam em uma fome robótica, com as garras retorcidas esticadas. Centenas de olhos opacos refletem a pálida luz da alvorada quando focalizam o veículo solitário. Os pelos da nuca de Josh se arrepiam.

— JOSH, ANDE!

Ele gira o volante e afunda o pé no acelerador, e as 360 polegadas cúbicas rugem. A picape dá uma guinada de 180 graus, atropela uma dúzia de zumbis e derruba um pequeno pinheiro. O úmido destroncamento dos membros mortos e o estalo dos galhos faz um barulho inacreditável quando os detritos e o sangue batem nos para-lamas da frente. A traseira sacode violentamente, batendo contra uma horda de errantes e jogando Megan e Scott de um lado para o outro na camper. Josh volta para a estrada e pisa no acelerador, disparando colina abaixo outra vez na direção da qual vieram.

Eles mal chegam à estrada adjacente no sopé da colina antes de perceberem que pelo menos três zumbis se prenderam como cracas à picape.

— Merda! — Josh vê um em seu espelho retrovisor, agarrando-se ao veículo pelo lado do motorista, perto do para-lama traseiro, com os pés no estribo, emaranhado em cordas e com as roupas esfarrapadas presas no acabamento de metal da camper. — Fiquem calmos... estamos com alguns parasitas!

— *O quê!?* — Lilly se volta para a janela do carona e vê um rosto morto aparecer do outro lado do vidro como um palhaço saindo da caixa de surpresas. O rosto se contorce e mostra os dentes para ela, a saliva escura pende ao vento. Lilly se sobressalta, apavorada.

Josh se concentra na estrada, fazendo uma curva fechada, depois seguindo para o norte a constantes 70 km/h, em direção à rodovia principal, ziguezagueando de propósito em uma tentativa de arremessar para longe os zumbis da picape.

Dois dos errantes se atracaram do lado do motorista, e outro agarrou-se no lado do carona — todos com força —, presos à picape ou fortes o bastante em sua fome espasmódica para se segurar.

— Bob, você tem mais daquelas balas na cabine?

— Estão na traseira.

— Merda!

Bob lança um olhar para Lilly.

— Querida, acho que tem um pé de cabra no chão, atrás do banco do carona...

A picape oscila. Um dos errantes se solta, caindo na estrada e rolando pela margem. Gritos abafados vêm da traseira. O som de vidro quebrando atravessa a divisória. Lilly encontra um pedaço de ferro sujo de 90 cm com a extremidade curva no chão atrás deles.

— Achei!

— Entregue para mim, querida!

Josh olha pelo retrovisor e vê um segundo zumbi se soltar de onde está preso e cair no chão sob as rodas. A picape passa por cima do cadáver e continua acelerando.

Bob grita, ofegando asperamente, virando-se para a janela do compartimento de dormir, erguendo o pé de cabra.

— Para trás, Lilly, cubra o rosto!

Lilly se encolhe, protegendo-se, quando Bob ataca o zumbi na janela.

A extremidade curvada do pé de cabra choca-se contra a janela, mas só lasca um pedaço do vidro laminado e reforçado. O zumbi rosna, enredado nas cordas — o rosnado atonal é um eco com efeito Doppler ao vento.

Bob solta um grito e bate com o pé de cabra na janela sem parar, com toda a força, até que a ponta curvada quebra o vidro laminado e crava-se no rosto morto. Lilly desvia os olhos.

O pé de cabra empala o cadáver pelo céu da boca e se prende. Bob fica boquiaberto de horror. Por trás do mosaico de vidro fraturado, a cabeça espetada fica suspensa no vento por um instante. Seus olhos de botão como os de um tubarão, ainda animados, têm um brilho fosco, e a boca ainda pulsa ao redor do ferro, como se tentasse comer o pé de cabra.

Lilly não consegue olhar. Ela se encolhe no canto, tremendo convulsivamente.

Josh dá outra guinada e o zumbi finalmente se solta no vento, caindo no chão e desaparecendo sob as rodas. O restante da janela se arrebenta, um tecido de vidro despedaçado que implode e rodopia para dentro da cabine. Bob estremece, inundado de adrenalina, e Josh continua disparando em frente enquanto Lilly se encolhe em posição fetal atrás.

Eles finalmente chegam à estrada de acesso principal e Josh vai em direção ao sul, acelerando, gritando alto o bastante para os que estão atrás escutarem.

— Todo mundo se segura!

Sem qualquer outra palavra, Josh acelera, com as mãos soldadas ao volante, ziguezagueando e contornando bolsões de veículos destruídos e abandonados por mais alguns quilômetros, vigiando o retrovisor, certificando-se de que estão livres e fora do alcance da horda.

Eles se afastam 8 km do cataclismo antes de Josh pisar nos freios e parar no acostamento de cascalho de um trecho deserto dos campos abandonados. A picape cai em um silêncio irreal. Apenas o som das batidas de seus corações nos ouvidos e o assobio agudo e solitário do vento são ouvidos.

Josh olha para Lilly por cima do ombro. A expressão de seu rosto levemente machucado, a maneira como está encolhida no canto, segurando os joelhos dobrados contra o peito, tremendo como se estivesse com hipotermia — tudo o preocupa.

— Você está bem, boneca?

Mesmo aterrorizada Lilly consegue engolir o bolo em sua garganta e lança um olhar para ele.

— Ótima.

Josh assente, depois grita alto o bastante para ser ouvido na camper:

— Está todo mundo bem aí atrás?

O rosto de Megan na janela diz tudo. Seu rosto corado está retorcido de tensão, e ela levanta o polegar para eles devagar.

Josh se vira e olha pelo para-brisa. Ele respira pesadamente, como se estivesse se recuperando de uma corrida.

— Essas coisas malditas estão mesmo se multiplicando.

Bob esfrega o rosto, ofegante, lutando contra o tremor.

— Também estão ficando mais audaciosos, se quer saber.

Após uma pausa, Josh diz:

— Deve ter sido rápido.

— É.

— Os coitados nem viram o que os atingiu.

— É. — Bob enxuga a boca. — Talvez devêssemos voltar, tentar afastar aquelas coisas do acampamento.

— Para quê?

Bob mordisca a própria bochecha.

— Não sei... pode haver sobreviventes.

Outra longa pausa paira na cabine, até que Lilly finalmente diz:

— É improvável, Bob.

— Podem ter sobrado suprimentos de que precisamos.

— É arriscado demais — diz Josh, observando atentamente a paisagem. — Onde é que nós estamos, afinal?

Bob tira um mapa de um porta-objetos cheio e desorganizado na porta; desdobra-o com as mãos trêmulas e segue com a unha os minúsculos capilares de estradas rurais sem identificação. Ele ainda tenta recuperar o fôlego.

— Pelo que posso deduzir, estamos em algum lugar ao sul de Oakland, na região do tabaco. — Ele tenta segurar o mapa com firmeza apesar de as mãos estarem trêmulas. — A estrada em que estamos não está no mapa... pelo menos não *neste* mapa.

Josh olha ao longe. O sol da manhã desce sobre a estreita via de mão dupla. A estrada não identificada, cercada de capim e salpicada com um destroço abandonado a cada 20 metros, segue em curvas ao longo de um platô entre duas fazendas de tabaco. Em ambos os lados dessa estrada anônima, os campos estão excessivamente crescidos por causa da negligência, e ervas daninhas e trepadeiras se entrelaçam às desgastadas tábuas dos guarda-corpos. A natureza cerrada e descuidada dos campos reflete os meses que se passaram desde o início da praga.

Bob dobra o mapa.

— E agora?

Josh dá de ombros.

— Não vejo uma casa de fazenda há quilômetros, parece que nos embrenhamos o bastante no meio do nada para evitar outra horda daquelas coisas.

Lilly volta para o banco.

— No que você está pensando, Josh?

Ele engata a primeira na caminhonete.

— Acho que devemos continuar em direção ao sul.

— Por que o sul?

— Para começar, estaremos nos afastando dos centros populacionais.

— E...?

— E talvez, se continuarmos em frente... a gente consiga deixar o frio para trás.

Ele acelera um pouco e começa a voltar para a estrada quando Bob agarra seu braço.

— Calma aí, capitão.

Josh para a picape.

— O que foi?

— Não quero ser o arauto da desgraça. — Bob aponta para o medidor de combustível. — Mas abasteci a picape com a última gota das minhas reservas ontem à noite.

O ponteiro está logo abaixo da reserva.

SETE

Eles vasculham a área atrás de tanques para drenar ou postos de gasolina para pilhar, e voltam de mãos vazias. A maioria dos destroços desse trecho desolado de estrada rural está totalmente queimada ou abandonada com o tanque seco. O grupo vê apenas mortos dispersos perambulando pelos campos distantes; cadáveres solitários vagando sem rumo, longe o bastante para escapar com facilidade.

Eles decidem dormir na Ram naquela noite, fazendo turnos de vigia e racionando a comida enlatada e a água potável. Estar tão longe de tudo acaba sendo tanto uma bênção quanto uma maldição. A preocupante falta de combustível e provisões é compensada pela ausência de atividade dos errantes.

Josh avisa a todos para falar baixo e fazer o mínimo de barulho possível durante seu exílio naquela região desolada.

Nessa primeira noite, quando a escuridão se aproxima e a temperatura despenca, Josh deixa o motor ligado o máximo de tempo possível, depois lança mão de ligar o aquecimento diretamente na bateria. Ele sabe que não pode manter aquela situação por muito tempo. Eles cobrem a janela quebrada do compartimento de dormir com papelão e fita adesiva.

Nessa noite, todos têm um sono agitado nas acomodações apertadas da picape — Megan, Scott e Bob na camper, Lilly na parte de trás da cabine e Josh na frente, quase sem conseguir esticar o enorme corpo nos dois assentos anatômicos.

No dia seguinte, Josh e Bob têm a sorte de encontrar uma perua capotada a 1,5 km para oeste, com o eixo traseiro quebrado, mas o restante, intacto, e o tanque praticamente cheio. Puxam quase 70 litros para três recipientes e voltam para a Ram antes do meio-dia. Partem em direção ao sudoeste — atravessando mais 30 km de campos abandonados — antes de parar para passar a noite sob um viaduto ferroviário desolado, onde o vento canta uma triste ária constante através dos fios de alta tensão.

Na escuridão da picape, que já está cheirando mal, eles discutem se devem continuar em frente ou encontrar um lugar para ficar. Brigam por coisas pequenas — arranjos para dormir, racionamento, roncos e pés fedorentos — e irritam uns aos outros de forma geral. O espaço dentro da camper tem menos de 10 m^2, e a maior parte é coberta pelos detritos rejeitados de Bob. Scott e Megan dormem como sardinhas contra o basculante traseiro enquanto Bob se revira em seu delírio semissóbrio.

Eles vivem desse jeito por quase uma semana, ziguezagueando em direção ao sudoeste, seguindo os trilhos da Estrada de Ferro West Central Georgia, procurando combustível quando podem. Os temperamentos são pressionados ao limite. As paredes da camper os comprimem cada vez mais.

Na escuridão, os barulhos perturbadores atrás das árvores ficam mais próximos a cada noite.

Certa manhã, enquanto Scott e Megan dormem na traseira, Josh e Lilly se sentam no para-choque frontal da Ram, compartilhando uma garrafa térmica de café instantâneo na luz do começo do dia. O vento está mais frio; o céu, mais pesado — o cheiro do inverno está no ar.

— Parece que está vindo mais neve — observa Josh com brandura.

— Para onde o Bob foi?

— Ele disse que viu um riacho a oeste, levou a vara de pescar.

— Levou a espingarda?

— A machadinha.

— Estou preocupada com ele, Josh. Ele treme o tempo todo.

— Ele vai ficar bem.

— Ontem à noite o vi bebendo uma garrafa de enxaguante bucal.

Josh olha para ela. Os ferimentos de Lilly estão praticamente curados, seus olhos estão límpidos pela primeira vez desde o espancamento. As contusões quase sumiram e ela removeu as ataduras das costelas na tarde anterior, descobrindo que estava perto de conseguir andar normalmente sem elas. Mas a dor de ter perdido Sarah Bingham ainda a corrói — Josh pôde ver a tristeza marcada em seu rosto adormecido, tarde da noite. Do banco da frente, Josh a tem observado enquanto dorme. É a coisa mais bonita que já viu. Ele quer beijá-la outra vez, mas a situação não tem permitido esses luxos.

— Vamos todos ficar bem melhor quando encontrarmos comida de verdade — diz Josh. — Estou ficando muito cansado da comida enlatada Chef Boyardee fria.

— A água também está acabando. E tenho pensado em outra coisa que não está exatamente me deixando confortável.

Josh olha para ela.

— O que é?

— E se encontrarmos outra horda? Eles podem virar a picape, Josh. Você sabe disso tão bem quanto eu.

— Mais uma razão para continuar em frente, em direção ao sul, despercebidos.

— Eu sei, mas...

— Temos mais chances de encontrar suprimentos se seguirmos em frente.

— Eu entendo, mas...

Lilly para quando vê a silhueta de uma figura distante, talvez a uns 300 metros, sobre o viaduto ferroviário, vindo na direção deles, seguindo os trilhos. A sombra longa e delgada da figura, delineada pelas partículas de poeira ao sol da manhã, tremula através dos dormentes e das vigas — movendo-se rápido demais para ser um zumbi.

— Falando no diabo — diz Josh quando finalmente reconhece a figura.

O homem mais velho se aproxima carregando um balde vazio e uma vara de pescar desmontável. Ele caminha rapidamente por entre os trilhos, com uma urgência queimando o rosto.

— Ei, pessoal! — grita ele para baixo, sem fôlego, quando chega à escadinha perto do viaduto.

— Fale baixo, Bob — adverte Josh. Andando até a base do viaduto com Lilly a seu lado.

— Esperem até ver o que encontrei — diz Bob, descendo a escada.

— Pegou um peixe grande, não é?

Ele pula para o chão e recupera o fôlego, com os olhos brilhando de animação.

— Não senhor, não consegui nem encontrar o maldito rio. — Ele dá um sorriso de dentes separados. — Mas achei algo melhor.

O Walmart fica na interseção de duas autoestradas rurais, 1,5 km a norte dos trilhos do trem. Seu letreiro com o logotipo de letras azuis e estrela amarela é visível do viaduto elevado que atravessa a floresta. A cidade mais próxima fica a quilômetros de distância, mas essas grandes lojas isoladas mostraram-se pontos de venda lucrativos para comunidades rurais, especialmente as que ficam tão próximas a uma grande interestadual como a U.S. 85 — a saída para Hogansville está a apenas 11 quilômetros a oeste.

— OK... eu acho o seguinte — diz Josh para os outros, depois de estacionar na entrada do terreno, parcialmente bloqueada por uma carreta cuja frente está emaranhada com uma placa de sinalização. A carga, basicamente de tábuas, está espalhada pelas amplas vias que conduzem ao grande estacionamento, salpicado de destroços e veículos abandonados. De longe, a enorme "superloja" térrea parece deserta, mas as aparências podem enganar. — Vamos verificar os arredores primeiro, fazer algumas rondas, só para conhecer a área.

— Parece bem vazio, Josh — comenta Lilly enquanto rói a unha do dedão no nicho de trás. Durante todo o percurso de 15 minutos pelas estradas de terra vicinais, Lilly roeu cada unha disponível até o sabugo. Agora morde uma cutícula.

— É difícil ter certeza só de olhar — diz Bob.

— Mantenha os olhos bem abertos e procure errantes ou qualquer outro movimento — diz Josh, engatando a primeira na picape e passando lentamente sobre as tábuas espalhadas.

Eles circulam a propriedade duas vezes, prestando atenção especial às sombras dos galpões de carga e das entradas. Os carros do estacionamento estão todos vazios, alguns foram queimados até virar carcaças enegrecidas. A maioria das portas de vidro da loja está quebrada. Um carpete de cacos reluz ao sol da tarde fria na entrada principal. O interior da loja está escuro como uma mina de carvão. Nada se move. Dentro do vestíbulo, alguns corpos cobrem o chão. O que quer que tenha acontecido ali, aconteceu há um bom tempo.

Após uma segunda varredura, Josh para na frente da loja, coloca a picape em ponto morto, deixa o motor ligado e verifica os últimos três tiros aninhados no cilindro de sua .38.

— OK, não quero deixar a picape sozinha — diz ele, e se volta para Bob. — Quantas balas você ainda tem?

Bob abre a espingarda de pressão com mãos trêmulas.

— Uma na culatra, outra no meu bolso.

— OK, estou pensando o seguinte...

— Vou com você — diz Lilly.

— Não sem uma arma, não até sabermos que é seguro lá dentro.

— Pego uma pá na traseira — diz ela. Lilly olha por cima do ombro e vê o rosto de Megan na janela, parecendo uma coruja esperançosa ao esticar o pescoço para ver através do para-brisa. Ela olha para Josh novamente. — Você vai precisar de outro par de olhos lá dentro.

— Nunca discuta com uma mulher — resmunga Bob, abrindo a porta do carona e saindo para o vento frio da tarde de final do outono.

Eles contornam a traseira, abrem o basculante traseiro da camper e dizem a Megan e Scott para ficarem na cabine com a picape ligada até darem o sinal de que está tudo limpo; e se virem algum problema, devem tocar a buzina como loucos. Nem Megan nem Scott se opõem muito.

Lilly pega uma das pás e depois segue Josh e Bob pela entrada de cimento da fachada da loja. O som de seus passos estalando sobre o vidro quebrado é abafado pelo vento. Josh força uma das portas automáticas a se abrir e eles entram no vestíbulo.

Perto da entrada, eles veem o velho sem cabeça caído no piso manchado sobre uma poça de sangue seco — agora tão negro quanto obsidiana —, com as fibras estraçalhadas de suas entranhas sendo expelidas do pescoço. Pregada ao pequeno colete azul de recepcionista, torta e parcialmente visível, a etiqueta com o nome diz WALMART em cima e ELMER K embaixo. A insígnia da carinha feliz amarela está salpicada de sangue. Lilly observa o pobre Elmer K decapitado por bastante tempo enquanto se embrenham na loja vazia.

O ar está quase tão frio quanto do lado de fora, e cheira a mofo, decomposição e proteínas rançosas, como as de uma pilha de adubo gigante. Constelações de buracos de bala adornam a padieira sobre o cabeleireiro à esquerda, enquanto borrões parecidos com um teste Rorschach de sangue arterial marcam a entrada do centro de visão à direita. As prateleiras estão vazias — já saqueadas — ou viradas no chão.

Josh levanta uma de suas enormes mãos, ordenando que os companheiros parem por um instante e ouçam o silêncio. Ele esquadrinha o espaço da loja, muito do qual está coberto de corpos sem cabeça, vestígios não identificáveis de carnificina, carrinhos de supermercado virados e lixo. Os caixas à direita estão silenciosos e manchados de sangue. O centro de farmácia, o balcão de cosméticos e o departamento de saúde e beleza à esquerda também estão crivados de buracos de bala.

Sinalizando para os outros, Josh continua cautelosamente, com a arma empunhada, os pesados passos de suas botas trituram os escombros enquanto eles se aprofundam nas sombras fedorentas.

Quanto mais se afastam das portas de entrada, mais escuros se tornam os corredores. A luz pálida do dia mal penetra os corredores de alimentos mais distantes à direita, com seus produtos vazados e vidro quebrado se misturando aos restos humanos, ou às seções de casa, escritório e moda à esquerda, com roupas espalhadas e manequins desmembrados. Os departamentos dos fundos na loja — brinquedos, eletrônicos, artigos esportivos e sapatos — estão na completa escuridão.

Apenas os fracos raios prateados das luzes de emergência a bateria iluminam as sombrias profundezas dos corredores mais distantes.

Eles encontram lanternas no departamento de ferragens e direcionam os feixes de luz para os cantos distantes da loja, registrando mentalmente todas as provisões e ferramentas úteis. Quanto mais investigam, mais animados ficam. Quando terminam de circular todos os 1.400 m^2 da loja — encontrando apenas alguns restos humanos espalhados nos estágios iniciais de decomposição, incontáveis prateleiras viradas e ratos fugindo ao som de seus passos — estão convencidos de que a loja é segura — revirada, certamente, mas *segura*.

Ao menos por enquanto.

— Tenho quase certeza de que estamos sozinhos — diz Josh finalmente, quando os três retornam à luz difusa do vestíbulo.

Eles baixam as armas e as lanternas.

— Parece que aconteceu alguma merda aqui — diz Bob.

— Não sou detetive. — Josh olha as paredes e os pisos cobertos de respingos de sangue que poderiam passar por pinturas de Jackson Pollock. — Mas eu diria que algumas pessoas se abrigaram aqui há algum tempo, e depois vários grupos foram aparecendo e pegando o que precisavam do que restou.

Lilly olha para Josh com a expressão ainda contraída de tensão. Ela olha de relance para o recepcionista decapitado.

— Acha que poderíamos limpar este lugar, talvez ficar aqui por um tempo?

Josh balança a cabeça.

— Seríamos alvos fáceis, isto aqui é tentador demais.

— É também uma mina de ouro — diz Bob. — Há muitas coisas nas prateleiras altas, talvez estoque nos fundos com mercadorias, poderia ser muito útil para nós. — Seus olhos cintilam, e Josh percebe que o homem mais velho examinou cuidadosamente as prateleiras mais altas do departamento de bebidas, que ainda transbordam de garrafas fechadas.

— Eu vi alguns carrinhos de mão e de armazém no departamento de jardinagem — diz Josh. Ele olha para Bob, depois para Lilly, e sorri. — Acho que nossa sorte acabou de mudar para melhor.

Eles enchem três carrinhos de mão com casacos acolchoados, botas de inverno, roupas de baixo térmicas, gorros e luvas do departamento de moda. Acrescentam dois walkie-talkies, correntes para pneus, cordas para reboque, um kit de chaves inglesas, sinalizadores de estrada, óleo de motor e anticongelante. Chamam Scott para ajudar, deixando Megan na picape para vigiar a chegada de intrusos.

Do departamento de alimentos — onde a maior parte das carnes, vegetais e laticínios sumiu ou estragou há muito tempo — conseguem caixas de aveia instantânea, passas, barras de proteína, macarrão instantâneo, vidros de manteiga de amendoim, carne seca, latas de sopa, molho para massas, caixas de suco, embalagens de macarrão, carne enlatada, sardinhas, café e chá.

Bob ataca o que restou da farmácia. A maioria dos barbitúricos, analgésicos e ansiolíticos já desapareceu há muito tempo, mas encontra sobras suficientes para abrir um consultório. Pega um pouco de Lanacane para usar em primeiros socorros, amoxicilina para infecções, epinefrina para trazer um coração de volta à vida, Adderall para se manter alerta, lorazepam para acalmar os nervos, Celox para estancar perda de sangue, naproxeno para dor, loratadina para abrir as vias aéreas, e um bom sortimento de vitaminas.

De outros departamentos, eles obtêm itens de luxo irresistíveis — que não são exatamente cruciais para sua sobrevivência, mas que mesmo assim podem proporcionar alívio momentâneo da cruel tarefa de se manter vivo. Lilly escolhe vários livros de capa dura — na maioria romances — da banca de jornal. Josh encontra uma coleção de charutos da Costa Rica enrolados à mão atrás do balcão de serviço ao cliente. Scott descobre um DVD player a pilha e seleciona uma dúzia de filmes. Pegam alguns jogos de tabuleiro, um baralho, um telescópio e um pequeno gravador digital de voz.

Eles fazem uma viagem até a picape, entupindo a camper com as mercadorias antes de voltar e começar a se dedicar a busca ao tesouro de itens úteis na escuridão dos fundos da loja.

— Aponte a lanterna para a esquerda, boneca — Josh pede a Lilly, do lado de fora do departamento de artigos esportivos. Ele segura duas grandes sacolas resistentes encontradas no departamento de bagagens.

Scott e Bob estão ali perto, observando ansiosamente, enquanto Lilly percorre com o fino feixe de sua lanterna a área destruída que um dia vendeu bolas de futebol e tacos de beisebol infantis.

O raio de luz amarela passa por mostruários destroçados de raquetes de tênis e bastões de hóquei, bicicletas com peças faltando e pilhas de roupas de ginástica e luvas de beisebol espalhadas pelo chão salpicado de sangue.

— Opa... ali, Lilly — diz Josh. — Segure firme.

— Merda — diz Bob, atrás de Lilly. — Parece que chegamos tarde demais.

— Alguém as pegou antes de nós — resmunga Josh quando a lanterna percorre o mostruário de vidro estilhaçado à esquerda das varas e iscas de pescaria. A vitrine está vazia, mas pela aparência dos nichos e ganchos deixados para trás, fica óbvio que o mostruário abrigava uma grande variedade de rifles para caça, pistolas de tiro ao alvo e revólveres de uso doméstico. As prateleiras das paredes atrás do mostruário também estão vazias. — Direcione a lanterna um pouco para o chão, querida.

No cone opaco de luz, veem-se alguns cartuchos e balas espalhados pelo chão.

Eles vão até o balcão de armas e Josh larga as sacolas, depois espreme sua forma enorme atrás do mostruário. Ele pega a lanterna e a direciona para o chão. Vê algumas caixas perdidas de munição, um frasco de óleo para armas, um bloco de recibos e um objeto prateado grosseiro aparecendo por baixo da vitrine.

— Esperem um pouco... *parem tudo.*

Josh se ajoelha. Ele enfia a mão sob o balcão e puxa dali a extremidade de aço rombudo do cano de uma arma.

— Agora sim — diz ele, levantando a arma na luz para todos verem.

— É uma Desert Eagle? — Bob se aproxima. — É uma .44?

Josh segura a arma como um menino na manhã de Natal.

— Seja o que for, é pesada para cacete. Essa coisa deve pesar quase 5 kg.

— Posso? — Bob pega a arma. — Meu Deus... isto aqui é o canhão do mundo das pistolas.

— Agora só precisamos de balas.

Bob verifica o clipe.

— Manufaturada por hebreus fodões, operada a gás... a única semiautomática da sua categoria. — Bob olha as prateleiras altas. — Ilumine ali em cima... veja se têm alguma calibre .50 por lá.

Logo depois, Josh encontra uma pilha de caixas identificadas como 50-C-R na última prateleira. Ele dá um impulso e pega meia dúzia de caixas.

Enquanto isso, Bob comprime o retém, e o pente cai em sua mão suja. A voz fica suave e baixa, como se estivesse falando com uma amante.

— Ninguém projeta armas de fogo como os israelenses... nem mesmo os alemães. Esse danado pode penetrar blindagem de tanques.

— Cara — diz finalmente Scott, parado atrás de Bob, com uma lanterna. — Você está planejando atirar ou foder com isso aí?

Após um momento constrangedor, todos caem na gargalhada — nem mesmo Josh consegue resistir ao riso — e apesar do fato de que a risada deles é áspera e carregada de nervosismo, ela serve para quebrar a tensão naquele depósito silencioso de sangue e prateleiras saqueadas. Eles tiveram um bom dia. Tiraram a sorte grande naquele templo do consumismo por atacado. Acima de tudo, obtiveram ali algo muito mais valioso que meras provisões: um vislumbre da esperança de conseguir sobreviver ao inverno... de talvez atravessar esse pesadelo.

Lilly é a primeira a ouvir o barulho. Sua risada morre instantaneamente e ela olha em torno como se estivesse acordando de um sonho com um sobressalto.

— O que foi isso?

Josh para de rir.

— Qual é o problema?

— Ouviu isso?

Bob olha para ela.

— O que foi, querida?

— Eu ouvi alguma coisa. — A voz está baixa e tensa de pânico.

Josh desliga a lanterna e olha para Scott.

— Desligue a lanterna, Scott.

Scott apaga a luz e os fundos da loja mergulham na escuridão.

O coração de Lilly bate com força enquanto ficam ali parados nas sombras por um momento, escutando. A loja está silenciosa. Então outro rangido penetra a quietude.

Está vindo da frente da loja. Um som de deslocamento, como o rilhar de metal enferrujado, mas fraco, tão fraco que é impossível de identificar.

Josh sussurra:

— Bob, onde está a espingarda?

— Deixei lá na frente, com os carrinhos de mão.

— Ótimo.

— E se for a Megan?

Josh pensa sobre isso.

— Megan! É você?

Não há resposta.

Lilly engole ar. A vertigem a percorre.

— Acha que os errantes podem abrir a porta?

— Uma brisa forte poderia abri-la — diz Josh, enfiando a mão atrás do cinto para pegar a .38. — Bob, quão hábil você é com essa pistola fodona?

Bob já está com uma das caixas de munição aberta. Ele pega as balas com os dedos sujos e trêmulos.

— Estou muito a sua frente, capitão.

— Está bem, ouçam...

Josh começa a sussurrar instruções quando outro barulho enche o ar — abafado, mas distinto —, claramente o som de dobradiças empenadas raspando em algum lugar perto da entrada. Alguém ou alguma *coisa* está entrando na loja.

Com as mãos trêmulas, Bob enfia nervosamente balas em um pente vazio. Ele deixa o pente cair e o clipe bate no chão, espalhando a munição.

— Putz, cara — comenta Scott entredentes, observando nervosamente enquanto Bob se põe de quatro e recupera as balas perdidas como um menininho juntando bolinhas de gude às pressas.

— Ouçam — sibila Josh para eles. — Scott, você e o Bob pegam o flanco esquerdo, vão para a frente da loja pelo departamento de alimentos. Boneca, você me segue. Vamos pegar um machado no caminho, no departamento de casa e jardim.

No chão, Bob finalmente consegue colocar as balas no clipe, depois empurra o pente para dentro da pistola e se levanta.

— Pronto. Vamos, garoto. Vamos nessa.

Eles se separam e atravessam a escuridão em direção à luz pálida.

Lilly segue Josh através das sombras do centro automotivo, passando por prateleiras saqueadas, por montes de lixo espalhados pelo piso de ladrilhos, pelos departamentos de casa e escritório, e pelo de artes. Eles se movem com o mínimo de barulho possível, mantendo-se abaixados e próximos, Josh se comunica por gestos. Ele está com a .38 em uma das mãos, e a outra se ergue repentinamente fazendo um sinal para Lilly parar.

Da frente da loja, o som de passos arrastados agora é claramente audível.

Josh aponta para um mostruário caído no departamento de bricolagem. Lilly se arrasta para trás de um mostruário de lâmpadas e encontra o chão repleto de ancinhos, tesouras de poda e machados de cabo longo. Ela pega um dos machados e contorna novamente as lâmpadas, com o coração martelando e a pele formigando de terror.

Eles se aproximam da entrada da frente. Lilly vê um ocasional relance de movimento do outro lado da loja conforme Scott e Bob se aproximam pela parede oeste do departamento de alimentos. Nesse ponto, o que quer que esteja deslizando para dentro do Walmart, parece ter ficado silencioso e imóvel. Lilly não consegue ouvir nada além de seu coração acelerado.

Josh para trás do balcão da farmácia, agachando-se. Lilly se junta a ele, que sussurra para ela:

— Fique atrás de mim, e se uma daquelas coisas passar por mim, dê um bom golpe no meio da cabeça com isso daí.

— Josh, sei como se mata um zumbi — retruca Lilly em um sussurro áspero.

— Eu sei, querida, só estou dizendo... só não se esqueça de golpear com bastante força logo de primeira.

Lilly assente.

— No três — sussurra Josh. — Está pronta?

— Pronta.

— Um, dois...

Josh congela. Lilly ouve algo que não faz sentido.

Josh a segura e a pressiona contra a parte inferior do balcão da farmácia. Paralisados de indecisão, eles ficam agachados ali por um instante. Um único pensamento incongruente reverbera no cérebro de Lilly.

Zumbis não falam.

— Olá? — A voz ecoa pela loja vazia. — Tem alguém em casa?

Josh hesita atrás do balcão por mais um breve momento, pesando suas opções, o cérebro está inundado de pânico. A voz parece amigável... meio... com certeza masculina, profunda, talvez com um pouco de sotaque.

Josh olha para Lilly por cima do ombro. Ela está segurando o machado como um taco de beisebol, pronta para atacar, com os lábios trêmulos de terror. Josh levanta a mão enorme — fazendo um gesto de "me dê um instante" — e está a ponto de agir, armando o cão da pistola, quando outra voz ressoa, mudando instantaneamente a dinâmica.

— SOLTEM-NA, SEUS FILHOS DA PUTA!

Josh sai de trás do balcão com a .38 levantada e pronta para atirar.

Lilly o segue com o machado.

Um grupo de seis homens — todos fortemente armados — está no vestíbulo.

— Calma... calma, calma, calma... *opa*! — O líder, um homem parado à frente do bando, segurando um rifle de assalto de longo alcance com a boca levantada ameaçadoramente, parece ter quase 30 anos, ou pouco mais, no máximo. Alto, esguio, moreno, ele usa uma bandana na cabeça. As mangas de sua camisa de flanela foram cortadas. Os braços são extremamente musculosos.

A princípio, as coisas acontecem quase rápido demais para Josh acompanhar enquanto mantém sua posição com o cano da .38 apontado para o Cara da Bandana.

Saindo de trás das baias do caixa, Bob Stookey investe em direção aos intrusos agarrando a Desert Eagle com as mãos, como um fuzileiro. Seus olhos margeados de vermelho estão arregalados de heroísmo embriagado.

— SOLTEM-NA! — O objeto de sua fúria está atrás do cara da bandana, sendo mantida presa por um dos membros do grupo de ataque.

Megan Lafferty se contorce furiosamente em poder de um garoto negro de olhos desvairados, que está com uma das mãos sujas sobre sua boca, mantendo-a quieta.

— BOB... NÃO! — berra Josh o mais alto que consegue, e a estrondosa autoridade de sua voz parece frear a galanteria de Bob. O homem mais velho hesita no final das baias dos caixas, cambaleando até parar a meros 6 metros do homem que está mantendo Megan prisioneira. Ofegante, o velho pé-de-cana olha para Megan com impotência. Josh percebe as emoções alteradas do homem mais velho.

— Todo mundo calmo! — ordena Josh a seu pessoal.

Scott Moon aparece atrás de Bob com a velha espingarda de pressão em riste.

— Scott, calma com essa espingarda!

O homem com a bandana não baixa sua AK-47.

— Vamos relaxar, pessoal, numa boa. Não queremos um massacre aqui.

Atrás do homem moreno estão cinco outros homens com armamentos pesados. A maioria na faixa dos 30, alguns negros, alguns brancos, alguns usando roupas estilo hip-hop, outros com uniformes militares esfarrapados e coletes acolchoados. Eles parecem descansados e bem-alimentados e talvez um pouco altos. O mais importante para Josh é que parecem estar tão dispostos a começar a atirar quanto a se envolver em qualquer tipo de diplomacia.

— Estamos tranquilos — diz Josh, mas ele tem certeza de que o tom de sua voz, a contração do maxilar, e o fato de que também não baixou sua arma provavelmente passam uma mensagem contrária ao Cara da Bandana. — Não é, Bob? Não estamos tranquilos?

Bob resmunga alguma coisa inaudível. A Desert Eagle continua levantada e travada, por um momento breve e desconfortável, os dois grupos mantêm uns aos outros afastados com armas apontadas para partes importantes de suas anatomias. Josh não gosta das probabilidades — os intrusos têm poder de fogo para derrubar uma pequena guarnição —, mas, por outro lado, no momento o grupo de Josh tem três armas carregadas e apontadas diretamente para o líder do grupo de ataque, cuja perda poderia causar um verdadeiro problema para a dinâmica desse pequeno bando armado.

— Solte a garota, Haynes — ordena o Cara da Bandana para o subordinado.

— Mas e...

— Eu disse para soltá-la!

O garoto negro de olhos desvairados empurra Megan em direção a seus companheiros e ela vacila por um instante, quase caindo, mas consegue se manter de pé e cambalear até Bob.

— Que bando de imbecis! — rosna ela.

— Você está bem, querida? — pergunta Bob, colocando o braço livre ao redor dela, mas sem desviar os olhos (ou o cano da magnum) dos intrusos.

— Os idiotas me pegaram de surpresa — diz ela, esfregando os pulsos, olhando furiosamente para eles.

O Cara da Bandana baixa a arma e se dirige a Josh.

— Olhe, não podemos correr nenhum risco hoje em dia, não sabíamos quem vocês eram... só estamos nos cuidando.

Incerto, Josh mantém a .38 apontada diretamente para o peito do Cara da Bandana.

— E por causa disso vocês tinham que arrancar a garota da picape?

— Como eu disse... não sabíamos com quantos de vocês estávamos lidando... quem ela ia avisar... não sabíamos nada.

— Este lugar é de vocês?

— Não... como assim? Não.

Josh dá a ele um sorriso frio.

— Então me permita dar uma sugestão... sobre o que fazer a partir de agora.

— Vá em frente.

— Ainda tem muita coisa aqui... por que vocês não nos deixam passar e podem ficar com o resto?

O Cara da Bandana se vira para sua gangue.

— Baixem as armas, rapazes. Vamos lá. Para trás. Andem logo.

Quase relutantemente, o resto dos invasores obedece e baixa as armas.

O Cara da Bandana vira-se novamente para Josh.

— Meu nome é Martinez... É uma pena termos começado com o pé esquerdo.

— Sou Hamilton. É um prazer conhecer vocês, e agradeço por nos deixar passar.

— Sem problema, *mi amigo*... mas posso fazer uma sugestão para *vocês* antes de concluirmos nossos negócios?

— Estou ouvindo.

— Primeiro, será que poderiam parar de apontar essas armas para nós?

Josh não tira os olhos de Martinez enquanto baixa a arma.

— Scott... Bob... podem abaixar... tudo bem.

Scott coloca a espingarda no ombro e se encosta à esteira do caixa para escutar. Com relutância, Bob baixa a boca da Desert Eagle, a enfia atrás do cinto e mantém o braço em torno de Megan.

Lilly apoia o machado — com a cabeça para baixo — no chão, encostando-o contra o balcão da farmácia.

— Obrigado, sinceramente. — Martinez respira fundo, e suspira. — O que estou pensando é o seguinte. Vocês parecem ter a cabeça no lugar. Vocês têm o direito de levar toda essa mercadoria daqui... mas posso perguntar para onde estão levando?

— Na verdade, não estamos levando para lugar nenhum — diz Josh. — Só estamos pegando.

— Estão vivendo na estrada?

— Que diferença faz?

Martinez dá de ombros.

— Olhe, sei que você não têm nenhum motivo para confiar em mim, mas as coisas estão de um jeito que pessoas como nós... podemos ser mutuamente benéficos uns para os outros. Entende o que estou dizendo?

— Para ser honesto, não... Não faço a mínima ideia do que você está falando.

Martinez suspira.

— Deixe-me botar as cartas na mesa. Podemos nos separar aqui e agora, sem prejuízos, desejando boa-sorte uns aos outros...

— Para mim parece bom — diz Josh.

— Mas temos uma opção melhor — diz o homem.

— Qual é?

— Um lugar cercado, logo à frente na estrada, com pessoas como eu e você, tentando construir um local para viver.

— Continue.

— Chega de fugir, é o que estou dizendo. Nós conseguimos deixar uma parte de uma cidade segura. Não é muito... ainda. Erguemos alguns muros. Temos espaço para plantar alimentos. Geradores. Aquecimento. Com certeza temos lugar para mais cinco.

Josh não diz nada. Olha para Lilly. Ele não consegue interpretar sua expressão. Ela parece exausta, assustada, confusa. Ele olha para os outros. Ele vê as engrenagens de Bob girando. Scott olha para o chão.

Megan encara os invasores perniciosamente através de mechas de cabelos encaracolados.

— Pense nisso, cara — continua Martinez. — Podemos dividir o que restou aqui e ir embora, ou podemos juntar forças. Precisamos de gente forte. Se eu quisesse roubar, sacanear ou ferrar vocês... já não teria feito? Não tenho motivo para causar problemas. Venha conosco, Hamilton. O que me diz? Não existe nada na estrada além de mais merda e do inverno chegando. O que me diz, cara?

Josh olha para Martinez por um bom tempo, até que finalmente diz:

— Nos dê um segundo.

Eles se reúnem perto dos caixas.

— Cara, você só pode estar de sacanagem — diz Megan para Josh em um sussurro baixo e tenso. Os outros se aglomeram em torno do homem grande em um semicírculo. — Está pensando em ir a algum lugar com essa corja?

Josh umedece os lábios.

— Não sei... Quanto mais olho para esses caras, mais eles parecem tão apavorados e nervosos quanto nós.

Lilly entra na conversa.

— Talvez pudéssemos só dar uma olhada no lugar, ver como é.

Bob olha para Josh.

— Comparado a viver em tendas no chão com um monte de esquentadinhos? Como poderia ser pior?

Megan suspira.

— Sou só eu, ou vocês enlouqueceram completamente?

— Megan, não sei — diz Scott. — Estou meio que pensando... O que temos a perder?

— Cale a boca, Scott.

— Está bem, olhem — diz Josh, levantando uma mão enorme e interrompendo o debate. — Não vejo nenhum mal em segui-los, dar uma olhada lá. Vamos ficar com nossas armas e manter os olhos abertos, e a gente decide quando virmos o lugar. — Ele olha para Bob, depois para Lilly. — Tudo bem?

Lilly respira fundo. Depois assente para ele.

— Sim... tudo bem.

— Que maravilha — rosna Megan, seguindo os outros até a entrada.

Demora mais uma hora, sob os esforços combinados dos dois grupos, para vasculhar o resto da loja em busca de itens pesados necessários para a cidade. Eles fazem uma incursão à área de gramado e jardim e ao de reparos domésticos para pegar tábuas, fertilizante, terra adubada, sementes, martelos e pregos. Lilly sente que há um caráter apreensivo na insegura trégua entre os dois grupos. Ela vigia Martinez com o canto do olho, e percebe uma hierarquia tácita no maltrapilho grupo de ataque do qual Martinez é claramente o chefe, comandando os outros com simples gestos e acenos de cabeça.

Quando terminam de lotar de mercadorias a Ram de Bob e os dois veículos da cidade murada — uma perua e uma carreta —, o crepúsculo se aproxima. Martinez assume o volante da perua, e diz a Bob para seguir atrás da carreta... e o comboio parte para a cidade.

Conforme saem do terreno empoeirado do Walmart e entram na estrada de acesso em direção à autoestrada, Lilly senta no compartimento de dormir, olhando através do para-brisa manchado de insetos, enquanto Bob se concentra em acompanhar a carreta, que cospe fumaça pelo escapamento. Passam por emaranhados de destroços e densas florestas dos dois lados da estrada rural, atrás da qual as sombras estão se aprofundando. Uma fina névoa de granizo é trazida pelo vento norte.

No crepúsculo cor de aço, Lilly mal consegue ver o primeiro veículo — a uma boa distância deles —, apenas um relance de Martinez no retrovisor lateral, o braço tatuado pousado sobre a borda da janela aberta enquanto dirige.

Pode ser imaginação de Lilly, mas ela tem quase certeza de que vê a cabeça coberta por uma bandana de Martinez virando-se para seus passageiros, dizendo alguma coisa, compartilhando algum comentário infame e obtendo uma intensa reação dos companheiros.

Os homens riem histericamente.

PARTE 2

É Assim que o Mundo Acaba

O mal que os homens fazem sobrevive a eles; o bem geralmente é sepultado com seus ossos.

— William Shakespeare

OITO

O comboio faz duas paradas no caminho para a cidade murada — a primeira é na interseção das autoestradas 18 e 109, onde sentinelas armadas conversam por um instante com Martinez antes de liberar os veículos. Há uma pilha de restos humanos em uma vala próxima, ainda fumegando em uma pira funerária improvisada. Eles fazem a segunda parada perto da placa da cidade. Nesse ponto, o granizo se transformou em uma neve úmida, caindo sobre o macadame em rajadas oblíquas, um fenômeno raro na Geórgia no começo de dezembro.

— Parece que eles têm um baita poder de fogo — comenta Josh do banco do motorista enquanto espera que os dois homens vestidos com roupas camufladas verde-oliva, empunhando fuzis M1, terminem de conversar com Martinez a três carros à frente da Ram.

As sombras lançadas pelos faróis obscurecem os rostos distantes enquanto eles falam, a neve rodopia, os limpadores de para-brisa da Ram têm um ritmo sombrio. Lilly e Bob permanecem em silêncio e inquietos enquanto observam o diálogo.

A escuridão caiu totalmente, e a ausência de uma rede elétrica aliada ao mau tempo confere aos anéis externos da cidade um caráter medieval. Chamas ardem aqui e ali em barris de petróleo, e os sinais de um recente conflito desfiguram os vales arborizados e os bosques de pinheiros que cercam a cidade. Ao longe, os telhados chamuscados, os trailers crivados de balas e os fios de alta tensão arrebentados refletem uma série de levantes.

Josh repara que Lilly está analisando a placa verde enferrujada à frente, visível sob os feixes dos faróis. O poste de sustentação está plantado na terra branca e arenosa.

BEM-VINDO A
WOODBURY
POPULAÇÃO 1.102

Lilly vira-se para Josh e diz:

— Como está se sentindo em relação a tudo isto?

— Ainda não sei. Mas parece que estamos para receber novas ordens.

À frente, em meio aos flocos luminosos de neve que passam pelos feixes dos faróis, Martinez termina o papo, levanta a gola e começa a se dirigir para a Ram. Anda com determinação, mas mesmo assim mantém aquele sorriso amistoso engessado no rosto moreno. Ele levanta a gola para se proteger do frio enquanto se aproxima da janela de Josh.

O homenzarrão abre a janela.

— E aí?

Martinez sorri.

— Vou precisar que vocês entreguem suas armas de fogo enquanto estiverem aqui.

Josh o encara.

— Desculpe, irmão, isso não vai acontecer.

O sorriso amistoso não se altera.

— Regras da cidade... sabe como é.

Josh balança a cabeça lentamente.

— Não vai acontecer.

Martinez contrai os lábios, pensativo, depois sorri mais um pouco.

— Não posso culpá-lo, entrar em uma situação como esta. É o seguinte, vocês poderiam então deixar a espingarda na picape por enquanto?

Josh suspira.

— Acho que isso dá para fazer.

— E se importa de manter as armas menores escondidas? Fora de vista.

— Também podemos fazer isso.

— OK... se quiserem fazer um tour, posso ir com vocês. Tem espaço para mais um?

Josh se vira e assente para Bob. Com um dar de ombros, o homem mais velho solta o cinto de segurança e sai, depois volta e se aperta na parte de trás ao lado de Lilly.

Martinez dá a volta e entra na cabine pelo lado do passageiro. Ele cheira a fumaça e óleo para máquinas.

— Vá bem devagar, parceiro — diz ele, enxugando a umidade do rosto, apontando para a perua à frente. — Siga o cara da van.

Josh acelera um pouco a Ram e eles seguem a van, atravessando o bloqueio da estrada.

Passam sacolejando por uma série de trilhos de trem e entram na cidade pelo sudoeste. Lilly e Bob se mantêm em silêncio no nicho traseiro enquanto Josh observa cuidadosamente a área adjacente. À direita, um letreiro amassado, onde se lê PIGGLY IGGLY, paira sobre um estacionamento coberto de cadáveres e vidro quebrado. Um dos lados do supermercado desmoronou como se tivesse sido explodido por dinamite. Uma cerca de arame alta, arrebentada e caída em alguns pontos, corre paralela à estrada conhecida tanto como Woodbury Highway quanto Main Street. Amontoados medonhos de cadáveres humanos e metal retorcido e chamuscado cobrem trechos de solo exposto — a terra branca e arenosa praticamente brilha na escuridão nevada —, a visão lúgubre de uma zona de guerra deserta bem no meio da Geórgia.

— Tivemos um distúrbio feio com um bando de Mordedores há algumas semanas. — Martinez acende um Viceroy e abre a janela alguns centímetros. A fumaça rodopia na neve batida pelo vento, desvanecendo-se como um fantasma. — As coisas se descontrolaram por um tempo, mas por sorte as cabeças frias prevaleceram. Vamos fazer uma curva fechada para a esquerda logo ali.

Josh faz uma curva em "U" atrás da van e a segue por uma parte mais estreita da estrada.

Na escuridão, não muito longe, atrás de um véu de granizo varrido pelo vento, aparece o centro de Woodbury. Quatro quarteirões de construções de tijolos da virada do século e fios de alta tensão ocupam um cruzamento central de lojas, casas de madeira e prédios. Grande parte está cercada por arame farpado circular e canteiros de obras parados que parecem ter sido adicionados há pouco tempo. Josh se lembra de quando costumavam chamar lugares como aquele de "fim de mundo".

Woodbury parece se estender por cerca de meia dúzia de quarteirões em todas as direções, com áreas públicas maiores abertas nos bosques pantanosos a oeste e norte. Algumas das chaminés e saídas de exaustão nos telhados expelem grossas colunas de fumaça preta, tanto dos geradores quanto dos rogoes a lenha e das lareiras. A maioria dos postes de luz está apagada, mas alguns brilham na escuridão, aparentemente funcionando com suprimento de emergência.

Quando o comboio se aproxima do centro da cidade, Josh percebe que a van estaciona à margem de um canteiro de obras.

— Estamos trabalhando no muro há meses — explica Martinez. — Estamos quase conseguindo proteger totalmente dois quarteirões, e planejamos expandir, levando o muro cada vez mais longe conforme avançarmos.

— Não é má ideia — murmura Josh, quase para si mesmo, enquanto pondera o altíssimo muro de vigas e pranchas de madeira, pedaços tirados de cabanas de troncos, revestimentos e tábuas, com pelo menos 4,5 m de altura, estendendo-se à margem da Jones Mill Road. Partes da barricada ainda exibem as cicatrizes de recentes ataques de errantes, e mesmo na escuridão varrida pela neve, as marcas de garras, áreas remendadas, buracos de bala e manchas de sangue, pretas como alcatrão, chamam a atenção de Josh.

O lugar vibra com a violência latente, como algum tipo de retrocesso ao Velho Oeste.

Josh para a picape quando as portas traseiras da van se abrem e um dos jovens com aparência de revolucionário sai e vai até uma junção na fortificação. Ele abre uma parte com dobradiças, deslocando o portão o bastante para que os dois veículos passem. A van atravessa a abertura, e Josh a segue.

— Temos umas cinquenta e poucas pessoas— continua Martinez, dando um forte trago no Viceroy e soprando pela janela. — Este lugar aqui, à direita, é uma espécie de centro de alimentos. Todos os nossos suprimentos, a água engarrafada e os remédios estão guardados ali.

Quando passam, Josh vê uma velha placa desbotada — DEFOREST'S RAÇÕES E SEMENTES — com a vitrine fortificada e reforçada com grades de ferro e tábuas e dois guardas armados parados na frente fumando cigarros. O portão se fecha atrás deles enquanto seguem devagar, aventurando-se cada vez mais profundamente na área protegida. Outros habitantes estão parados por ali e os observam passar — pessoas encasacadas caminhando em passarelas feitas de tábuas, paradas em vestíbulos —, com expressões exaustas enfiadas em echarpes e pesados cachecóis. Ninguém parece especialmente amistoso ou feliz em vê-los.

— Temos um médico a bordo, um centro médico funcional, essas coisas. — Martinez joga a guimba do cigarro pela janela. — Esperamos expandir os muros por pelo menos mais um quarteirão até o final da semana.

— Não é um mau projeto — comenta Bob do banco de trás, seus olhos úmidos absorvem tudo. — Se não se importa que eu pergunte, o que é aquilo?

A alguns quarteirões de distância, além da área murada, Josh vê o topo de uma enorme construção, para onde Bob está apontando um dedo sujo. Na escuridão enevoada, parece que um disco voador pousou no meio de um campo para lá da praça da cidade. Ruas de terra rodeiam a coisa, e luzes fracas cintilam na neve sobre a borda circular.

— Era uma pista de terra para corridas. — Martinez sorri. No brilho verde das luzes do painel, o sorriso parece quase lupino, diabólico. — Os caipiras adoram uma corrida.

— Era?

— O chefe baixou uma lei na semana passada, acabaram as corridas, barulho demais. A algazarra estava atraindo Mordedores.

— Existe um chefe aqui?

O sorriso de Martinez torna-se algo indecifrável.

— Não se preocupe, parceiro. Você vai conhecê-lo em breve.

Josh dá uma olhada para Lilly, que está ocupada roendo as unhas.

— Não sei se vamos ficar muito tempo.

— Vocês é que sabem. — Martinez dá de ombros com indiferença. Ele veste um par de luvas de couro sem dedos da Carnaby. — Mas não se esqueça dos benefícios mútuos de que falei.

— Pode deixar.

— Nossos apartamentos estão cheios, mas ainda temos lugares onde vocês podem ficar no centro da cidade.

— Bom saber.

— Estou dizendo, quando expandirmos aquele muro, vocês vão poder escolher um lugar para morar.

Josh não diz nada.

Martinez para de sorrir e, de repente, sob a fraca luz verde, ele parece estar relembrando dias melhores, talvez uma família, ou algo doloroso.

— Estou falando de lugares com camas macias, privacidade... cercas de madeira e árvores.

Há um longo e constrangedor momento de silêncio.

— Deixe-me perguntar uma coisa, Martinez.

— Diga.

— Como você veio parar aqui?

Martinez suspira.

— Para dizer a verdade, não me lembro.

— Como assim?

Ele dá de ombros novamente.

— Eu estava sozinho, minha ex-mulher tinha sido mordida, meu filho tinha desaparecido. Acho que estava cagando para tudo que não fosse matar Mordedores. Entrei em uma espécie de frenesi. Derrubei um monte desses filhos da mãe horríveis. Alguns dos locais me encontraram desmaiado em uma vala e me trouxeram para cá. Juro por Deus que só me lembro disso. — Ele inclina a cabeça, como se estivesse reconsiderando. — Fico feliz que tenham feito isso, especialmente agora.

— Do que está falando?

Martinez olha para ele.

— Este lugar não é perfeito, mas é seguro, e vai ficar ainda mais. Em parte graças ao cara que está no controle agora.

Josh olha para ele.

— Imagino que você esteja falando do "chefe".

— Isso mesmo.

— E você acha que vamos ter uma chance de conhecer esse cara?

Martinez levanta a mão enluvada como quem diz *Espere e verá*. Ele pega um walkie-talkie no bolso da frente da camisa de flanela. Aperta o botão e fala no bocal.

— Haynes, leve-nos para o tribunal... estão esperando a gente lá.

Josh e Lilly trocam outro olhar expressivo quando o veículo da frente sai da rua principal e cruza a praça da cidade, onde uma estátua de Robert E. Lee guarda o gazebo coberto de trepadeiras. Eles se aproximam de um prédio do governo na extremidade do parque, com os degraus de pedra e o pórtico fantasmagoricamente pálido na escuridão velada pela neve.

O salão comunitário fica nos fundos do prédio do tribunal, no fim de um corredor longo e estreito repleto de portas de vidro que levam a escritórios particulares.

Josh e companhia se reúnem na atravancada sala de reuniões, com as botas pingando no assoalho de parquete. Estão exaustos e sem humor para conhecer o Comitê de Boas-Vindas de Woodbury, mas Martinez lhes pede para serem pacientes.

A neve bate nas janelas altas enquanto esperam. A sala, aquecida por dispositivos portáteis e mal iluminada por lanternas Coleman, parece que já viu várias discussões acaloradas. O reboco despedaçado das paredes ostenta as cicatrizes da violência. O chão está coberto de cadeiras dobráveis viradas e documentos amassados. Josh percebe manchas de sangue na parede dianteira, perto de uma bandeira esfarrapada do estado da Geórgia. Geradores zunem nas entranhas do edifício, fazendo o chão vibrar.

Eles esperam pouco mais de cinco minutos — Josh anda de um lado para o outro, Lilly e os outros ficam sentados em cadeiras dobráveis — antes que o som de botas pesadas ecoe no corredor. Alguém assobia enquanto os passos se aproximam.

— Bem-vindos, amigos, bem-vindos a Woodbury. — A voz que emana do vão da porta é baixa, nasalada e repleta de falsa hospitalidade.

Todas as cabeças se viram.

Três homens estão parados à porta exibindo sorrisos que não combinam com os olhares frios e semicerrados. O homem que está no meio irradia um tipo estranho de energia que faz Lilly pensar em pavões e peixes de briga.

— Sempre precisamos de mais boa gente por aqui — diz ele, e entra na sala.

Magro e ossudo em seu suéter de lã de aran, com o cabelo preto-acinzentado desgrenhado e sem trato, ele ostenta a sombra de um buço que já está sendo aparado e ajeitado para se tornar um bigode Fu Manchu. Tem um tique nervoso estranho que mal se nota — pisca muito.

— Meu nome é Philip Blake — diz ele. — Este aqui é Bruce, e aquele é Gabe.

Os outros dois homens — ambos mais velhos — seguem o mais jovem como cães de guarda. Esses dois não são muito de cumprimentos — com exceção de alguns grunhidos e acenos com a cabeça — enquanto se mantêm pouco atrás do homem chamado Philip.

À esquerda, Gabe, o caucasiano, é um homem que mais parece um hidrante, com um pescoço grosso e o cabelo raspado como um fuzileiro. Bruce, à direita, é um negro severo com uma cabeça raspada cor de ônix. Cada um desses homens segura um impressionante rifle de assalto contra o peito, e estão com os dedos no gatilho. Por um instante, Lilly não consegue tirar os olhos das armas.

— Desculpem pela artilharia pesada — diz Philip, indicando as armas atrás dele. — Tivemos um pequeno distúrbio na cidade no mês passado, as coisas ficaram meio complicadas por um tempo. Não podemos nos arriscar agora. Há muito em jogo. Seus nomes são...?

Josh apresenta o grupo, terminando por Megan.

— Você se parece com uma pessoa que conheci — informa Philip a Megan, percorrendo-a com os olhos. Lilly não gosta do jeito que esse homem está olhando para sua amiga. É bastante sutil, mas a deixa incomodada.

— Sempre ouço isso — diz Megan.

— Ou talvez seja alguém famoso. Ela não parece com alguma celebridade, rapazes?

Os "rapazes" atrás dele não têm opinião. Philip estala os dedos.

— Aquela garota de *Titanic*!

— Carrie Winslet? — especula o que se chama Gabe.

— Seu imbecil, não é Carrie, é *Kate*... *Kate*... *Kate* Winslet.

Megan lança a Philip um sorriso entorpecido.

— Já disseram que sou parecida com a Bonnie Raitt.

— Eu *adoro* a Bonnie Raitt — entusiasma-se Philip. — "Let's Give 'Em Something to Talk About".

Josh entra na conversa.

— Então você é "o chefe" de quem ouvimos falar?

Philip vira-se para o homem grande.

— Culpado. — Philip sorri, vai até Josh e estende a mão. — Josh, não é?

Josh aperta a mão do homem. A expressão em seu rosto continua reservada, educada e respeitosa.

— Isso mesmo. Agradecemos por vocês nos acolherem. Não sabemos quanto tempo vamos ficar.

Philip sorri para ele.

— Você acabou de chegar, amigo. Relaxe. Dê uma olhada por aí. Não vai encontrar outro lugar mais seguro para viver. Pode acreditar.

Josh assente.

— Parece que vocês controlaram o problema dos errantes.

— Não vou mentir, temos nossos problemas. De vez em quando aparecem montes deles. Tivemos uma situação complicada há algumas semanas, mas estamos organizando a cidade.

— É o que parece.

— Basicamente, funcionamos com um sistema de escambo. — Philip Blake percorre a sala com os olhos, observando cada um daqueles recém-chegados como um treinador avaliaria um time novo. — Soube que vocês se deram muito bem no Walmart hoje.

— Deu para o gasto.

— Então são bem-vindos para trocar pelo que precisarem.

Josh olha para ele.

—Trocar?

— Bens, serviços... o que tiverem para contribuir. Desde que respeitem os outros cidadãos, não se metam em problemas, sigam as regras, cooperem... podem ficar o tempo que quiserem. — Ele olha para Josh. — Precisamos de homens com seus... *atributos* físicos... por aqui.

Josh reflete.

— Então você é um tipo de funcionário eleito?

Philip olha de relance para seus guardas, que sorriem, e Philip cai na gargalhada.

— Sou mais um... qual é a frase?... "*pro tempore*"? Presidente *pro tempore*.

— O quê?

Philip descarta a pergunta com um gesto.

— Digamos que não tem muito tempo este lugar estava subordinado a idiotas sedentos por poder que ficaram arrogantes. Percebi a necessidade de liderança, então me voluntariei.

— Se voluntariou?

O sorriso de Philip morre.

— Eu me impus, amigo. Em tempos como este, é necessária uma liderança forte. Temos famílias aqui. Mulheres e crianças. Velhos. Alguém precisa vigiar a porta, alguém... decidido. Entende o que estou dizendo?

O homenzarrão concorda.

— Claro.

Atrás de Philip, Gabe, ainda sorrindo, resmunga:

— Presidente Pro Tempore... gostei.

Do outro lado da sala, Scott, sentado no parapeito de uma janela, comenta:

— Cara, você com certeza *parece* um presidente... com esses caras do Serviço Secreto.

Um constrangedor momento de silêncio cai sobre o grupo enquanto a risadinha chapada se desvanece e Philip se vira para ver o maconheiro do outro lado da sala.

— Qual é mesmo o seu nome, companheiro?

— Scott Moon.

— Bem, Scott Moon, não sei se tenho cara de presidente. Nunca me achei um tipo presidenciável. — Outro sorriso frio. — Na melhor das hipóteses, sou um governador.

Eles passam essa noite no ginásio da escola local. O velho prédio de tijolos, situado do lado de fora da zona murada, fica à margem de um grande campo de atletismo cheio de covas rasas. As cercas de arame farpado circular exibem os danos de um recente ataque de errantes. Dentro do ginásio, camas de campanha improvisadas entulham a quadra de basquete. O ar cheira a urina, odores corporais e desinfetante.

A noite se arrasta para Lilly. Corredores e passagens fétidos que conectam as salas de aula escuras rangem e gemem ao vento a noite inteira, enquanto estranhos se reviram no ginásio escuro, tossindo, ofegando, murmurando ruminações febris. Intervalos curtos são pontuados por uma criança que chora.

Em certo momento, Lilly olha para a cama de campanha ao lado da dela, na qual Josh está tendo um sono agitado, e vê o homem grande acordando de sobressalto por conta de um pesadelo.

Ela estica o braço e oferece a mão, e o homem grande a segura.

Na manhã seguinte, os cinco recém-chegados se sentam amontoados em volta do catre de Josh, enquanto a pálida luz do sol brilha através das partículas de poeira e cobre de listras os doentes e feridos que se encolhem em seus lençóis finos e manchados. Aquilo lembra a Lilly os acampamentos e necrotérios improvisados da Guerra Civil.

— Sou só eu que estou sentindo — diz ela suavemente, em voz baixa, para os companheiros de viagem — ou este lugar tem uma energia estranha?

— Você está amenizando — diz Josh.

Megan boceja e se espreguiça.

— Com certeza é melhor do que dormir no pequeno calabouço sobre rodas do Bob.

— Eu que o diga — concorda Scott. — Escolho a cama de campanha nojenta em um ginásio fedorento sem pensar duas vezes.

Bob olha para Josh.

— Tenho que admitir, capitão... faz sentido ficar aqui por um tempo.

Josh amarra os cadarços das botas e veste o casaco de lenhador.

— Estou com o pé atrás com este lugar.

— O que está achando?

— Não sei. Acho melhor levarmos um dia de cada vez.

— Concordo com Josh — diz Lilly. — Tem alguma coisa aqui que me incomoda.

— O que tem de errado aqui? — Megan penteia os cabelos com os dedos, amassando os cachos. — É seguro, eles têm suprimentos, têm armas.

Josh enxuga a boca, pensativo.

— Olha. Eu não posso lhes dizer o que fazer. Só tenham cuidado. Cuidem uns dos outros.

— Certo — diz Bob.

— Bob, acho que por enquanto devemos manter a picape trancada.

— Entendido.

— Mantenha sua .44 à mão.

— Pode deixar.

— E todos nós devemos sempre nos lembrar de onde a picape está, sabe, só por precaução.

Todos concordam e depois combinam de se separar naquela manhã e investigar o resto da cidade, conhecer o lugar à luz do dia. Eles marcam de se reencontrar naquela tarde na escola e reavaliar se vão embora ou se vão ficar.

A dura luz do dia brilha sobre Lilly e Josh quando eles saem da escola de ensino médio, erguendo as golas por causa do vento. A neve cessou, e o tempo ficou tempestuoso. O estômago de Lilly ronca.

— Quer tomar café da manhã? — propõe ela a Josh.

— Temos algumas coisas do Walmart na picape, se você ainda aguenta carne seca e Chef Boyardee.

Lilly estremece.

— Acho que não consigo mais olhar para uma lata de SpaghettiOs.

— Tenho uma ideia. — Josh coloca a mão sobre o bolso da frente de seu casaco de flanela. — Venha... eu pago.

Eles viram para oeste e percorrem a rua principal. Sob a triste luz cinzenta do dia as cicatrizes da cidade se revelam. A maioria das vitrines está vazia, fechadas com tábuas ou grades, o asfalto tem marcas de derrapagem e óleo. Algumas das janelas e placas têm buracos de bala. Os passantes ficam na deles. Aqui e ali, trechos de terra exposta revelam areia branca suja. Parece que a cidade inteira foi construída sobre areia.

Quando Lilly e Josh passam pela área murada, ninguém os cumprimenta. A maioria dos que estão na rua a essa hora carrega materiais de construção ou embrulhos de suprimentos, e parece estar com pressa para chegar aonde está indo. No ar, há uma atmosfera taciturna como a de uma prisão. Quadrantes da cidade estão separados por enormes grades provisórias de arame farpado. O ronco das escavadeiras flutua junto à brisa. No horizonte a leste, um homem com um rifle de longo alcance caminha pela borda superior da arena onde fica a pista de corrida.

— Bom dia, senhores — diz Josh a três velhos caducos sentados sobre barris do lado de fora da loja de rações que observam Lilly e Josh como urubus.

Um dos velhos, um troll enrugado e barbudo usando um sobretudo esfarrapado e chapéu amassado, mostra um sorriso cheio de dentes podres.

— Dia, grandalhão. Vocês são os novatos, não são?

— Chegamos ontem à noite — diz Josh.

— Sorte a de vocês.

Os três velhos compartilham uma risada enigmática, como se estivessem desfrutando de uma piada interna.

Josh sorri e deixa a piada passar.

— Soube que aqui é o centro de alimentos?

— Pode-se chamar assim. — Mais risadas cheias de catarro. — Fique de olho na sua mulher.

— Pode deixar — diz Josh, pegando a mão de Lilly. Eles sobem os degraus e entram.

Na luz fraca, o galpão de loja, longo e estreito, se estende diante deles, cheirando a terebintina e mofo, esvaziado de suas prateleiras, repleto até o teto de engradados: produtos secos, papel higiênico, galões de água, roupa de cama e caixas de mercadorias sem identificação. A única cliente presente — uma mulher mais velha com roupas acolchoadas e cachecóis — vê Josh e passa por ele apressada em direção à porta, desviando os olhos. O ar frio vibra com o calor artificial dos aquecedores portáteis e o crepitar da tensão humana.

Nos fundos da loja, entre sacos de sementes empilhados até o teto, fica um balcão improvisado. Um homem em uma cadeira de rodas está atrás dele, flanqueado por dois guardas armados.

Josh vai até o balcão.

— Como vocês estão nesta manhã?

O homem de cadeira de rodas o observa semicerrando os olhos.

— Nossa mãe, você é grande — comenta ele, com a barba longa e rala sacudindo.

Ele usa um macacão desbotado do Exército, e uma fita segura o rabo de cavalo cinzento e oleoso. O rosto é um mapa de degradação, dos olhos congestionados rodeados de vermelho ao nariz adunco ulcerado.

Josh ignora o comentário.

— Estava pensando se vocês não teriam algum produto fresco. Ou talvez alguns ovos que pudéssemos trocar.

O homem da cadeira de rodas os encara. Josh sente os olhares desconfiados dos guardas armados. Ambos os atiradores são jovens, negros e usam as cores de uma gangue informal.

— O que você tem em mente?

— É o seguinte, acabamos de trazer um monte de itens do Walmart com o Martinez... então estava pensando se podemos chegar a algum acordo.

— Isso é entre você e o Martinez. O que mais tem para mim?

Josh está para responder quando percebe que os três homens estão com os olhos fixos em Lilly, e o jeito que estão olhando para ela o deixa irritado.

— O que isto compraria? — diz ele finalmente, arregaçando a manga e mexendo na fivela da pulseira de seu relógio.

Ele tira o relógio esportivo e o coloca no balcão. Não é um Rolex, mas também não é um Timex. O cronógrafo lhe custara 300 dólares dez anos antes, quando seu serviço de bufê estava rendendo um dinheiro decente.

O Homem da Cadeira de Rodas baixa o nariz desfigurado, apontando-o para o objeto brilhante no balcão.

— Que droga é essa?

— É um Movado, vale 500 dólares fácil.

— Não por estas bandas.

— Não tem como facilitar? Estamos comendo enlatados há semanas.

O homem pega o relógio e o inspeciona com uma expressão amarga, como se o objeto estivesse coberto de fezes.

— Vou lhe dar 50 dólares em arroz, feijão, bacon e aqueles Egg Beaters.

— Qual é, cara. Cinquenta dólares?

— Também tenho uns pêssegos brancos lá atrás, acabaram de chegar da estrada. Vou acrescentá-los. É tudo o que posso fazer.

— Não sei. — Josh olha para Lilly, que retribui o olhar com um dar de ombros, depois ele olha para o Homem da Cadeira de Rodas. — Não sei, cara.

— Isso vai sustentar vocês dois por uma semana.

Josh suspira.

— É um Movado, cara. É uma peça fina.

— Veja bem, não vou discutir com...

Uma voz grossa ressoa de trás dos guardas, interrompendo o homem da cadeira de rodas.

— Qual é o problema?

Todas as cabeças se voltam na direção da figura que sai do almoxarifado, enxugando as mãos ensanguentadas em uma toalha. O homem alto, magro e envelhecido usa um horrível avental de açougueiro manchado, com o tecido salpicado de sangue e tutano. O rosto cinzelado e queimado de sol contrasta com olhos azul-gelo, que se fixam com fúria em Josh.

— Algum problema aqui, Davy?

— Está tudo tranquilo, Sam — diz o homem da cadeira de rodas, sem tirar os olhos de Lilly. — Essas pessoas ficaram um pouco insatisfeitas com a minha oferta, e estavam indo embora.

— Espere um pouco. — Josh levanta as mãos em um gesto de arrependimento. — Desculpe se o ofendi, mas eu não disse que estava...

— Todas as ofertas são definitivas — anuncia Sam, o açougueiro, jogando a toalha de aparência macabra no balcão e encarando Josh. — A não ser que... — Ele parece mudar de ideia. — Deixe para lá.

Josh olha para o homem.

— A não ser o quê?

O homem de avental olha para os outros, depois contrai os lábios, pensativo.

— Olhe... o que a maioria das pessoas daqui faz é pagar as dívidas com trabalho, colaborando na construção do muro, consertando cercas, empilhando sacos de areia e coisas do tipo. Com certeza você vai conseguir dar mais valor ao que tem oferecendo esses músculos em troca do que quiser. — Ele lança um olhar para Lilly. — Claro que existem vários tipos de serviço que uma pessoa pode oferecer, várias maneiras de *dar* mais valor ao que se tem. — Ele sorri. — Especialmente alguém do sexo feminino.

Lilly se dá conta de que os homens atrás do balcão estão todos olhando para *ela*, e cada um deles sorri de maneira lasciva. A princípio ela é tomada de surpresa, e fica ali, perplexa. Depois sente todo o sangue saindo do rosto. Fica tonta. Quer virar a mesa ou sair pisando duro daquele lugar com cheiro de bolor, virando as prateleiras e sugerindo a todos que fossem se foder. Mas o medo, o medo que fecha sua garganta — sua velha nêmese — a mantém paralisada, com os pés fixos ao chão. Ela se pergunta qual é o seu problema. Como sobreviveu tanto tempo sem ser devorada? Já passou por tanta coisa e não consegue nem lidar com alguns machistas idiotas?

— Olhem, querem saber... isso não é necessário — diz Josh.

Lilly olha para o grande homem negro e vê seu enorme maxilar quadrado se contraindo. Ela não sabe se Josh está falando sobre Lilly negociar serviços sexuais ou se é sobre não serem necessários os comentários chauvinistas e grosseiros desses brutamontes. A loja fica muito quieta. Sam, o açougueiro, nivela seu olhar com o de Josh.

— Não julgue tão rápido, grandalhão. — Uma fagulha de desprezo arde nos olhos sem humor do açougueiro. Ele enxuga as mãos pegajosas no avental. — Com uma mocinha com um corpo desses, você poderia nadar em bife e ovos por um mês.

Os sorrisos dos outros homens se transformam em risadas. Mas o açougueiro mal sorri. Seu olhar impassível parece estar soldado a Josh. Lilly sente o coração disparando.

Ela coloca a mão no braço de Josh, que está pulsando sob o casaco de lenhador, com os tendões tão contraídos quanto fios de telefone.

— Vamos, Josh — diz ela, quase sem fôlego. — Está tudo bem. Pegue seu relógio e vamos.

Josh sorri respeitosamente para os homens que riem.

— Bife e ovos. Essa é boa. Ouçam, fiquem com o relógio. Vamos aceitar aqueles feijões, Egg Beaters e o resto.

— Vão pegar a comida deles — diz o açougueiro, ainda com os olhos azul-claros fixos em Josh.

Os dois guardas desaparecem nos fundos por um instante, recolhendo os itens. Eles voltam com uma caixa cheia de sacos de papel pardo manchados de óleo.

— Obrigado — diz Josh suavemente, pegando a comida. — Vamos deixar vocês voltarem aos seus afazeres. Tenham um bom dia.

Josh conduz Lilly em direção à porta. Ela está totalmente consciente do olhar dos homens em suas costas durante todo o percurso.

Naquela tarde, uma comoção em um dos lotes vagos na extremidade norte da cidadezinha chama a atenção dos moradores.

Do lado de fora das cercas de arame farpado, atrás das árvores, uma série de gritos perturbadores ecoa no vento. Josh e Lilly ouvem a gritaria e correm pela margem da zona de construção para ver o que está acontecendo.

Quando chegam ao alto do monte de cascalho e sobem até o topo para ver ao longe, três tiros ressoam sobre as copas das árvores a 150 metros.

Josh e Lilly se agacham ao sol poente, o vento bate em seus rostos enquanto espiam por trás de uma pilha de detritos e notam cinco homens ao longe, perto de um buraco na cerca. Um dos homens — Blake, o autoproclamado Governador — está usando um casaco longo e segurando o que parece ser uma pistola automática. A cena crepita de tensão.

No chão, diante de Blake, enredado na cerca de arame pontiaguda e aberta, um adolescente sangrando pelas marcas de mordida agarra a terra, tentando freneticamente se livrar da cerca e voltar para casa.

Nas sombras da floresta diretamente atrás do garoto, três errantes mortos jazem na relva com o crânio aberto pelos disparos, e a narrativa do que acabou de acontecer se forma na mente de Lilly.

Aparentemente, o garoto saiu por conta própria para explorar o bosque, e foi atacado. Agora, extremamente ferido e infectado, o garoto que tentava retornar à segurança estremece de dor e medo no chão, enquanto Blake paira com indiferença sobre ele, olhando para baixo com a expressão impassível de um agente funerário.

Lilly se sobressalta com o estrondo da 9 mm que está na mão de Blake. A cabeça do garoto estoura e imediatamente o corpo cai de vez no chão.

— Eu não gosto daqui, Josh, nem um pouco. — Lilly está sentada no para-choque traseiro da Ram, bebendo café morno em um copo de papel.

Cai a escuridão na segunda noite em Woodbury, e a cidade já absorveu Megan, Scott e Bob em seus vincos, como um organismo multicelular que vive de medo e desconfiança, adquirindo diariamente novas formas de vida. Os líderes de Woodbury ofereceram aos recém-chegados um lugar para morar — um conjugado em cima da farmácia fechada por tábuas no final da Main Street — bem longe da área murada, mas acima do nível da rua o suficiente para ser seguro. Megan e Scott já levaram muitas de suas coisas lá para cima e até trocaram os sacos de dormir por uma ninharia de maconha de uma plantação local.

Bob encontrou uma taverna aberta dentro da zona de segurança e trocou metade de suas rações de produtos do Walmart por alguns vale-bebidas e um pouco de camaradagem embriagada.

— Também não morro de amores pelo lugar, boneca — concorda Josh enquanto anda de um lado para o outro atrás da camper de Bob, com a respiração visível no frio. As mãos enormes estão oleosas por causa da gordura do bacon do jantar que ele acabou de preparar no fogão Coleman da camper, e Josh as limpa no casaco de lenhador. Ele e Lilly ficaram perto da Ram o dia todo, tentando decidir o que fazer. — Mas não temos muitas opções no momento. Aqui é melhor do que a estrada.

— Será? — Lilly estremece no frio e puxa a gola do casaco acolchoado. — Tem certeza?

— Pelo menos é seguro.

— Seguro contra o quê? Não é com os muros e as cercas que mantêm aquelas coisas afastadas que estou preocupada...

— Eu sei, eu sei. — Josh acende um charuto e sopra alguns redemoinhos de fumaça. — Isto aqui está bastante tenso. Mas hoje em dia é assim em qualquer lugar.

— Jesus. — Lilly estremece novamente e toma um gole de seu café. — Afinal, onde o Bob está?

— Com os esquisitões no bar.

— Jesus Cristo.

Josh vai até ela e coloca uma das mãos em seu ombro.

— Não se preocupe com isso, Lil. Vamos descansar, estocar umas coisas... vou trabalhar um pouco em troca... e vamos embora daqui no final da semana. — Ele joga fora o mata-rato e se senta ao lado dela. — Não vou deixar nada acontecer.

Lilly olha para ele.

— Promete?

— Prometo. — Ele a beija na bochecha. — Vou te proteger, garotinha. Sempre. Sempre...

Ela retribui o beijo.

Josh coloca os braços em torno dela e a beija na boca. Ela envolve o pescoço grosso dele e as coisas começam a acontecer. As mãos enormes e ternas descem pelas costas dela, e o beijo se torna algo mais quente, mais desesperado. Eles se entrelaçam, e ele a conduz para dentro da camper, para a escuridão particular.

Deixam o basculante aberto, alheios a tudo a não ser os próprios corpos, quando começam a fazer amor.

É melhor do que ambos sonharam que seria. Lilly se perde na densa escuridão, a luz de uma gelada lua da colheita entra pelo vão, enquanto Josh libera seu desejo solitário, ofegando ritmicamente. Ele tira o casaco e a camisa de baixo — a pele fica quase índigo sob a luz da lua. Lilly tira o sutiã, o suave peso de seus seios se espalha sobre as costelas. A barriga se arrepia quando Josh gentilmente a penetra gerando vapor no ar frio da noite.

Eles fazem um sexo febril. Lilly se esquece de tudo, até mesmo do ambiente brutal do lado de fora da camper.

Um minuto, uma hora — o tempo não tem importância naquele momento — tudo passa como um borrão.

Mais tarde, estão deitados entre os detritos da camper de Bob com as pernas entrelaçadas, a cabeça de Lilly repousada na enorme curva do bíceps de Josh e um cobertor os protegendo do frio. Josh pressiona os lábios contra as macias reentrâncias da orelha de Lilly e sussurra:

— Vai ficar tudo bem.

— Sim — murmura ela.

— Vamos conseguir.

— Com certeza.

— Juntos.

— Isso mesmo. — Ela coloca o braço direito sobre o enorme peito de Josh, e olha em seus olhos tristes. Ela se sente estranha. Leve, zonza. — Pensei neste momento durante muito tempo.

Eu também.

Eles deixam o silêncio engoli-los, levá-los dali, e ficam deitados assim por um tempo, alheios aos perigos que os espreita... alheios ao brutal mundo exterior que se fecha sobre eles.

E o mais importante, alheios ao fato de que estão sendo observados.

NOVE

No terceiro dia deles na cidade, chegam as chuvas do inverno, jogando um manto cinza-escuro de mistério sobre Woodbury. Dezembro já está começando, o Dia de Ação de Graças passou praticamente em branco e, além do frio, agora a umidade começa a incomodar as pessoas. Os lotes arenosos ao longo da Main Street se tornam gesso molhado, e o esgoto enche e transborda com dejetos podres. Uma mão humana é expelida por um dos bueiros.

Nesse dia Josh decide trocar sua melhor faca de chef — uma Shun japonesa — por roupas de cama, toalhas e sabão, e convence Lilly a levar suas coisas para o apartamento sobre a lavanderia, onde podem tomar banho de esponja e encontrar refúgio temporário da apertada camper. Lilly fica dentro de casa a maior parte do dia, escrevendo fervorosamente um diário em um rolo de papel de embrulho e planejando sua fuga. Josh fica de olho nela. Alguma coisa está errada — mais errada do que ele consegue deduzir.

Scott e Megan não estão em lugar nenhum. Lilly suspeita de que Megan, cansada de Scott, esteja se prostituindo por drogas.

Naquela tarde, Bob Stookey encontra outros como ele nas entranhas da pista de corrida, onde um labirinto de depósitos de blocos de concreto e oficinas foi transformado em uma enfermaria improvisada. Enquanto a chuva gelada esmurra as vigas de metal e os balaústres da arena lá em cima — enviando um som monótono, sibilante e contínuo através dos ossos do prédio — um homem de meia-idade e uma jovem fazem um tour com Bob.

— Devo dizer que Alice tem aprendido rápido o ofício de enfermeira — comenta o homem de óculos de leitura com armação de metal e jaleco manchado, enquanto guia Bob e a jovem por uma porta aberta, entrando em uma sala de exames.

O nome do homem é Stevens; é um tipo elegante, inteligente e sardônico que, para Bob, parece deslocado nessa cidade selvagem. A enfermeira improvisada, que também usa um jaleco velho, parece mais nova do que realmente é. O cabelo louro-sujo está afastado do rosto infantil por uma trança.

— Ainda estou trabalhando nisso — diz a garota, seguindo os homens até uma sala mal iluminada, o chão zunindo com as vibrações do gerador central. — Estou presa em algum lugar no meio do segundo ano da escola de enfermagem.

— Vocês dois sabem muito mais do que eu — admite Bob. — Sou apenas um velho paramédico de batalha.

— Ela teve seu batismo de fogo no mês passado, só Deus sabe — diz o médico, parando ao lado de uma máquina de raios X caindo aos pedaços. — As coisas aqui ficaram agitadas por um tempo.

Bob observa a sala, vê as marcas de sangue e os sinais de uma triagem caótica e pergunta o que aconteceu.

O médico e a enfermeira trocam um olhar inquieto.

— Mudança no poder.

— Como é?

O médico suspira.

— Em um lugar como este, você vê uma espécie de seleção natural acontecendo. Só verdadeiros sociopatas sobrevivem. Não é bonito. — Ele respira fundo e sorri para Bob. — Mesmo assim, é bom ter um paramédico por perto.

Bob enxuga a boca.

— Não sei se serei muito útil, mas tenho que admitir que vai ser bom aprender as habilidades de um médico de verdade para variar. — Bob indica uma das máquinas velhas e danificadas. — Estou vendo que vocês têm uma máquina Siemens velha aqui. Eu carregava uma dessas pelo Afeganistão.

— Bem, não somos exatamente o Bellevue, mas temos o básico, que recolhemos em clínicas da área... Temos bombas de infusão, material para IV, alguns monitores, ECG, EEG... Mas os medicamentos estão escassos.

Bob conta a eles sobre os remédios obtidos no Walmart.

— Vocês podem usar o que quiserem — diz ele. — Tenho também algumas bolsas de médico cheias do habitual. Tenho curativos extras, o que quiserem. É de vocês se precisarem.

— Que ótimo, Bob. De onde você é?

— Vicksburg, mas estava morando em Smyrna quando aconteceu a Mudança. E vocês?

— Atlanta — responde Stevens. — Tinha uma pequena clínica em Brookhaven quando tudo virou um inferno.

— Também sou de Atlanta — diz a garota. — Estava estudando na Georgia State.

Stevens está com uma expressão agradável.

— Você andou bebendo, Bob?

— Ãh?

Stevens aponta para o cantil prateado parcialmente visível no bolso de trás de Bob.

— Você bebeu hoje?

Bob baixa a cabeça, desanimado, envergonhado.

— Sim, senhor, bebi.

— Você bebe todos os dias, Bob?

— Sim, senhor.

— Destilados?

— Sim, senhor.

— Bob, não tenho a intenção de colocá-lo em uma situação constrangedora. — O médico dá um tapinha no ombro de Bob. — Isso não é da minha conta e não o estou julgando. Mas posso perguntar quanto está bebendo por dia?

O peito de Bob se aperta de humilhação. Alice desvia o olhar por respeito. Bob engole a vergonha.

— Não tenho a menor ideia. Às vezes alguns copos, às vezes uma garrafa inteira quando consigo arranjar. — Bob olha para o esbelto médico de óculos. — Vou entender se você não quiser que eu me aproxime de seu...

— Bob, relaxe. Você não entendeu. Acho isso fantástico.

— Ãh?

— Continue bebendo. Beba o máximo possível.

— Como é?

— Se importa se eu tomar um gole?

Bob pega lentamente o cantil, sem tirar os olhos do médico.

— Obrigado. — Steven pega o cantil, agradece com um aceno de cabeça e dá um gole. Ele enxuga a boca e oferece a Alice.

A garota recusa.

— Não, obrigada, está um pouco cedo para mim.

Stevens toma outro gole e devolve o cantil.

— Se ficar aqui, seja pelo tempo que for, vai precisar beber muito.

Bob recoloca o cantil no bolso. Ele não diz nada.

Stevens sorri outra vez, e há algo desolador por trás do sorriso.

— Essa é a minha prescrição, Bob. Mantenha-se o mais bêbado possível.

Do outro lado do complexo onde fica a pista de corrida, sob a extremidade norte da arena, um indivíduo vigoroso e usando roupas justas sai por uma porta de metal sem identificação e olha para o céu. A chuva parou por enquanto, deixando para trás uma cobertura baixa de nuvens escuras. O vigoroso cavalheiro carrega um pequeno embrulho envolvido em um cobertor puído de lã cor de capim morto, amarrado no topo com couro cru.

O homem vigoroso atravessa a rua e começa a percorrer a calçada; o cabelo molhado, preto e lustroso, penteado para trás e preso em um rabo de cavalo.

Enquanto anda, seu olhar sobrenaturalmente alerta está em todos os lugares, quase ao mesmo tempo, absorvendo tudo o que acontece ao redor. Nas últimas semanas, as emoções que o atormentavam se apaziguaram, a voz em sua cabeça está silenciosa. Ele se sente forte. Esta cidade é sua *raison d'être*, o combustível que o mantém vivo e atento.

Ele está a ponto de virar a esquina da Canyon com a Main Street quando percebe uma figura em sua visão periférica. O cara mais velho — o bêbado que chegou há alguns dias com o negro e as garotas — está saindo de um depósito na extremidade sul da pista de corrida. O velho desgastado pelo tempo se detém por um instante para tomar um gole de seu cantil, e a expressão em seu rosto depois de engolir e se retrair com a queimação fica evidente para o homem vigoroso mesmo a um quarteirão de distância.

Ao longe, o homem mais velho faz uma careta quando o álcool desce pela garganta, e a careta é estranhamente familiar para o homem vigoroso. A careta — cheia de vergonha e desolação — faz o homem vigoroso se sentir estranho e sentimental, quase terno. O homem mais velho guarda o cantil e começa a caminhar na direção da Main Street com aquele andar característico — o passo lento meio manco, meio bêbado — que muitas pessoas sem teto adquirem depois de anos de dificuldade nas ruas. O homem vigoroso o segue.

Minutos depois, o homem vigoroso não consegue resistir e chama o pé de cana.

— Ei, companheiro!

Bob Stookey ouve a voz — áspera, com um leve sotaque de cidade pequena do Sul, ecoando na brisa —, mas não consegue localizar a fonte.

Ele para na beira da Main Street e olha em volta. A cidade está praticamente deserta nesse dia, as chuvas mantêm os cidadãos dentro de suas casas.

— "Bob", não é? — diz a voz, agora mais perto, e ele finalmente vê uma figura se aproximando por trás.

— Ah, olá... Como está?

O homem se aproxima de Bob com um sorriso forçado.

— Estou ótimo, Bob, obrigado. — Mechas de cabelo negro como carvão pendem diante do rosto cinzelado do homem, ele carrega um embrulho do qual parece estar vazando algum tipo de líquido, que pinga no chão. As pessoas da cidade começaram a chamar esse homem de "Governador" — e o nome pegou —, o que não é um problema para ele, muito pelo contrário. — Como você está se adaptando à nossa pequena aldeia?

— Muito bem.

— Conheceu o Dr. Stevens?

— Sim, senhor. Bom homem.

— Pode me chamar de "Governador". — O sorriso se ameniza um pouco. — Todo mundo está me chamando assim. E daí? Até que soa bem.

— Então que seja Governador — diz Bob, e baixa os olhos para o embrulho que o homem segura. Está vazando sangue pelo cobertor. Bob desvia os olhos rapidamente, alarmado, mas fingindo ignorância. — Parece que a chuva parou.

O sorriso do homem continua estampado no rosto.

— Venha comigo, Bob.

— Claro.

Eles começam a andar pela calçada rachada, indo em direção ao muro temporário que fica entre a fileira de lojas e as ruas externas. O som de pistolas de pregos se ouve acima do vento. O muro continua se expandindo ao longo da margem sul do distrito comercial.

— Você me lembra alguém — diz o Governador depois de uma longa pausa.

— Aposto que não é a Kate Winslet. — Bob já bebeu o suficiente para ficar com a língua solta. Ele ri para si mesmo enquanto anda. — Nem a Bonnie Raitt.

— *Touché*, Bob. — O governador olha para o pacote, percebe as gotas de sangue deixando pequenas marcas do tamanho de moedas na calçada. — Que sujeira estou fazendo.

Bob desvia o olhar e tenta mudar de assunto.

— Vocês não têm medo de que todo esse barulho das marteladas atraia errantes?

— Temos tudo sob controle, Bob, não se preocupe. Tenho homens nas margens do bosque, e tentamos manter o barulho das marteladas no mínimo.

— Bom saber... Vocês arranjaram bem as coisas por aqui.

— Nós fazemos o possível, Bob.

— Eu disse ao Dr. Stevens que ele é bem-vindo para usar qualquer suprimento médico que eu tenha em meu estoque.

— Você também é médico?

Bob conta ao homem sobre o Afeganistão, sobre costurar fuzileiros e receber uma dispensa honrosa.

— Você tem filhos, Bob?

— Não, senhor... por muito tempo fomos só eu e Brenda, minha velha. Tinha um pequeno trailer perto de Smyrna, não era uma vida ruim.

— Você está olhando para o meu pequeno embrulho, não é, Bob?

— Não, senhor... seja o que for, não é da minha conta. Não me diz respeito.

— Onde está sua mulher?

Bob diminui um pouco o passo como se a mera referência a Brenda Stookey o oprimisse.

— Eu a perdi em um ataque dos errantes logo depois da Mudança.

— Sinto muito por ouvir isso. — Eles se aproximam da seção do muro fechada por um portão. O Governador para, bate algumas vezes, e a fenda se abre. Um pequeno monte de feno rodopia pelo ar quando um trabalhador puxa o portão e cumprimenta Phillip com um aceno de cabeça, deixando os dois passarem.

— Minha casa é um pouco mais à frente — diz o Governador, indicando com a cabeça o lado leste da cidade. — Um prédio pequeno de dois andares... vamos lá, vou lhe preparar uma bebida.

— A mansão do Governador? — brinca Bob. Ele não consegue evitar. Seu nervosismo e a bebida o influenciando. — Você não tem leis para aprovar?

O Governador para, vira-se e olha para Bob.

— Acabei de descobrir quem você me lembra.

* * *

Nesse breve instante, parado à luz cinzenta do dia nublado, o homem vigoroso — que deste ponto em diante pensará em si mesmo como "o Governador" — experimenta um abalo sísmico no cérebro. Ele fica ali olhando para o sulista grosseiro profundamente enrugado e alcoólatra de Smyrna, que é idêntico a Ed Blake, o velho pai do Governador. Ed Blake tinha o mesmo nariz achatado, as sobrancelhas proeminentes e os pés de galinha em volta dos olhos vermelhos. Também bebia muito, assim como aquele homem, e tinha o mesmo senso de humor. Ed Blake lançava comentários sarcásticos com o mesmo deleite embriagado, ofendendo com palavras quando não estava espancando a família com as costas das grandes mãos calejadas.

De repente, outra parte do Governador vem à tona — uma parte profundamente enterrada — em uma onda de saudade sentimental, que o deixa quase tonto ao se lembrar do grande Ed Blake em tempos mais felizes, um caipira trabalhador e simples que tentou lutar contra seus demônios tempo suficiente para conseguir ser um pai amoroso.

— Você me lembra uma pessoa que conheci há muito tempo — diz finalmente o Governador, e o tom se ameniza enquanto olha Bob Stookey nos olhos. — Venha, vamos beber alguma coisa.

Pelo resto do percurso através da zona de segurança, os dois homens conversam em voz baixa, abertamente, como velhos amigos.

Em certo ponto, o Governador pergunta a Bob o que aconteceu com sua esposa.

— O lugar em que vivíamos, um parque de trailers... — diz Bob, lenta e pesadamente enquanto anda com dificuldade, relembrando os dias sombrios. — Um dia fomos atacados por errantes. Eu tinha saído para tentar arrumar alguns suprimentos quando aconteceu... quando voltei, eles tinham entrado na nossa casa.

Ele faz uma pausa e o Governador não diz nada, apenas continua a andar em silêncio, esperando.

— Eles estavam dilacerando minha mulher e eu fiz de tudo para afastá-los... Mas acho que não comeram o suficiente para que ela não voltasse.

Outra pausa agonizante. Bob umedece os lábios secos. O Governador percebe que o homem precisa muito de uma bebida, precisa de seu remédio para estancar as lembranças.

— Eu não tive coragem de abatê-la. — Essas palavras saem de Bob em um chiado engasgado. Os olhos congestionados se enchem de lágrimas. — Não tenho orgulho de tê-la deixado. Tenho certeza de que ela pegou algumas pessoas depois disso. O braço e a parte inferior do corpo estavam bastante mutilados, mas ela ainda podia se locomover. Aquelas pessoas que ela pegou, a morte delas é culpa minha.

Uma pausa.

— Às vezes é difícil superar — arrisca-se finalmente o Governador, baixando os olhos para o pequeno embrulho macabro. Ele já não está mais pingando tanto, o sangue engrossou e ficou com a consistência de melado escuro. Nesse momento, o Governador percebe que Bob está ponderando as gotas de sangue, com a testa franzida em reflexão. Ele parece quase sóbrio.

Bob indica o repulsivo embrulho.

— Algum dos seus também se transformou, não é?

— Você não é tão bobo... não é verdade, Bob?

Bob enxuga a boca, pensativo.

— Nunca pensei em alimentar a Brenda.

— Venha, Bob, quero lhe mostrar uma coisa.

Eles chegam ao edifício de tijolos de dois andares no final do quarteirão e Bob entra com o Governador.

— Fique atrás de mim por um segundo, Bob. — O Governador enfia uma chave em uma tranca, a porta fica no fim do corredor do segundo andar. Ela se abre com um clique e o som de um rosnado baixo vaza. — Eu agradeceria, Bob, se você guardasse segredo sobre o que vai ver.

— Sem problema... minha boca é um túmulo.

Bob entra com o Governador em uma unidade de dois quartos com mobília espartana que fede a carne estragada e desinfetante, as janelas foram pintadas com Rust-Oleum preto. Um espelho de corpo inteiro perto do vestíbulo da frente está coberto com jornais e fita crepe. O banheiro — visível através de uma porta aberta — não tem espelho, sua ausência fica evidente pelo contorno oval na parede acima da pia. Todos os espelhos da casa foram removidos.

— Ela é tudo para mim — diz o Governador.

Bob atravessa a sala de estar atrás do homem, percorre um pequeno corredor, passa por uma porta e entra em uma apertada lavanderia, onde o cadáver de uma menina pequena está de pé, acorrentado a uma argola aparafusada na parede.

— Ah, meu Deus. — Bob mantém distância. A menina morta, que ainda usa marias-chiquinhas e um vestido salopete como se estivesse arrumada para ir à igreja, rosna, cospe e se agita, puxando a corrente de sua base. Bob dá um passo para trás. — Ah, meu Deus.

— Acalme-se, Bob.

O Governador se ajoelha diante do pequeno zumbi e coloca o embrulho no chão. A menina morde o ar, os dentes pretos estalam. O Governador desenrola uma cabeça humana com a cavidade craniana aberta em um dos lados por causa de um tiro a queima-roupa.

— Ah, meu Deus. — Bob percebe que a cabeça, com a concavidade carnuda em um dos lados, já fervilhando de larvas, exibe um corte de cabelo raspado arrepiado, como se tivesse pertencido a um soldado ou fuzileiro.

— Esta aqui é a Penny... Ela é filha única — explica o Governador enquanto empurra a cabeça serrada e gotejante para perto do cadáver acorrentado. — Viemos de uma cidadezinha chamada Waynesboro. A mãe de Penny, minha querida esposa Sarah, morreu em um acidente de carro antes da Mudança.

A criança come.

Bob observa do vão da porta, ao mesmo tempo aterrorizado e atento, enquanto o pequeno zumbi sorve e mastiga a substância macia do vão craniano como se estivesse desencavando a carne de uma lagosta.

O Governador a observa comer. Os barulhos da mastigação enchem o ar.

— Meu irmão Brian e eu, assim como alguns amigos, saímos para encontrar pastos mais verdes com a Penny. Fomos para oeste, ficamos em Atlanta por um tempo, conhecemos algumas pessoas, perdemos outras. Continuamos seguindo para oeste.

O pequeno cadáver se aquieta, encostando-se à parede com os pequenos dedos sujos manchados de escarlate enfiando-se no crânio esvaziado à procura de restos.

A voz do Governador cai uma oitava.

— Tivemos um conflito com uns filhos da mãe em um pomar não muito longe daqui. — Suas palavras falham por um instante. Não há lágrimas, mas a voz enfraquece um pouco. — Deixei Penny com meu irmão enquanto os afastava... e uma coisa levou à outra.

Bob não consegue se mexer. Ele não consegue falar dentro do cômodo sem ar de ladrilhos manchados, encanamento exposto e reboco mofado. Ele observa a pequena abominação, que agora está com o rosto medonho satisfeito. Filetes de massa cinzenta pendem dos pequenos lábios em forma de tulipa, e seus olhos leitosos de peixe se reviram quando ela se recosta na parede.

— Meu irmão fodeu tudo, deixou matarem minha filha — explica o Governador, com a cabeça baixa e o queixo encostado no peito. Sua voz se enche de emoção. — Brian era um fraco, e isso é tudo. Mas eu não consegui me desligar. — Ele olha para Bob com olhos vermelhos e úmidos. — Sei que você consegue entender, Bob. Eu não consegui deixar minha filhinha para trás.

Bob consegue entender. Seu peito é tomado de tristeza por Brenda.

— Eu me culpo por Penny morrer e voltar. — O Governador fixa os olhos no chão. — Eu a mantive com sobras e continuamos seguindo para oeste. Quando chegamos a Woodbury, meu irmão estava enlouquecido de culpa.

A coisa que um dia foi uma menina larga o crânio como se estivesse descartando uma ostra vazia. Ela olha em volta com os olhos leitosos como se acordasse de um sonho.

— Eu tive que eliminar Brian como um cachorro doente — diz o Governador, quase para si mesmo. Ele dá um passo na direção da pequena coisa que um dia foi uma criança. Sua voz se torna quase atonal.

— Às vezes ainda vejo minha Penny aí dentro... quando ela se acalma assim.

Bob engole em seco. Emoções contrárias rodopiam dentro dele — nojo, tristeza, medo, saudade profunda, até mesmo simpatia por esse indivíduo demente — e ele baixa a cabeça.

— Você passou por muita coisa.

— Olhe para isso, Bob. — O Governador indica com a cabeça o pequeno zumbi. A coisa que um dia foi uma criança levanta a cabeça, olhando para o Governador com uma expressão aflita. A coisa pisca. Um leve traço de Penny Blake cintila atrás de seus olhos. — Minha menininha ainda está lá. Não é, querida?

O Governador vai até a criatura acorrentada, ajoelha-se e acaricia a bochecha lívida.

Bob fica tenso, começa a dizer:

— Tome cuidado, você não quer ser...

— Aqui está minha linda garotinha.

O Governador acaricia o cabelo emaranhado da coisa. O pequeno zumbi pisca. O rosto pálido muda, os olhos se estreitam, os lábios enegrecidos se arreganham mostrando dentes de leite podres.

Bob dá um passo à frente.

— Cuidado...

A coisa que um dia foi Penny fecha as mandíbulas em direção à pele exposta do pulso do Governador, mas ele se afasta bem a tempo.

— Ops!

O pequeno zumbi puxa as correntes, levantando-se e esticando os braços no ar... enquanto o Governador recua. Ele fala com voz de bebê:

— Coelhinha malvada... quase pegou o papai desta vez!

Bob está zonzo. Ele sente ânsia de vômito, a bile ameaçando subir.

— Bob, faça o favor de pegar aquele embrulho solto onde estava a cabeça.

— Ãh?

— Faça o favor de pegar aquela última guloseima ali.

Bob segura o vômito, vira-se, encontra o embrulho no chão e olha lá dentro. Um pálido dedo humano, aparentemente de um homem, está no fundo do saco de pano em um coágulo de sangue seco. Os dedos são peludos, e da extremidade dilacerada sai um pequeno nódulo de osso branco.

Algo se solta dentro de Bob — repentino como um elástico estalando — e ele tira um lenço do bolso, se abaixa e pega o dedo.

— Por que *você* não faz as honras, meu amigo? — sugere o Governador, parado orgulhosamente perto da voraz criança-zumbi, com as mãos nos quadris.

Bob sente que seu corpo começou a se mover sozinho, com uma *mente* própria.

— Sim... claro.

— Vá em frente.

Bob fica a centímetros do limite da corrente, enquanto a coisa que foi Penny grunhe e se alvoroça com barulho na direção dele, forçando a argola.

— É... por que não?

Segurando o dedo com o braço esticado, Bob o entrega à criatura.

O pequeno cadáver devora a coisa, caindo de joelhos, enfiando o dedo com as duas mãos em sua boquinha feroz, que mais parece um poço. E os barulhos úmidos e enjoativos enchem a lavanderia.

Os dois homens estão parados lado a lado, observando. O Governador coloca o braço em torno de seu novo amigo.

No final daquela semana, os homens do muro chegaram à extremidade do terceiro quarteirão, ao longo da Jones Mill Road, onde a agência dos correios está fechada com tábuas e revestida de pichações. Na parede de tijolos adjacente ao estacionamento, algum engraçadinho com alguns anos de aulas de literatura na faculdade pichou as palavras É ASSIM QUE O MUNDO ACABA, NÃO COM UMA EXPLOSÃO, MAS COM UM ERRANTE, um lembrete constante do fim da sociedade e dos serviços do governo como eram conhecidos.

No sábado, Josh Lee Hamilton acaba entrando na equipe de trabalho, puxando carrinhos cheios de pedaços de tábuas de uma extremidade da calçada à outra, trocando sua força por comida para que ele e Lilly possam continuar a comer. Ele não tem mais objetos de valor para trocar, e nos últimos dias tem feito tarefas servis como esvaziar latrinas e limpar carcaças de animais no fumeiro. Mas, por Lilly, trabalha com prazer.

Josh está tão apaixonado pela mulher que secretamente deixa as lágrimas correrem à noite, na escuridão desolada do apartamento, depois que Lilly adormece em seus braços. Josh se surpreende com a ironia de encontrar o amor entre os destroços dessa praga. Tomado por um tipo de esperança temerária, e também pelos efeitos colaterais do primeiro relacionamento íntimo verdadeiro de sua vida, Josh mal percebe a ausência dos outros integrantes de seu grupo.

O pequeno grupo parece ter se espalhado ao vento. Ocasionalmente, Josh vê um relance de Megan à noite, esgueirando-se pelas balaustradas dos prédios residenciais, com pouca roupa e chapada. Josh não sabe se ela ainda está com Scott. Na verdade, ele desapareceu. Ninguém parece saber onde está, e a triste verdade é que ninguém parece se importar. Os negócios devem estar indo bem para Megan. Dos cerca de cinquenta residentes de Woodbury, menos de uma dúzia são mulheres, e dessas, apenas quatro ainda não entraram na menopausa.

Muito mais perturbadora é a aparente ascensão de Bob a mascote da cidade. Evidentemente, o Governador — Josh confia nesse sociopata como líder tanto quanto confia em um dos errantes para treinar um time de beisebol infantil — se interessou pelo velho Bob, e tem regalado o homem com bom uísque, barbitúricos e status social.

Mas, na tarde de sábado, Josh tira tudo isso da cabeça enquanto descarrega uma paleta de tábuas na extremidade do muro provisório. Outros trabalhadores se movimentam pelos flancos da barricada, pregando as tábuas no lugar. Alguns usam martelos, outros, pistolas de pregos conectadas a geradores a gás. O barulho incomoda, para não dizer que é intolerável.

— Empilhe lá perto dos sacos de areia, parceiro — diz Martinez com um aceno cortês e um rifle de assalto M1 apoiado no quadril.

Usando a bandana e a camisa camuflada sem mangas habituais, Martinez continua a ser amistoso. Josh não consegue entendê-lo muito bem. Ele parece ser o mais tranquilo do grupo de Woodbury, mas os padrões ali não são muito altos. Encarregado de supervisionar o turno em constante rotação de guardas nos muros, Martinez raramente confraterniza com o Governador, embora os dois pareçam ser unha e carne.

— Tente fazer o mínimo de barulho, meu irmão — acrescenta ele com uma piscadela. — Se for possível.

— Pode deixar — diz Josh assentindo e começando a descarregar os pedaços de compensado no chão. Ele tira o casaco de lenhador, pois suas costas e seu pescoço começaram a se empapar de suor, o sol de inverno está forte nesse dia, e ele termina de empilhar em questão de minutos.

Martinez se aproxima.

— Por que você não pega mais uma carga antes do almoço?

— Entendido — diz Josh, e afasta o carrinho vazio da pilha, depois se vira e volta pela calçada, deixando o casaco, assim como sua .38 de cano curto, pendurado em um mourão da cerca.

Às vezes Josh esquece que a arma está guardada no bolso do casaco. Ele ainda não a usou desde que chegou a Woodbury; os guardas protegem muito bem o lugar.

Na verdade, durante a última semana apenas alguns ataques aconteceram nas margens do bosque ou nas estradas vicinais, e foram fácil e prontamente subjugados pelo bando bem-armado de soldados de final de semana. Segundo Martinez, as autoridades de Woodbury encontraram um esconderijo de armas em um posto da Guarda Nacional perto da cidade — um arsenal inteiro de armamentos militares — que o Governador fez bom uso.

O fato é que os ataques de errantes são o menor dos problemas de Phillip. A população humana de Woodbury parece estar desandando sob a pressão da vida pós-praga. Os ânimos estão no limite. As pessoas estão começando a atacar umas às outras.

Josh atravessa a distância dos dois quarteirões entre o canteiro de obras e o depósito em menos de cinco minutos, pensando em Lilly e em seu futuro com ela. Perdido em pensamentos, ele não percebe o odor flutuando ao redor quando se aproxima da construção com estrutura de madeira na extremidade dos trilhos do trem.

Um dia, aquele depósito fora um galpão de armazenamento do terminal da Ferrovia Chattooga & Chickamauga. Durante todo o século XX, plantadores de tabaco enviaram seus fardos de folhas frescas por essa linha para Fayetteville, a norte, para serem processados.

Josh anda até o longo e estreito prédio e para o carrinho do lado de fora da porta. O edifício tem pelo menos 10 metros no ponto mais alto de seu desgastado telhado triangular. O revestimento de tábuas é antigo, descascado e marcado pela negligência. A única janela alta perto da porta está quebrada e coberta de tábuas. O lugar parece um museu em ruínas, uma relíquia do velho Sul. Os trabalhadores têm usando o prédio para manter a madeira seca e guardar materiais de construção.

— Josh!

O homenzarrão para na entrada ao ouvir a voz familiar atrás dele, trazida pela brisa. Ele se vira bem a tempo de ver Lilly correndo em suas características roupas originais — gorro, cachecóis coloridos e um casaco de pele de coiote que ela adquiriu em uma troca com uma mulher mais velha na cidade — com um sorriso cansado no rosto fino.

— Boneca, você é um bálsamo para olhos doloridos — diz Josh, segurando-a e puxando-a gentilmente para um abraço.

Ela retribui o abraço, não com abandono, é mais um abraço platônico, e novamente Josh se pergunta se forçou a barra com ela. Ou talvez o sexo tenha mudado alguma dinâmica complexa entre eles. Ou vai ver que ele não correspondeu às expectativas dela. Ela parece estar reprimindo um pouco sua afeição. Só um pouco. Mas Josh tira aquilo da cabeça. Talvez seja apenas estresse.

— Podemos conversar? — diz ela, encarando-o com um olhar pesado e sombrio.

— Claro... Quer me dar uma mão?

— Depois de você — diz ela, apontando para a entrada. Josh se vira e abre a porta.

O cheiro de carne morta — misturando-se à escuridão abafada e embolorada dentro do galpão de armazenamento — não é registrado imediatamente. Eles também não percebem o vão entre duas placas de gesso petrificadas nos fundos do galpão, ou o fato de que a parte de trás do prédio é perigosamente exposta a uma parte erma da floresta. O prédio estende-se por pelo menos 30 metros na escuridão, coberto de teias de aranha e pedaços de trilhos descartados, tão enferrujados e corroídos que ficaram da cor da terra.

— O que se passa na sua cabeça, boneca? — Josh cruza o chão coberto de cinzas até uma pilha de revestimento de madeira. As tábuas parecem ter vindo de um celeiro, com tinta vermelho-escura descascada em suas ranhuras e sujas de lama.

— Temos que ir, Josh, temos que sair desta cidade... antes que algo terrível aconteça.

— Em breve, Lilly.

— Não, Josh. Sério. Escute o que estou dizendo. — Ela puxa o braço dele e vira-o para que fiquem cara a cara. — Não me importo se Megan, Scott e Bob ficarem... Temos que sair deste lugar. Parece muito confortável e tranquilo na superfície, mas é podre por baixo.

— Eu sei... só tenho que...

Ele para ao ver de canto de olho uma sombra passando do lado de fora das ripas que fecham a janela.

— Ah, meu Deus, Josh, você...

— Fique atrás de mim — diz Josh, percebendo várias coisas ao mesmo tempo. Ele sente o odor permeando o galpão embolorado, ouve as vibrações baixas e guturais vindo dos fundos do prédio, e vê uma fatia de luz do dia entrando por um vão no canto.

O pior de tudo é que Josh se dá conta de que sua arma está no casaco.

DEZ

No mesmo instante, uma explosão de tiros automáticos ecoa do lado de fora do galpão de armazenamento.

Lilly se sobressalta na escuridão do galpão, e Josh volta-se para a pilha de madeira quando a janela coberta de tábuas próxima à porta da frente explode para dentro.

Três zumbis — forçando a madeira antiga a ceder com a pressão do peso coletivo — entram rosnando no galpão. Dois homens e uma mulher, todos com profundas feridas no rosto, as bochechas dilaceradas expondo gengivas e dentes que parecem fileiras de mármore opaco, cambaleiam para dentro da escuridão. Um coro de grunhidos enche o prédio.

Josh mal tem tempo para registrar esse fato quando ouve pés se arrastando em sua direção, vindo dos fundos do galpão escuro. Ele gira e vê um enorme errante usando jardineira, provavelmente um ex-fazendeiro, com o intestino grosso pendurado como um rosário pegajoso, cambaleando em sua direção através de feixes de partículas de poeira, esbarrando como um bêbado em pilhas de engradados e de dormentes da ferrovia.

— LILLY, FIQUE ATRÁS DE MIM!

Josh corre até a pilha de madeira e pega uma grande tábua, levantando-a diante deles como um escudo. Lilly se comprime contra suas costas, com os pulmões arfando, hiperventilando de terror. Josh levanta a tábua e começa a ir na direção do grande errante com a inércia de um jogador de futebol americano passando pela defesa para derrubar um *quarterback*.

O errante solta um gemido e baba quando Josh o atinge com a tábua.

A força do golpe empurra o enorme cadáver para trás e o faz cair no chão coberto de cinzas. Josh deita com a tábua sobre a coisa. Lilly cai sobre ele. O peso de seus corpos segura o gigante no chão de cinzas, os membros mortos se contorcem sob a tábua, os dedos enegrecidos aparecem pelas laterais da madeira, tentando agarrar o ar.

Lá fora, ao vento, o som de um sino de emergência ressoa.

— FILHOS DA PUTA!

Josh perde o controle por um instante e começa a bater com a tábua sobre o enorme fazendeiro morto. Lilly é arremessada das costas de Josh quando ele se levanta e começa a pisar com força sobre a tábua com a bota de trabalho, esmagando o crânio do zumbi. Josh começa a pular sobre a tábua soltando uma série de gritos ininteligíveis e roucos, enquanto a raiva contorce seu rosto.

Massa cinzenta se derrama e jorra da tábua enquanto o nauseante som dos ossos cranianos mortos sendo triturados diminui, e o fazendeiro fica imóvel. Um intenso fluxo de fluido preto escapa por baixo da madeira.

Tudo isso acontece em questão de segundos, enquanto Lilly se afasta aterrorizada. De repente, o som de uma voz ressoa da rua em frente ao galpão, uma voz familiar, calma e controlada, apesar de seu volume.

— ABAIXE-SE, PESSOAL!! PARA O CHÃO! — E em algum lugar do cérebro de Josh ele reconhece a voz de Martinez e, simultaneamente, também se lembra de que os outros três errantes estão vindo pela frente do galpão.

Josh desce da tábua, vira-se e vê os três errantes se aproximando de Lilly, esticando os braços espasmódicos e sem vida tentando alcançá-la. Ela grita. Josh corre em direção a ela, tentando encontrar alguma arma. Apenas sucata e serragem cobrem o chão.

Lilly recua gritando, e esse som se mistura a uma voz retumbante e autoritária que vem do lado de fora da entrada:

— PARA O CHÃO, PESSOAL! PARA O CHÃO AGORA!!

Josh compreende instantaneamente, agarra Lilly e a puxa para as cinzas.

As três coisas mortas assomam sobre eles, com as bocas abertas e babando, tão próximas que Josh consegue sentir o fedor terrível de seu hálito.

A parede da frente se ilumina, uma fuzilaria de tiros automáticos forma um colar de pérolas de buracos na parede de gesso, em cada buraco brilha um ponto de luz do dia. A saraivada atinge os troncos dos três cadáveres, fazendo-os dançar uma Watusi macabra na escuridão.

O barulho é assombroso. Fragmentos de madeira, estilhaços de reboco e pedaços de carne apodrecida caem sobre Josh e Lilly, que cobrem a cabeça.

Josh vê relances da dança macabra com o canto do olho, os errantes se sacodem e têm espasmos com o tamborilar arrítmico, os filetes de luz riscam a escuridão.

Crânios estouram. Partículas voam. As figuras mortas murcham e caem, uma de cada vez. Os tiros continuam. Finos raios de luz enchem o galpão formando uma cama de gato de luz do sol mortalmente luminosa.

O silêncio cai. Do lado de fora do galpão, o barulho abafado dos cartuchos usados atingindo o chão chega aos ouvidos de Josh. Ele ouve o leve retinir de culatras sendo recarregadas, de canos se reabastecendo, da respiração coletiva ofegante sendo abafada pelo vento.

Um momento passa.

Josh se vira para Lilly, que está deitada ao lado dele, agarrada a ele, as mãos agarrando sua camisa. Ela parece quase catatônica por um instante, o rosto pressionado contra as cinzas do chão. Josh a abraça com força e acaricia suas costas.

— Você está bem?

— Fabulosa... excelente. — Ela parece acordar do terror, olhando para a poça crescente de fluido craniano. Os corpos estão crivados e eviscerados a apenas alguns centímetros de distância. Lilly se senta.

Josh se levanta, a ajuda a ficar de pé e está a ponto de dizer alguma coisa quando o rangido da madeira velha atrai sua atenção para a entrada. O que sobrou da porta, a parte de cima perfurada por buracos de bala, se abre.

Martinez olha para dentro. Ele fala rápida e determinadamente:

— Vocês dois estão bem?

— Estamos bem — diz Josh, e depois ouve um barulho ao longe. Vozes se elevam com raiva, ecoam no vento. Um impacto abafado.

— Temos outro incêndio para apagar — diz Martinez —, se vocês estão bem.

— Estamos bem.

Com um rápido aceno de cabeça, Martinez afasta-se da porta e desaparece na luz nublada do dia.

Dois quarteirões a leste dos trilhos do trem, perto de uma barricada, uma briga começou. Brigas são lugar-comum na nova Woodbury. Duas semanas antes, dois guardas do açougueiro se engalfinharam por causa de um exemplar já muito folheado da revista *Barely Legal*. O Dr. Stevens teve que colocar no lugar o maxilar deslocado de um e costurar a pálpebra hemorrágica do olho esquerdo de outro antes do fim do dia.

Na maioria das vezes, essas brigas acontecem de forma semiaberta — seja dentro de suas casas ou tarde da noite — e são motivadas pelas coisas mais triviais possíveis: um olha para o outro do jeito errado, alguém conta uma piada que ofende outro alguém, ou simplesmente uma pessoa irrita outra. Há semanas, o Governador está preocupado com a frequência crescente de brigas sérias.

Mas até aquele momento, a maioria desses pequenos conflitos foi assunto particular.

Entretanto hoje, a contenda explode em plena luz do dia, bem na frente do centro de alimentos, diante de pelo menos vinte espectadores... e a multidão parece estimular a intensidade da briga. A princípio, os espectadores observam com desagrado os dois jovens lutadores esmurrando um ao outro com os punhos nus no vento gelado, seus golpes deselegantes cheios de perdigotos e fúria, e os olhos flamejando de raiva desfocada.

Mas logo algo se modifica na multidão. Gritos raivosos se tornam urros e uivos. A sede por sangue se acende nos olhos da plateia. O estresse da praga se exibe nos gritos furiosos de hiena, encorajamentos psicóticos e punhos erguidos de alguns dos homens mais jovens que socam o ar.

Martinez e seus guardas chegam bem no auge da luta.

Dean Gorman, um caipira de fazenda de Augusta, com jeans rasgado e tatuagens de heavy metal, passa uma rasteira em Johnny Pruitt, um maconheiro gorducho de Jonesboro. Pruitt — que cometeu a imprudência de criticar o time de futebol americano Jaguars da Augusta State — agora cai no chão arenoso, ofegando.

— Ei! Acalmem-se! — Martinez se aproxima do lado norte da rua com sua M1 apoiada no quadril e ainda quente por conta do tumulto no galpão da ferrovia.

Três guardas o acompanham com as armas também apoiadas na cintura. Enquanto atravessa a rua, Martinez tem dificuldade de ver os lutadores atrás do semicírculo de pessoas torcendo.

Tudo o que está visível é uma nuvem de poeira, punhos se agitando e a plateia aglomerada.

— EI!!

Dentro do círculo de espectadores, Dean Gorman acerta a biqueira de aço de sua bota de trabalho nas costelas de Johnny Pruitt, e o homem gordo grita de agonia, rolando para longe. A multidão zomba. Gorman pula sobre o outro, mas Pruitt reage enfiando o joelho em sua virilha. Os observadores urram. Gorman tomba de lado segurando os genitais e Pruitt ataca com uma série de golpes laterais em seu rosto. O sangue do nariz de Gorman é lançado por sobre a areia em filetes escuros.

Martinez começa a empurrar os curiosos para o lado, tentando chegar até a briga.

— Martinez! Espere!

Martinez sente apertarem seu braço com força, vira-se e vê o Governador.

— Espere um instante — diz o homem vigoroso entredentes, com uma centelha de interesse brilhando nos olhos profundos. Seu bigode se tornou escuro e denso, dando ao rosto um aspecto predatório. Ele está usando um longo guarda-pó preto sobre a camisa de cambraia, jeans e botas pesadas de cano largo, a cauda do casaco oscila majestosamente ao vento. Ele parece um paladino degenerado do século XIX, um cafetão assassino autoproclamado. — Quero ver uma coisa.

Martinez baixa a arma, volta a cabeça para a ação.

— Eu só estava com medo que alguém acabasse morto.

Nesse ponto, Johnny Pruitt está com os dedos atarracados em torno do pescoço de Dean Gorman, que começa a arfar e empalidecer. A briga passa de selvagem a mortal em questão de segundos. Pruitt não solta. A multidão explode em aclamações repulsivas e ininteligíveis. Gorman agita os braços e convulsiona. Ele perde o ar, o rosto fica da cor de uma berinjela. Os olhos incham e saliva ensanguentada espirra.

— Pare de se preocupar, vovó — murmura o Governador, observando atentamente com aqueles olhos encovados.

Nesse momento, Martinez percebe que Phillip não está observando a luta em si. Com os olhos se movendo por todo o semicírculo de espectadores exaltados, ele está *observando os observadores*. Parece estar absorvendo cada rosto, cada uivo selvagem, cada vaia e berro.

Nesse meio-tempo, Dean Gorman começa a desfalecer no chão sob o estrangulamento dos dedos de linguiça de Johnny Pruitt. O rosto de Gorman fica da cor de cimento seco. Seus olhos se reviram e ele para de lutar.

— Está bem, é o bastante... tire-o de lá — diz o Governador a Martinez.

— TODO MUNDO PARA TRÁS!

Martinez abre caminho entre a aglomeração, segurando a arma com ambas as mãos.

O gordo Johnny Pruitt finalmente solta o outro, estimulado pelo cano da M1, enquanto Gorman fica ali deitado, convulsionando.

— Vá chamar Stevens — ordena Martinez a um de seus guardas.

A multidão, ainda agitada por todo o furor, solta um gemido coletivo. Alguns resmungam, outros vaiam, frustrados pelo anticlímax.

Um pouco afastado, o Governador absorve tudo. Quando os espectadores começam a se dispersar — afastando-se e balançando a cabeça — Phillip vai até Martinez, que ainda está perto do trêmulo Gorman.

Martinez levanta os olhos para o Governador.

— Ele vai viver.

— Ótimo. — O Governador olha o jovem no chão. — Acho que sei o que fazer com os guardas.

Ao mesmo tempo, nos subníveis do complexo onde fica a pista de corrida, na escuridão da cela improvisada, quatro homens sussurram uns para os outros.

— Isso nunca vai funcionar — diz com ceticismo o primeiro homem, sentando em um canto, vestindo uma cueca samba-canção encharcada de urina, olhando para as sobras dos companheiros de cela reunidos ao seu redor no chão.

— Cale a boca, Manning — sibila o segundo, Barker, um homem de 25 anos extremamente magro, que lança olhares furiosos a seus companheiros de detenção através de longas mechas de cabelos oleosos.

Barker foi o brilhante pupilo do Major Gene Gavin na Base de Ellenwood, na Geórgia, designado para operações especiais com o 221º Batalhão de Inteligência Militar. Agora, graças àquele psicótico do Philip Blake, Gavin se foi e Barker está reduzido a um vulto esfarrapado, seminu e humilhado no porão de alguma catacumba abandonada, obrigado a sobreviver com mingau de aveia frio e pão carunchento.

Os quatro guardas estão sob "prisão domiciliar" ali embaixo há mais de três semanas, desde que Philip Blake baleou e matou seu superior, Gavin, a sangue frio, diante de dezenas de cidadãos. Agora, as únicas coisas que eles têm a seu favor são a fome, a raiva pura e o fato de que Barker está acorrentado a uma parede de blocos de concreto imediatamente à esquerda da porta trancada, um ponto de onde talvez seja possível pular em cima de alguém que entre na cela... como Blake, por exemplo, que aparece com frequência e leva os prisioneiros, um por um, para encontrar algum destino infernal.

— Ele não é idiota, Barker — chia do canto oposto um terceiro homem. Esse homem é mais velho, mais pesado, um sulista típico com dentes ruins que certa vez conduziu um balcão de requerimentos no posto da Guarda Nacional.

— Concordo com Stinson — diz Tommy Zorn da parede do fundo onde está largado no chão, de cueca, com o corpo malnutrido e coberto por uma grande área de pele irritada e machucada. Zorn trabalhava como entregador no posto da Guarda. — Ele vai sacar o truque na hora.

— Não se tomarmos cuidado — retruca Barker.

— E quem, afinal, vai se fingir de morto?

— Não importa. Quando ele abrir a porta, quem vai dar uma surra nele serei eu.

— Barker, acho que este lugar fritou sua cabeça. Sério. Você quer acabar como Gavin? Como Greely, Johnson e...

— SEUS COVARDES FILHOS DA PUTA!! TODOS NÓS VAMOS ACABAR COMO ELES SE NÃO FIZEREM ALGUMA COISA A RESPEITO!!

O volume da voz de Barker — retesada como um fio de alta-tensão — interrompe de vez a conversa. Por um bom tempo, os quatro guardas ficam no escuro sem dizer uma palavra.

Finalmente, Barker diz:

— Tudo que precisamos é que um dos veadinhos se finja de morto. É só o que estou pedindo. Eu o pego de surpresa quando ele entrar.

— O problema é fazer parecer convincente — diz Manning.

— Esfregue merda no corpo.

— Rá rá, muito engraçado.

— Se corte, esfregue sangue na cara e deixe secar, sei lá. Esfregue os olhos até eles sangrarem. Você quer sair daqui?

Longo silêncio.

— Porra, vocês são guardas, pelo amor de Deus. Querem apodrecer aqui como vermes?

Outro longo silêncio, e depois a voz de Stinson na escuridão diz:

— OK, eu finjo.

Bob segue o Governador através da porta de segurança em uma das extremidades da pista de corrida, depois por um lance estreito de escadas de ferro, e por fim atravessam um estreito corredor de blocos de concreto. Seus passos ressoam e ecoam na luz fraca. Luzes de emergência — alimentadas por geradores — estão acesas no teto.

— Finalmente me veio essa ideia, Bob — diz o Governador, enquanto mexe com um aro de chaves-mestras preso a seu cinto por uma longa corrente. — O que este lugar precisa... é entretenimento.

— Entretenimento?

— Os gregos tinham o teatro, Bob... Os romanos, os circos.

Bob não faz ideia do que o homem está falando, mas segue em frente obedientemente, enxugando a boca seca. Ele precisa muito de uma bebida. Ele desabotoa a jaqueta verde-oliva, pérolas de suor aparecem em sua testa envelhecida por causa da umidade abafada e bolorenta do cavernoso subsolo de cimento sob a pista de corrida.

Eles passam por uma porta trancada, e Bob pode jurar que ouve os barulhos abafados característicos dos mortos reanimados. Os odores de carne podre misturam-se com o fedor de mofo do corredor. O estômago de Bob se revira.

O Governador o leva até uma porta de metal com uma janela estreita no final do corredor. Uma persiana está puxada sobre o vidro laminado reforçado.

— Precisamos manter os cidadãos felizes — murmura o Governador quando para perto da porta, procurando a chave certa. — Manter o pessoal dócil, sociável... maleável.

Bob espera o Governador enfiar a grossa chave de metal na fechadura da porta. Mas quando está para abrir a tranca, o Governador se vira e olha para Bob.

— Tivemos problemas há um tempo atrás com a Guarda Nacional na cidade, eles acharam que podiam dominar e ameaçar as pessoas... acharam que conseguiriam esculpir um pequeno reino para si mesmos.

Confuso, perplexo e enojado, Bob assente e não diz nada.

— Estou mantendo alguns deles de molho aqui embaixo. — O Governador pisca como se estivesse debatendo a localização de um pote de biscoitos com uma criança. — Eram sete. — O Governador suspira. — Só sobraram quatro... eu os estou gastando rápido demais.

— Gastando?

O Governador torce o nariz, repentinamente olhando para o chão com culpa.

— Eles estão servindo a um propósito maior, Bob. Para a minha filha... para Penny.

Com uma onda repentina de enjoo, Bob entende o que o Governador está dizendo.

— Enfim... — Phillip vira-se para a porta. — Eu sabia que eles iam ser úteis para todo tipo de coisa... mas agora percebi seu verdadeiro destino. — O Governador sorri. — Gladiadores, Bob. Para o bem comum.

Nesse momento, várias coisas acontecem ao mesmo tempo: Phillip se vira e abre a persiana, enquanto simultaneamente liga o interruptor... e através do vidro laminado uma fileira de tubos fluorescentes no teto se acende, iluminando o interior de uma cela de blocos de cimento de 30 m^2. Um homem enorme usando apenas cuecas esfarrapadas está caído no chão, estremecendo, coberto de sangue, com a boca preta e mostrando os dentes em uma careta medonha.

— Que pena. — O Governador franze a testa. — Parece que um deles se transformou.

Dentro da cela — com os barulhos abafados pela porta lacrada — os outros prisioneiros gritam, puxam as correntes, imploram para serem salvos desse Mordedor recém-transformado. O Governador enfia a mão nas dobras de seu guarda-pó e tira a Colt .45 com cabo de madrepérola. Ele verifica a munição e murmura:

— Fique aqui fora, Bob. Só vai levar um segundo.

Ele abre a tranca e entra na cela, quando o homem atrás da porta ataca.

Barker solta um grito quando agarra o Governador por trás, a corrente presa a seu tornozelo cede levemente, chegando ao limite, arrancando seu pino da parede. Pego de surpresa, o Governador cambaleia, solta a .45 e cai para a frente, ofegando. A arma cai no chão e rodopia para longe.

Bob fica no vão da porta gritando enquanto Barker rasteja até os tornozelos do Governador, cravando suas unhas sujas e crescidas na pele dele. Barker tenta pegar as chaves-mestras, mas o aro está enfiado entre as pernas de Phillip.

O Governador berra enquanto tenta desesperadamente rastejar em direção à pistola caída. Os outros homens gritam quando Barker perde o que lhe restava de sanidade, avança nos tornozelos de Phillip, rosna com violenta fúria assassina, abre a boca e morde a área macia do calcanhar de Aquiles do homem, que urra.

Bob está paralisado atrás da porta entreaberta, observando, atônito.

Barker tira sangue. O Governador chuta o prisioneiro e tenta pegar a pistola. Os outros homens tentam se libertar, gritando ameaças inarticuladas enquanto Barker rasga as pernas do outro. Phillip tenta pegar a arma, que está a apenas centímetros de seu alcance... até que finalmente os dedos longos e vigorosos do Governador envolvem o cabo da Colt.

Em um movimento rápido e contínuo, Phillip se vira, mira a pistola semiautomática de ação simples no rosto de Barker e esvazia o pente.

Uma série de estouros secos e luminosos faísca na cela. Barker é arremessado para trás como um fantoche puxado por um cabo, as balas perfuram seu rosto, saindo pela parte de trás do crânio em uma névoa de sangue. A escura matéria vermelha espirra na parede de blocos de concreto ao lado da porta, respingando em Bob, que pula para trás com o susto.

Do outro lado da cela, os homens gritam — um emaranhado de palavras sem sentido, um frenesi de súplicas — quando o Governador se levanta.

— Por favor, por favor, eu não me transformei, EU NÃO ME TRANSFORMEI! — Do outro lado do cômodo, Stinson, o homem grande, se senta, protegendo o rosto sujo de sangue enquanto grita. Os lábios trêmulos foram maquiados com mofo da parede e graxa das dobradiças da porta. — Foi um truque! Um truque!

O Governador libera o pente vazio da Colt, o carregador cai no chão. Respirando rapidamente e com dificuldade, ele puxa outro pente de seu bolso de trás de o enfia no cabo. Ele puxa o ferrolho e calmamente aponta a boca do cano para Stinson, enquanto informa ao homenzarrão:

— Para mim você parece um Mordedor de merda.

Stinson protege o rosto.

— Foi ideia do Barker, foi uma idiotice, por favor, eu não queria fazer isso, o Barker enlouqueceu, por favor... POR FAVOR!

O Governador dá meia dúzia de tiros sucessivos, os estouros fazem todos se sobressaltarem.

A parede oposta estoura em fogos de artifício bem acima da cabeça de Stinson, os blocos de concreto explodem em sequência, o barulho é terrível e ensurdecedor, as fagulhas se espalham e algumas das balas ricocheteiam no teto.

A única luz de emergência explode em uma torrente de partículas de vidro que faz com que todos se abaixem.

Finalmente, o Governador cessa fogo e fica ali parado, recuperando o fôlego, piscando e dirigindo-se a Bob na porta.

— O que temos aqui, Bob, é uma oportunidade de aprendizado.

Do outro lado da sala, no chão, Stinson está todo mijado e atormentado, mas ileso. Ele enfia o rosto entre as mãos e chora baixinho.

O Governador caminha mancando na direção do homem, deixando uma fina trilha de gotas de sangue.

— Sabe, Bob... a mesma coisa que queima dentro desses garotos e os faz tentar idiotices como esta, vai torná-los astros na arena.

Stinson olha para cima com muco no rosto enquanto o Governador paira sobre ele.

— Eles não se dão conta, Bob. — O Governador aponta a arma para o rosto de Stinson. — Mas acabaram de passar no primeiro teste da escola de gladiadores. — O Governador lança a Stinson um olhar duro. — Abra a boca.

Stinson soluça de terror, conseguindo dizer um ofegante:

— Qual é, *por favooor...*

— Abra a boca.

Stinson consegue abrir a boca. Do outro lado da sala, Bob Stookey desvia os olhos.

— Viu, Bob?! — diz o Governador, colocando lentamente o cano na boca do homem grande. A sala fica totalmente silenciosa enquanto os outros homens observam, horrorizados e atentos. — Obediência... coragem... estupidez. Não é o lema dos escoteiros?

Sem aviso, o Governador afrouxa o gatilho, tira a arma da boca do homem soluçante, vira-se e vai mancando até a saída.

— O que Ed Sullivan dizia? Vai ser um grande sssshooooow!

A tensão deixa a cela como uma bexiga se esvaziando, substituída por um silêncio retumbante.

— Bob, você poderia me fazer um favor? — murmura o Governador ao passar pelo corpo cravejado de balas do sargento de artilharia Trey Barker ao sair. — Limpe este lugar... mas não leve os restos desse filho da puta para o crematório. Leve-o para a enfermaria. — Ele pisca para Bob. — Eu cuido dele a partir daí.

No dia seguinte, antes da alvorada, Megan Lafferty, está deitada de costas, nua e com frio, em uma cama de campanha quebrada na escuridão de um conjugado esquálido — os aposentos privados de algum guarda cujo nome ela não consegue lembrar. Denny? Daniel? Megan estava chapada demais na noite anterior para registrar. Agora, o jovem magro com uma naja tatuada entre as omoplatas enfia-se dentro dela com abandono rítmico, fazendo a cama de campanha gemer e ranger.

Megan leva os pensamentos para outro lugar, olhando para o teto, concentrando-se nas moscas mortas acumuladas no bojo de um lustre, tentando suportar a terrível, dolorosa e viscosa fricção da ereção do homem entrando e saindo dela.

O quarto consiste da cama de campanha, uma cômoda caindo aos pedaços, cortinas puídas puxadas sobre a janela aberta — através da qual um vento de dezembro sopra esporadicamente — e pilhas e mais pilhas de caixas cheias de suprimentos. Alguns desses suprimentos foram prometidos a Megan em troca de sexo. Ela nota um cordão de objetos carnudos e dilacerados pendurados em um gancho na porta, que a princípio ela confunde com flores secas.

Mas ao observar melhor, acaba percebendo que as flores na escuridão são orelhas humanas, provavelmente troféus cortados de errantes.

Megan tenta bloquear a lembrança das últimas palavras de Lilly para ela, ditas na noite anterior à luz flamejante de um barril de petróleo aceso. "É meu corpo, amiga, estamos vivendo tempos desesperadores", racionalizara Megan, tentando justificar seu comportamento. Lilly respondera com nojo. "*Eu preferiria morrer de fome a me rebaixar por comida.*" Depois Lilly terminara oficialmente a amizade delas bem ali, de uma vez por todas. "*Eu não me importo mais, Megan. Cansei, acabou, não quero ter nada a ver com você.*"

Agora as palavras ecoam no imenso precipício vazio na alma de Megan. O buraco dentro dela existe há anos, um vácuo gigantesco de tristeza, um poço sem fundo de nojo de si mesma que se formou quando ela era nova. Megan nunca conseguiu preencher esse abismo de tristeza, e agora o Mundo Flagelado o abriu como uma ferida inflamada e aberta.

Ela fecha os olhos e começa a pensar em se afogar em um oceano escuro e profundo, quando ouve um barulho.

Seus olhos se abrem. O inconfundível som vem do lado de fora da janela. Tênue, mas claramente audível no quieto e tempestuoso ar da madrugada de dezembro, ele ecoa sobre os telhados: *dois pares de passos furtivos, dois cidadãos esgueirando-se pela escuridão.*

Nesse ponto, o garoto da Naja já se cansou de sua cópula chapada e saiu de cima do corpo de Megan. Ele cheira a sêmen seco, mau hálito e lençóis impregnados de urina, e começa a roncar no instante em que a cabeça encosta no travesseiro. Megan se levanta da cama, tomando cuidado para não acordar o cliente catatônico.

Ela anda silenciosamente pelo chão frio até a janela e olha para fora.

A cidade dorme em uma escuridão cinzenta. A silhueta dos exaustores e das chaminés no topo das construções aparece contra a luz mortiça. Duas figuras mal são visíveis na obscuridade, esgueirando-se em direção à extremidade mais distante da cerca oeste, com a respiração formando nuvens de vapor na luz fria da madrugada. Uma das figuras é bem mais alta do que a outra.

Megan reconhece primeiro Josh Lee Hamilton, depois Lilly, quando os dois vultos fantasmagóricos param perto da quina de uma barricada a 150 metros de distância. Ondas de melancolia percorrem Megan.

Quando os dois pulam a cerca e desaparecem, a sensação de perda faz Megan cair de joelhos, e ela chora silenciosamente na escuridão fétida pelo que parece uma eternidade.

— Jogue aqui embaixo, boneca — sussurra Josh, olhando para Lilly enquanto ela se equilibra no alto da cerca, com um pé na borda, um pé na saliência atrás dela. Josh está completamente atento ao guarda noturno que cochila 100 metros a leste, caído no assento de uma escavadeira, com a linha de visão bloqueada por um enorme carvalho.

— Lá vai. — Lilly tira desajeitadamente a mochila de um dos ombros e a joga por cima da cerca para Josh. Ele a pega. O fardo pesa pelo menos 4,5 kg. Ele contém a .38 de Josh, uma picareta com cabo desmontável, uma chave de fenda, alguns chocolates e duas garrafas plásticas com água potável.

— Agora tome cuidado.

Lilly desce e pula sobre a terra dura do outro lado da cerca. Os dois não perdem tempo na periferia da cidade. O sol está nascendo, e eles querem se afastar bastante do campo de visão do guarda noturno antes que Martinez e seus homens acordem e voltem a seus postos. Josh tem um mau pressentimento em relação às coisas que estão acontecendo em Woodbury, e como estão acontecendo. Parece que seus serviços estão ficando cada vez menos valiosos em termos de troca. No dia anterior, ele deve ter arrastado 3 toneladas de tábuas para a cerca e mesmo assim Sam, o açougueiro, alegou que Josh tem dívidas atrasadas, que está tirando vantagem do sistema de escambo, e que seu trabalho não corresponde a todos os pedaços de bacon e frutas que ele tem consumido.

Mais uma razão para Josh e Lilly se esgueirarem para fora da cidade e ver se não conseguem encontrar seus próprios suprimentos.

— Fique perto de mim, querida — diz Josh, e conduz Lilly pela margem do bosque.

Eles ficam nas sombras quando o sol nasce, acompanhando a lateral de um grande cemitério à esquerda. Antigos salgueiros pendem sobre lápides da época da Guerra Civil, a luz espectral da alvorada confere ao lugar uma aparência assombrada e desolada. Muitas das lápides estão caídas, alguns dos túmulos, abertos. O cemitério faz a pele da nuca de Josh pinicar, e ele apressa Lilly em direção à interseção da Main Street com a Canyon Drive.

Eles viram para o norte e entram nos bosques de nogueiras adjacentes à cidade.

— Procure refletores na lateral da estrada — diz Josh quando eles começam a subir um suave aclive para dentro das colinas arborizadas. — Ou caixas de correio. Ou qualquer tipo de estrada particular.

— E se não encontrarmos nada além de mais árvores?

— Tem de haver uma casa de fazenda... alguma coisa. — Josh continua esquadrinhando as árvores de cada lado na estreita estrada de asfalto.

Amanheceu, mas os bosques de ambos os lados da Canyon Drive ainda estão escuros e cheios de sombras oscilantes. Os barulhos se misturam, e o som de folhas levadas pelo vento começa a lembrar passos arrastados atrás das árvores. Josh para, remexe a mochila, tira a arma e verifica a câmara.

— Tem algo errado? — Os olhos de Lilly registram a arma, depois se deslocam para o bosque. — Ouviu alguma coisa?

— Está tudo bem, boneca. — Ele enfia a pistola no cinto, em suas costas, e continua subindo a colina. — É só ficarmos quietos e seguirmos em frente... que ficaremos bem.

Eles andam mais 400 metros em silêncio, enfileirados, hiperalertas, olhando a todo momento para os galhos das profundezas do bosque, e para as sombras atrás das sombras. Os errantes deixaram Woodbury em paz desde o incidente do galpão da ferrovia, mas Josh tem um pressentimento de que estão para voltar. Ele começa a ficar nervoso por se afastar demais da cidade quando vê o primeiro sinal de uma propriedade residencial.

A enorme caixa de correio de latão, com a forma de uma pequena cabana de troncos, fica no final de uma estrada particular sem identificação. Apenas o nome L. HUNT revela a identidade de seu proprietário, o número 20.034 está gravado no metal enferrujado.

Cerca de 50 metros depois da primeira caixa de correio eles encontram mais caixas. Encontram várias delas — um grupo de seis no fim de uma estrada — e Josh começa a achar que tiraram a sorte grande. Ele tira a picareta da mochila e a entrega a Lilly.

— Fique com isso na mão, querida. Vamos seguir essa estrada das caixas de correio.

— Estou bem atrás de você — diz ela, e segue o homem grande pelo sinuoso caminho de cascalho.

A primeira monstruosidade aparece como uma miragem na luz do início da manhã, atrás das árvores, plantada em uma clareira como se tivesse vindo do espaço. Se a casa estivesse em alguma avenida arborizada de Connecticut ou Beverly Hills, não pareceria tão deslocada, mas ali naquele inferno rural caindo aos pedaços, o lugar praticamente tira o fôlego de Josh. Com três andares em um gramado cheio de ervas daninhas, a mansão deserta é uma maravilha da arquitetura moderna, feita de vigas, balaustradas arqueadas e um telhado cheio de blocos inclinados. Parece uma obra-prima perdida de Frank Lloyd Wright. Uma piscina com borda infinita é parcialmente visível no quintal, cheia de folhas. A negligência aparece nas enormes sacadas, onde pingentes de gelo estão pendurados e neve suja agarra-se aos deques.

— Deve ser a casa de campo de algum magnata — supõe Josh.

Eles continuam se embrenhando nas árvores pela estrada e encontram mais casas abandonadas.

Uma delas parece um museu vitoriano, com torres gigantescas que se elevam acima das nogueiras como em um palácio mouro. Outra é feita praticamente só de vidro, com uma varanda que se debruça sobre uma colina de tirar o fôlego. Cada uma dessas casas grandiosas tem piscina, cocheira e garagem para seis carros e um amplo gramado. Cada uma delas está escura, fechada, coberta com tábuas, mortas como um mausoléu.

Lilly para diante da escura maravilha de vidro e olha para as varandas.

— Acha que conseguimos entrar?

Josh sorri.

— Me dê essa picareta, boneca... e afaste-se.

Eles encontram um tesouro em suprimentos — apesar de toda a comida estragada e dos sinais de invasões passadas, cortesia do Governador e de seus capangas, provavelmente. Em algumas das casas, encontram despensas parcialmente abastecidas, bares e armários cheios de roupa de cama limpa. Encontram oficinas de trabalho com mais ferramentas do que pequenas lojas de ferragens. Encontram armas, bebidas, combustível e remédios. Estranham que o Governador e seus homens ainda não tenham limpado esses lugares. A melhor parte é a completa ausência de errantes.

Mais tarde, Lilly está no vestíbulo de uma imaculada casa em estilo Cape Cod, olhando em volta para os elaborados lustres Tiffany.

— Você está pensando no mesmo que eu?

— Não sei, querida, no que você está pensando?

Ela olha para ele.

— Poderíamos *morar* em uma dessas casas, Josh.

— Não sei.

Ela olha em volta.

— Ficar na nossa, não chamar atenção.

Josh reflete.

— Talvez seja melhor darmos um passo de cada vez. Vamos nos fazer de bobos por um tempo, ver se ninguém mais conhece este lugar.

— Essa é a melhor parte, Josh, eles já estiveram aqui... não vão voltar.

Ele suspira.

— Deixe-me pensar sobre isso, querida. Talvez conversar com o Bob.

Depois de examinar as garagens, eles encontram alguns veículos de luxo debaixo de lonas e começam a fazer planos para o futuro, discutindo a possibilidade de cair na estrada. Assim que tiverem a oportunidade de falar com Bob, vão tomar uma decisão.

Eles voltam para a cidade naquela noite, esgueirando-se para a área murada, sem serem notados, através de um canteiro de obras na margem sul da barricada.

Não contam a ninguém sobre a descoberta.

Infelizmente, nem Josh nem Lilly perceberam um empecilho crucial neste enclave luxuoso. A maioria dos quintais se estende por cerca de 30 metros para a borda de um íngreme precipício, além do qual existe um declive rochoso que mergulha em um profundo cânion. Lá embaixo, no vale murcho por causa do inverno, ao longo de um leito de rio seco, encoberta por trepadeiras mortas emaranhadas e galhos, uma horda de pelo menos cem zumbis perambula sem rumo para lá e para cá, esbarrando uns nos outros.

Assim que o barulho e o cheiro dos humanos os atrair, as criaturas vão levar menos de 48 horas para, centímetro a centímetro, subir rastejando aquele precipício.

ONZE

— Ainda não entendi por que não podemos simplesmente morar aqui por um tempo — persiste Lilly na tarde seguinte, jogando-se em um sofá de couro macio posicionado contra uma imensa janela panorâmica em uma das mansões revestidas de vidro.

A janela contorna os fundos do primeiro andar da casa e tem vista para a piscina em forma de rim no quintal, protegida por uma lona coberta de neve. Ventos invernais chacoalham as janelas, uma fina chuva de granizo assobia contra o vidro.

— Não estou dizendo que não é uma possibilidade — diz Josh do outro lado da sala, onde está selecionando utensílios de uma gaveta de talheres finos e colocando-os em uma bolsa. A noite está chegando neste segundo dia de exploração no enclave, e eles juntaram suprimentos suficientes para abastecer uma casa só deles. Esconderam algumas das provisões do lado de fora dos muros de Woodbury, em galpões e celeiros. Guardaram armas de fogo, ferramentas e enlatados na camper de Bob, e fizeram planos para colocar um dos veículos para funcionar.

Agora Josh suspira, vai até o sofá e se senta ao lado de Lilly.

— Ainda não estou convencido de que essas casas são seguras — diz ele.

— Qual é... cara... essas casas parecem fortalezas, os proprietários as lacraram totalmente antes de irem embora em seus jatinhos particulares. Não consigo passar mais uma noite naquela cidade sinistra.

Josh lança um olhar triste para ela.

— Querida, prometo... um dia toda esta merda vai terminar.

— Sério? Você acha?

— Tenho certeza disso, amor. Alguém vai descobrir o que deu errado... Algum intelectual do Centro de Controle e Prevenção de Doenças vai criar um antídoto para manter as pessoas no túmulo.

Lilly esfrega os olhos.

— Gostaria de ter essa confiança.

Josh toca a mão dela.

— Isso também vai passar, amor. É como minha mãe sempre dizia, "A única constante neste mundo é a mudança". — Ele olha para ela e sorri. — A única coisa que nunca vai mudar, amor, são meus sentimentos por *você*.

Eles estão ali sentados por um instante, ouvindo a casa silenciosa estalar e se acomodar e o vento lançar sobre ela lufadas de granizo, quando alguma coisa se move lá fora, do outro lado do quintal. O topo de diversas cabeças aparece lentamente atrás da borda do precipício distante, uma fileira de rostos apodrecidos, despercebidos por Lilly e Josh – que estão de costas para a janela –, enquanto a horda de zumbis emerge das sombras da ravina.

Alheia à ameaça iminente, perdida em seus pensamentos, Lilly encosta a cabeça no enorme ombro de Josh. Ela sente uma pontada de culpa. A cada dia, nota que Josh se apaixona mais por ela, pela maneira como a toca, a maneira como seus olhos se iluminam a cada manhã quando acordam na cama fria daquele apartamento no segundo andar.

Parte de Lilly anseia por essa afeição e essa intimidade... Mas parte dela ainda se sente distante, desligada, culpada por ter permitido que esse relacionamento se desenvolvesse por medo, por conveniência. Ela sente um tipo de obrigação para com Josh. Mas isso não é a base para um relacionamento. O que ela está fazendo é errado. Ela deve a verdade a ele.

— Josh... — Ela olha para ele. — Preciso dizer... Você é um dos homens mais maravilhosos que já conheci.

Ele sorri, sem registrar a tristeza na voz dela.

— E você também não deixa a desejar.

Do lado de fora, agora totalmente visíveis através da janela dos fundos, pelo menos cinquenta criaturas se arrastam por cima da borda, esgueiram-se para o gramado, fincam os dedos em garra na grama, puxam seu peso morto espasmodicamente. Alguns conseguem se levantar e começam a mover-se em direção à construção revestida de vidro com as bocas abertas famintas. Um velho morto de bata hospitalar, com o cabelo longo oscilando ao vento como algodão, lidera o bando.

Dentro da casa luxuosa, atrás dos painéis de vidro temperado, alheia à ameaça iminente, Lilly mede suas palavras.

— Você tem sido tão bom comigo, Josh Lee... Não sei quanto tempo eu teria sobrevivido sozinha... e por isso sempre serei grata.

Agora Josh vira a cabeça para ela, o sorriso desaparece.

— Por que de repente estou sentindo que tem um "mas" em algum lugar?

Lilly umedece os lábios, pensativa.

— Essa praga, essa epidemia, seja o que for... altera as pessoas... as obriga a fazer coisas que elas não sonhariam em fazer em qualquer outra época.

O grande rosto negro de Josh fica abatido.

— O que você está dizendo, boneca? Algo a está incomodando.

— Só estou dizendo... talvez... não sei... talvez eu tenha deixado o que está acontecendo entre nós ir um pouco longe demais.

Josh olha para ela, e por um longo momento parece tentar encontrar palavras. Ele limpa a garganta.

— Não sei se estou entendendo.

Nesse ponto, os errantes já infestam o quintal. Sem que o coro atonal de grunhidos, gemidos e vocalizações seja ouvido através do vidro grosso, abafado pelo tamborilar do granizo, o enorme regimento se aproxima da casa. Alguns deles — o velho paciente do hospital de cabelos compridos, uma mulher manca sem a mandíbula, algumas vítimas de queimadura — já estão a menos de 20 metros. Alguns dos monstros tropeçam estupidamente na borda da piscina, caindo pela lona coberta de neve, enquanto outros seguem os líderes com sede de sangue irradiando dos olhos brancos como bolas de sinuca.

— Não me entenda mal — está dizendo Lilly dentro do ambiente hermeticamente fechado na luxuosa casa de vidro. — Sempre vou amar você, Josh... sempre. Você é incrível. É só que... este mundo no qual estamos distorce as coisas. Eu nunca quis magoar você.

Os olhos dele ficam úmidos.

— Espere. Pare. Você está dizendo que estar comigo é algo que você nunca sonharia fazer em qualquer outra época?

— Não... meu Deus, não. Adoro estar com você. Só não quero dar a impressão errada.

— A impressão errada sobre o quê?

— De que nossos sentimentos um pelo outro... de que eles são... sei lá... saudáveis.

— Por que nossos sentimentos não seriam saudáveis?

— Só estou dizendo... o medo ferra a gente. Não estou muito sã desde que toda essa merda começou. O que estou dizendo é que não quero que você pense que só estou usando você para me proteger... para sobreviver.

Os olhos de Josh se enchem de lágrimas. Ele engole em seco e tenta pensar em alguma coisa para dizer.

Normalmente, ele perceberia o fedor característico infiltrando-se pelo sistema de circulação de ar da casa, os odores de carne rançosa refogada em merda. Ou teria ouvido o zumbido grave e abafado do lado de fora das paredes da casa — que agora vem da frente e dos lados, não apenas do quintal — tão ressonante e baixo que parece estar fazendo as próprias fundações vibrarem. Ou ele teria visto o movimento fervilhante pelo canto do olho, através das janelas em forma de losango do vestíbulo da frente, por trás das cortinas fechadas da sala de estar, vindo em direção a eles de todos os cantos. Mas ele não percebe nada além do ataque a seu coração.

Ele fecha os punhos.

— Por que eu pensaria uma coisa dessas, Lil?

— Porque sou uma covarde! — Ela fixa o olhar nele. — Porque deixei você para morrer. Nada nunca vai mudar isso.

— Lilly, por favor, não...

— Ok... ouça. — Ela controla suas emoções. — Só estou dizendo que acho que devemos baixar um pouco a bola e dar um ao outro...

— AH, NÃO... AH, MERDA... MERDA, *MERDA*!!

Em um único instante, o alarme repentino no rosto de Josh afasta todos os outros pensamentos da mente de Lilly.

Josh se dá conta dos invasores por um reflexo na superfície de um retrato de família emoldurado que está do outro lado da sala, apoiado sobre um piano de cauda — a foto é uma reunião de sorrisos sem graça dos proprietários anteriores, incluindo o característico poodle com fitas nos pelos. As silhuetas fantasmagóricas movem-se pela foto como imagens de espíritos. A tênue imagem dupla revela a janela panorâmica dos fundos, a que fica atrás do sofá, através da qual um batalhão de zumbis agora é visível indo na direção da casa.

Josh fica de pé e vira-se a tempo de ver a janela dos fundos rachar.

Os zumbis mais próximos — com seus rostos mortos imprensados contra o vidro, esmagados pela debandada em câmera-lenta atrás deles — deixam traços de bile preta e baba pela janela. Tudo isso acontece com muita rapidez. As fissuras finas se espalham como teias de aranha construída em velocidade aumentada, correndo em direção a cada um dos cantos, enquanto dezenas de cadáveres reanimados se atropelam, exercendo uma enorme pressão na janela.

O vidro cede no instante em que Josh pega Lilly e a puxa do sofá.

Um estrondo extraordinário, como um raio atingindo a sala, acompanha o aparecimento de centenas de braços se esticando para a frente com as mandíbulas estalando, corpos caindo sobre o encosto do sofá em uma onda de vidro quebrado, o vento molhado se precipitando para dentro da agradável sala familiar.

Josh se movimenta sem pensar, arrastando Lilly com uma das mãos pelo corredor arqueado em direção à frente da casa, quando o coro infernal das cordas vocais mortas chia e rilha atrás deles, enchendo a luxuosa casa com sons de zoológico e fedor de morte. Insensatos, estremecendo em sua fome, os zumbis demoram muito pouco para recuperar o equilíbrio, levantando-se de onde caíram e seguindo rapidamente em frente, agitando os braços e grunhindo, cambaleando em direção às presas em fuga.

Cruzando o vestíbulo da frente como um raio, Josh abre a porta da frente.

Uma parede de mortos-vivos o saúda.

Ele recua e Lilly grita, saltando para trás com o susto, enquanto a bateria de braços mortos e dedos semelhantes a garras de lagosta tentam alcançá-los. Atrás dos braços, um mosaico de rostos mortos rosna e se alvoroça, alguns deles babam sangue preto como óleo de motor, outros estão esfolados e exibem os lustrosos tendões e a musculatura rosada do tecido facial danificado. Uma das mãos retorcidas agarra o casaco de Lilly, e Josh a arranca enquanto solta um urro estrondoso.

— FILHOS DA PUTA!! — E então, em uma descarga de adrenalina, Josh segura a lateral da porta com a mão livre.

Ele bate a porta em meia dúzia de braços que se agitam e o impacto combinado com sua força e a qualidade da luxuosa e pesada porta corta cada uma daquelas seis protuberâncias. Membros frouxos de vários tamanhos caem e estremecem nos sofisticados azulejos italianos.

Josh agarra Lilly e começa a voltar para o centro da casa, mas estanca no pé na escada em espiral quando vê que o lugar está repleto de cadáveres em movimento. Eles entraram pela porta de tela da área de serviço no lado leste da casa, pela porta do cachorro no lado oeste, e se enfiaram através de rachaduras no solário no lado norte da cozinha. Agora cercam Josh e Lilly na base da escada.

Agarrando Lilly pela gola do casaco, Josh a puxa para cima pelos degraus.

Enquanto sobem a escada circular, Josh pega sua .38 e começa a atirar. O primeiro tiro lampeja e erra o alvo completamente, abrindo um buraco na arcada. A mira de Josh está prejudicada porque ele está arrastando Lilly escada acima um degrau de cada vez, enquanto a horda os segue desajeitadamente rosnando, chiando e agitando os braços.

Alguns dos errantes não conseguem lidar com a escada e deslizam para baixo novamente, enquanto outros caem de quatro e conseguem continuar rastejando. No meio da espiral, Josh atira de novo e acerta um crânio morto, jogando matéria úmida pelos pilares do corrimão e pelo candelabro. Alguns dos zumbis caem para trás pelos degraus como pinos de boliche. Mas agora há tantos nos degraus que eles começam a escalar *uns sobre os outros*, subindo pouco a pouco as escadas com a fome frenética de salmões em desova. Josh atira mais vezes. Fluidos pretos espirram ao trovejar dos crânios partindo, mas é inútil: são muitos, um número grande demais para combater, e Josh sabe disso, e Lilly sabe disso.

— POR AQUI! — grita Josh no momento em que chegam ao segundo andar.

A ideia ocorre a Josh totalmente formada, de uma vez só, enquanto ele arrasta Lilly em direção à última porta no final do corredor. Josh se lembra de ter verificado o quarto principal no dia anterior, encontrando alguns medicamentos úteis no armário de remédios, e admirando a grande janela saliente do segundo andar. Ele também se lembra de um enorme carvalho que monta guarda ao lado da janela.

— AQUI!

Os errantes chegam ao topo da escada. Um deles esbarra no corrimão e cai para trás, levando junto mais de meia dúzia de zumbis e derrubando três deles. Os três deslizam pela curvatura da escada, deixando uma trilha pegajosa de sangue oleoso.

Enquanto isso, na extremidade oposta do corredor, Josh chega à porta do quarto, abre-a e empurra Lilly para dentro do espaçoso cômodo. A porta bate atrás deles. O silêncio e a calma do quarto — com mobília estilo Luis XIV, uma imensa cama de dossel, um suntuoso edredom Laura Ashley, e uma montanha de travesseiros de babados — faz um contraste surreal com a ameaça fedorenta e rumorosa que percorre o corredor do outro lado da porta. Os passos arrastados se aproximam. O fedor enche o ar.

— Vá para perto da janela, boneca!! Volto já!! — Josh se vira e vai direto para o banheiro, enquanto Lilly se aproxima da enorme janela, com seu cortinado de belbute. Ofegante, ela se agacha para esperar.

Josh abre a porta do banheiro e entra na luxuosa câmara de ladrilhos italianos, cromados e vidro que cheira a sabão. Ali, entre a sauna seca e a enorme Jacuzzi, ele abre o armário embaixo da pia e encontra uma embalagem marrom de álcool tamanho família.

Em segundos, ele abre o frasco e volta ao quarto, molhando tudo, lançando o líquido transparente nas cortinas, na roupa de cama e na antiga mobília de mogno. A pressão do peso morto faz a madeira ranger — o barulho dos cadáveres em movimento se amontoando contra a porta do quarto — e apressa Josh.

Ele larga o frasco vazio e alcança a janela em um único pulo.

Do lado de fora da janela panorâmica lindamente jateada e com perfis de chumbo, emoldurada por delicadas cortinas de babados, um gigantesco carvalho antigo ergue-se por sobre as águas-furtadas do telhado. Seus ramos retorcidos, nus à luz do inverno, chegam até o cata-vento no topo do telhado. Um de seus galhos nodosos se estende até a janela do segundo andar, chegando a centímetros do quarto.

Josh força as dobradiças de ferro forjado da janela do centro a se abrirem.

— Venha, querida, hora de abandonar o navio! — Ele chuta a tela, pega Lilly, a puxa por cima do peitoril e a enfia pelo vão, conduzindo-a para o vento congelante. — Suba pelo galho!

Desajeitadamente, Lilly tenta alcançar o galho espiralado, extremamente grosso, com a casca áspera como estuque de cimento, e se segura a ele desesperadamente. Ela começa a se afastar pelo galho. O vento assobia. A distância de 6 metros até o chão parece se expandir como se estivesse sendo vista por um telescópio invertido. Abaixo, o telhado da cocheira entra e sai de foco — a uma distância que mal chega a um pulo — enquanto Lilly move-se lentamente em direção ao tronco da árvore.

Atrás dela, Josh retorna para o quarto bem na hora em que a porta cede.

Zumbis se jogam para dentro. Muitos deles caem por cima dos outros, em um embriagado grunhir e esticar de braços. Um deles — um homem sem um dos braços, com uma cratera no lugar da cavidade ocular, preta e vazia como um câncer — vai rapidamente até o grande homem negro, que está perto da janela, procurando freneticamente algo no bolso. O ar se enche de uma cacofonia de grunhidos. Josh encontra seu isqueiro Zippo.

No momento em que o errante zarolho ataca, Josh acende o butano e joga o isqueiro na saia encharcada de álcool ao redor da cama. As chamas começam imediatamente, enquanto Josh chuta o agressor, fazendo o cadáver cambalear para trás.

O errante choca-se na cama em chamas e cai no carpete saturado de álcool quando o fogo lambe as pilastras. Mais cadáveres entram, agitados pela luz tremulante, pelo calor e barulho.

Josh não perde tempo, virando-se e saltando em direção à janela.

Leva menos de 15 minutos para o segundo andar da casa de vidro ser destruído pelo fogo, outros cinco minutos para a estrutura desmoronar em uma gigantesca onda de fagulhas e fumaça. O segundo andar cai sobre o primeiro, levando a escada e engolindo o labirinto de antiguidades e pisos caros. A multidão de errantes lá dentro é imolada por gêiseres de chamas, a combustão é alimentada pelo metano da decomposição liberado pelos cadáveres reanimados. Em vinte minutos, mais de 80 por cento da horda da ravina é subjugada pelo incêndio, reduzida a tições chamuscados dentro das ruínas fumegantes da imponente casa.

Estranhamente, durante esses vinte minutos, a natureza da casa — com seu revestimento espetacular de janelas — atua como uma chaminé, acelerando a queima, mas também extinguindo-a rapidamente. A parte mais quente do incêndio expande-se para cima, chamuscando as copas das árvores, mas contendo o dano. As outras casas da área são poupadas. Nenhuma fagulha é carregada pelos ventos, e a reveladora nuvem de fumaça é encoberta pelas colinas arborizadas, invisível aos cidadãos de Woodbury.

No tempo que leva para a casa queimar completamente, Lilly encontra coragem suficiente para pular do galho mais baixo do carvalho para o telhado da cocheira e depois descer pela parede de trás para a porta dos fundos da garagem. Josh a segue. Nesse ponto, apenas alguns errantes continuam do lado de fora da casa, e ele facilmente os abate com os três tiros restantes do tambor da .38.

Eles entram na garagem e encontram a bolsa na qual tinham guardado, por segurança, alguns dos achados do dia anterior. A pesada bolsa de lona contém um galão de 18 litros de gasolina, um saco de dormir, uma cafeteira, 1 kg de French Roast, cachecóis de inverno, uma caixa de massa para panquecas, blocos de papel para escrever, duas garrafas de vinho kosher, pilhas, canetas esferográficas, geleia de groselha de qualidade, uma caixa de pão ázimo e um rolo de corda para escalada.

Josh recarrega a arma com as últimas seis balas em seu *speed loader*. Depois eles se esgueiram pela porta dos fundos com a sacola sobre o ombro de Josh, e rastejam junto à parede externa. Agachados no capim perto da quina da garagem, esperam até que o último cadáver dirija-se para a luz e o barulho do incêndio antes de cruzar em disparada a propriedade e entrar no bosque adjacente.

Eles serpeiam por entre as árvores sem trocar uma palavra.

A estrada de acesso para o sul está deserta sob a luz minguante do dia. Josh e Lilly se mantêm nas sombras do leito de um rio seco que corre paralelamente ao asfalto sinuoso. Eles se dirigem para leste, descendo a paisagem íngreme, de volta à cidade.

Atravessam pouco mais de 1,5 km sem falar, agindo como um casal de velhos depois de uma briga. Nesse ponto, o medo e a adrenalina finalmente se esgotaram e foram substituídos por uma exaustão trêmula.

A fuga por um triz do ataque à casa e o incêndio subsequente deixaram Lilly em estado de pânico. Ela se sobressalta com barulhos dos dois lados da trilha e parece não conseguir puxar ar suficiente para os pulmões. Continua sentindo o fedor dos errantes no vento e acha que está ouvindo sons arrastados atrás das árvores, que podem ser apenas ecos dos próprios passos cansados.

Finalmente, quando fazem a curva no final da Canyon Road, Josh diz:

— Deixe-me só entender uma coisa: você falou que só está me usando?

— Josh, eu não...

— Para se proteger? E pronto? Seus sentimentos param aí?

— Josh...

— Ou... você está dizendo que só não quer que eu *sinta* que você está fazendo isso?

— Eu não disse isso.

— É, querida, acho que disse, foi exatamente o que você disse.

— Isso é ridículo. — Lilly enfia as mãos nos bolsos da jaqueta de veludo cotelê enquanto anda. Uma camada de fuligem e cinzas deixa o tecido do casaco cinza-escuro na luz do fim de tarde.

— Vamos deixar isso para lá. Eu não deveria ter dito nada.

— Não! — Josh balança lentamente a cabeça enquanto anda. — Você não tem esse direito.

— Do que você está falando?

Ele lança um olhar para ela.

— Você acha que isso é algo passageiro?

— Como assim?

— É como se estivéssemos em um acampamento de verão? Como se todos fôssemos voltar para casa no final da estação depois de perder a virgindade ou de pegar uma urticária? — A voz dele está ríspida. Lilly nunca ouviu esse tom na voz de Josh Lee Hamilton antes. Seu tom grave beira a raiva, o queixo proeminente denuncia a mágoa que o dilacera. — Você não tem o direito de jogar essa bomba e ir embora.

Lilly solta um suspiro exasperado e não consegue pensar no que dizer. Eles andam em silêncio por algum tempo. O muro de Woodbury surge ao longe, o canto ocidental do canteiro de obras entra no campo de visão, onde a escavadeira e a pequena grua estão paradas à luz que perde a força. A equipe de construção aprendeu do jeito mais difícil que zumbis — assim como peixes — mordem mais durante o crepúsculo.

Finalmente, Lilly diz:

— O que você quer que eu diga, Josh?

Ele olha para o chão enquanto anda e rumina. A sacola chacoalha, batendo em seu quadril enquanto segue a passos largos.

— Que tal pedir desculpas? Que tal dizer que você pensou melhor e talvez esteja só com medo de se aproximar de alguém porque não quer se magoar, porque já se magoou, e retirar tudo o que disse, retirar o que disse e dizer que me ama tanto quanto eu amo você? Que tal isso, hein?

Ela olha para ele com a garganta queimando por causa da fumaça e do terror. Ela está com muita sede. Cansada, com sede, confusa e assustada.

— O que faz você pensar que já me magoaram?

— Foi só um chute.

Lilly olha para ele. A raiva aperta sua barriga como um punho.

— Você nem sequer me conhece.

Ele olha para ela com os olhos arregalados e aflitos.

— Você está de sacanagem com a minha cara?

— Nós nos conhecemos a... o quê? Não tem nem dois meses. Um bando de pessoas mortas de medo. Ninguém conhece *ninguém*. Todos nós estamos simplesmente... levando.

— Você só pode estar de brincadeira. Depois de tudo pelo que passamos? E eu nem sequer *conheço* você?

— Josh, não é isso que eu...

— Você está me colocando no mesmo nível do Bob e do maconheiro? Da Megan e daquele pessoal do acampamento? Do Bingham?

— Josh...

— Todas aquelas coisas que você me disse essa semana... do que você está falando? Estava mentindo? Você disse aquelas coisas só para me fazer sentir melhor?

— Eu estava sendo sincera — murmura Lilly suavemente.

A culpa se revira dentro dela. Por um breve instante, ela se lembra daquele terrível momento em que perdeu a pequena Sarah Bingham, os mortos-vivos aglomerando-se sobre a menina naquele terreno desolado perto da tenda de circo. O desamparo. O terror paralisante que dominou Lilly naquele dia. A perda, o luto e a tristeza, profundos como um poço. O fato é que Josh tem razão, Lilly disse coisas para ele em meio ao sexo, tarde da noite, que não são exatamente verdade. Em certo nível ela o ama, se importa com ele, tem sentimentos intensos... mas está projetando algo doentio dentro dela, algo que tem a ver com o medo.

— Isso é ótimo — diz Josh Lee Hamilton, balançando a cabeça.

Eles estão se aproximando da abertura no muro do lado de fora da cidade. O acesso — um ponto amplo entre duas seções incompletas da barricada — tem um portão de madeira fechado em um dos lados por um cabo. A cerca de 50 metros de distância, um único guarda está sentado no teto de uma carroceria de caminhão, olhando para a direção oposta com um rifle M1 apoiado no quadril.

Josh marcha até o portão e solta o cabo com raiva, abrindo-o. O barulho estridente ecoa. A pele de Lilly se arrepia de pânico.

Ela sussurra:

— Josh, tenha cuidado, eles vão nos ouvir.

— Não dou a mínima — diz ele, abrindo o portão para ela. — Isto aqui não é uma prisão. Eles não podem nos impedir de ir e vir.

Ela passa com ele portão adentro, então descem por uma rua lateral em direção à Main Street.

Poucos extraviados andam pelas ruas àquela hora. A maioria dos habitantes de Woodbury está escondida a portas fechadas, jantando ou bebendo para se entorpecer. Os geradores fornecem um barulho sinistro e monótono atrás dos muros da pista de corrida, alguns dos refletores tremeluzem. O vento uiva entre as árvores nuas, e folhas mortas deslizam pelas calçadas.

— Faça como quiser — diz Josh quando eles viram à direita e se dirigem para o leste pela Main Street, indo em direção a seu prédio. — Vamos ter só uma amizade colorida. Uma rapidinha de vez em quando para aliviar a tensão. Sem complicações...

— Josh, não é isso...

— Você conseguiria o mesmo efeito com uma garrafa de bebida e um vibrador... Mas e daí, um corpo quente é bom de vez em quando, não é?

— Josh, qual é? Por que tem que ser assim? Eu só estou tentando...

— Não quero mais falar sobre isso. — Ele engole as palavras quando se aproximam do centro de alimentos.

Um grupo de homens está reunido na frente na loja, esquentando as mãos sobre um braseiro flamejante de lixo que queima em um barril de petróleo. Sam, o açougueiro, está lá, com um sobretudo puído cobrindo o avental salpicado de sangue. O rosto magro se contrai em desagrado, seus olhos azuis como lascas de diamante estreitam-se quando ele vê as duas figuras se aproximando pelo oeste.

— Tudo bem, Josh, dane-se. — Lilly enfia as mãos mais profundamente nos bolsos enquanto anda ao lado do homem grande, balançando lentamente a cabeça. — Como quiser.

Eles passam pelo centro de alimentos.

— Ei, cara de *À espera de um milagre*! — chama a voz de Sam, o açougueiro, dura, direta, com uma faca arranhando uma pedra de amolar. — Venha cá um instante, grandalhão.

Lilly para, irritada.

Josh anda até os homens.

— Eu tenho nome — diz ele em um tom monótono.

— Bem, me desculpe — diz o açougueiro. — Qual é mesmo... Hamilburg? Hammington?

— Hamilton.

O açougueiro dá um sorriso inexpressivo.

— Ora, ora, ilustríssimo Sr. Hamilton, posso ter um momento de seu valioso tempo, se não estiver ocupado?

— O que você quer?

O sorriso frio do açougueiro não se abala.

— Só por curiosidade, o que tem na sacola?

Josh fixa os olhos nele.

— Nada de mais... só umas bugigangas.

— Bugigangas, hein? Que tipo de bugigangas?

— Coisas que encontramos pelo caminho. Nada que fosse interessar a ninguém.

— Você sabe que não pagou sua dívida daquelas *outras* bugigangas que eu te dei tem alguns dias, não é?

— Do que você está falando? — Josh continua encarando o homem. — Eu participei da equipe todos os dias desta semana.

— Você ainda não pagou, filho. Aquele óleo de aquecedor não dá em árvores.

— Você disse que quarenta horas pagariam por ele.

O açougueiro dá de ombros.

— Você me entendeu mal, amigo. Isso acontece.

— Como?

— Eu disse quarenta horas *além* do que você já devia. Entendeu?

Eles continuam se encarando por um momento constrangedor. Toda a conversa ao redor do barril de lixo flamejante cessa. Todos os olhos estão voltados para os dois homens. Algo na maneira como as omoplatas fortes de Josh estão se contraindo sob o casaco de lenhador faz a pele de Lilly se arrepiar.

Josh finalmente dá de ombros para o homem.

— Então vou continuar trabalhando.

Sam, o açougueiro inclina o rosto fino e cinzelado em direção à sacola.

— E eu agradeço por você entregar para a causa o que quer que esteja escondido nessa sacola.

O açougueiro faz um movimento em direção à sacola, tentando pegá-la.

Josh a puxa para trás, tirando-a do alcance dele.

O clima muda com a velocidade de um circuito se incendiando. Os outros homens — a maioria, vagabundos velhos com olhos mortos e cabelos grisalhos caindo no rosto — começam a recuar instintivamente. A tensão cresce. O silêncio só aumenta a violência latente que fermenta — o leve crepitar do fogo é o único som sob o vento.

— Josh, tudo bem. — Lilly se aproxima e tenta interceder. — Não precisamos de nenhuma...

— Não! — Josh afasta a sacola dela, sem desviar o olhar dos olhos sombrios e injetados do açougueiro. — Ninguém vai pegar esta bolsa!

A voz do açougueiro cai uma oitava, tornando-se traiçoeira e sombria.

— É melhor você pensar muito bem antes de mexer comigo, garotão.

— A questão é que eu não estou mexendo com você — diz Josh para o homem de avental ensanguentado. — Só expondo um fato. As coisas que estão na sacola são nossas por direito. E ninguém vai tirá-las de nós.

— Achado não é roubado?

— Isso mesmo.

Os velhos recuam mais para longe até que Lilly sente que está em um ringue gelado e tremeluzente com dois animais encurralados. Ela tenta encontrar um jeito de diminuir a tensão, mas as palavras ficam presas na garganta. Ela segura o ombro de Josh, mas ele se afasta dela como se tivesse tomado um choque. O açougueiro desvia o olhar para Lilly.

— É melhor você dizer ao seu namorado que ele está cometendo o maior erro da vida dele.

— Deixe-a fora disso — Josh diz a ele. — Isso é entre nós dois.

O açougueiro mordisca a própria bochecha, pensativo.

— É o seguinte... sou um homem justo... vou lhe dar mais uma chance. Entregue as mercadorias e esqueço sua dívida. Vamos fingir que este pequeno desentendimento nunca aconteceu. — Algo semelhante a um sorriso enruga o rosto desgastado do açougueiro. — A vida é curta demais. Entende o que quero dizer? Especialmente por estas bandas.

— Vamos, Lilly — diz Josh, sem desviar o olhar da expressão sem vida do açougueiro. — Temos coisas melhores para fazer em vez de ficar aqui jogando conversa fora.

Josh vira as costas para a loja e começa a percorrer a rua.

O açougueiro tenta pegar a sacola.

— ENTREGUE ESSA MALDITA BOLSA!

Lilly dá um salto para a frente quando os homens se encontram no meio da rua.

— JOSH, NÃO!

O homem grande gira e impulsiona o ombro contra o peito do açougueiro. O movimento é repentino e violento, e remete aos tempos de Josh no futebol americano, quando ele abria caminho para um *running back*. O homem de avental salpicado de sangue é arremessado para trás, perdendo o fôlego. Ele tropeça nos próprios pés e cai de bunda com força, piscando de choque e ultraje.

Josh se vira e continua andando pela rua, chamando por sobre o ombro.

— Lilly, eu disse para vir, vamos embora!

Ela não vê o açougueiro contorcendo repentinamente o corpo contra o chão, tentando tirar alguma coisa da parte de trás do cinto sob o avental. Lilly não vê o lampejo do aço preenchendo a mão do açougueiro, nem ouve o estalo característico da trava de segurança de uma semiautomática sendo solta, nem vê a loucura nos olhos do açougueiro até ser tarde demais.

— Josh, espere!

Lilly está no meio do caminho — a 3 metros de Josh — quando o tiro ecoa pelo céu, o estrondo da 9 mm é tão violento que parece chacoalhar as janelas até a metade do quarteirão. Ela instintivamente se joga no chão para se proteger, batendo com força contra o macadame, perdendo o fôlego no impacto.

Então ela encontra sua voz e grita enquanto um bando de pombos alça voo do telhado do centro de alimentos — a revoada nojenta se espalha pelo céu escurecido como pontos negros.

DOZE

Lilly Caul se lembraria das coisas que aconteceram nesse dia pelo resto de sua vida. Ela se recordaria de ver a roseta vermelha de sangue e tecido — como um ponto de capitonê — surgindo da parte de trás da cabeça de Josh Lee Hamilton, o ferimento surge uma fração de segundo antes do estampido da Glock 9 mm ser registrado totalmente nos ouvidos de Lilly. Ela se lembraria de tropeçar e cair no chão 2 metros atrás de Josh, quebrando um dos molares e mordendo a língua com um dos incisivos. Também se lembraria dos ouvidos zunindo e das pequenas gotas de sangue nas costas de suas mãos e seus antebraços.

Mas, sobretudo, Lilly se lembraria da visão de Josh Lee Hamilton despencando na rua como se estivesse desmaiando, de suas pernas enormes amolecendo e bambeando como as pernas de uma boneca de trapo. Talvez essa tenha sido a parte mais estranha: o modo como aquele homem gigante pareceu perder a firmeza instantaneamente. Era de esperar que uma pessoa como ele não sucumbisse com facilidade, que caísse como uma grande sequoia ou um marco arquitetônico sob a bola de demolição, literalmente fazendo a terra tremer com o impacto. Mas o fato é que nesse dia, sob uma fraca luz azul de inverno, Josh Lee Hamilton morreu sem nem mesmo dar um pio.

Simplesmente ficou de joelhos e desabou no pavimento frio

* * *

Imediatamente, Lilly sentiu o corpo inteiro ser tomado por calafrios, a pele arrepiar-se toda. Tudo ficou embaçado e muito nítido ao mesmo tempo, como se seu espírito estivesse se separando de seu eu mundano. E perde o controle das próprias ações. Ela se vê ficando de pé sem nem mesmo ter consciência do que está fazendo.

Lilly se vê indo em direção ao homem caído com passos entorpecidos e involuntários, um andar de autômato.

— Não, espere... Não, não, espere, espere, espere — balbucia ela enquanto se aproxima do gigante moribundo. Seus joelhos se chocam contra o chão. As lágrimas correm por seu rosto quando ela envolve a enorme cabeça em seus braços e murmura: — Alguém... chame um médico... não... chame... *alguém*... chame um... ALGUÉM CHAME A PORRA DE UM MÉDICO!!

Aninhado entre as mãos de Lilly, com o sangue sujando suas mangas, o rosto de Josh estremece em espasmos moribundos, parecendo ondular e passar de uma expressão à outra. Com os olhos se revirando, ele pisca pelas últimas vezes, encontrando o rosto de Lilly de alguma forma e agarrando-se a ele com sua última centelha de vida.

— Alicia... feche a janela.

Uma sinapse se deflagra, a lembrança de uma irmã mais velha se desvanece em seu cérebro traumatizado como uma brasa se apagando.

— Alicia, feche a...

Seu rosto se imobiliza, os olhos congelam e endurecem nas cavidades, como bolinhas de gude.

— Josh, Josh... — Ela o balança, como se tentasse fazer um motor voltar a funcionar no tranco. Ele se foi. Lilly não consegue enxergar através das lágrimas, tudo fica leitoso. Ela sente a umidade em seus pulsos vinda do crânio fraturado, e sente algo se contraindo em volta de sua nuca.

— Deixe-o ir — entoa atrás dela uma voz áspera, cheia de raiva.

Lilly se dá conta de que alguém a está afastando do corpo, uma grande mão masculina, dedos agarrando sua gola, puxando-a para trás.

Algo se quebra dentro dela.

* * *

A passagem do tempo parece se alongar e distorcer, como em um sonho, enquanto o açougueiro afasta a garota do corpo. Ele a arrasta para trás e ela cai contra o meio-fio, batendo a parte de trás da cabeça, se deixando cair imóvel, olhando para o esguio homem de avental. O açougueiro paira sobre ela, ofegando, tremendo por causa da adrenalina. Atrás dele, os velhos ficam perto da loja, encolhendo-se em suas roupas largas e esfarrapadas, com os olhos remelentos fixos e arregalados.

No fim do quarteirão, outros aparecem no crepúsculo, espiando por portas e esquinas.

— Olhe o que vocês dois fizeram dessa vez! — O açougueiro acusa Lilly, apontando a pistola para seu rosto. — Tentei ser razoável!

— Termine logo com isso. — Ela fecha os olhos. — Termine logo com isso... Vá em frente.

— Sua puta idiota, não vou matar você! — Ele bate nela com a mão livre. — Está ouvindo? Tenho a sua atenção?

Passos ecoam ao longe — alguém correndo na direção deles — que a princípio passam despercebidos. Lilly abre os olhos.

— Você é um assassino. — Ela diz isso por entre os dentes ensanguentados. Seu nariz está sangrando. — Você é pior que um errante de merda.

— Essa é a sua opinião. — Ele dá outro tapa em Lilly. — Agora quero que me escute.

A dor é estimulante para Lilly. A faz acordar.

— O que você quer?

Vozes chamam a um quarteirão de distância, os passos firmes se aproximam, mas o açougueiro não ouve nada além da própria voz.

— Vou cobrar o resto da dívida do *À espera de um milagre* de você, irmãzinha.

— Vá se foder.

O açougueiro se inclina e a agarra pela gola da jaqueta.

— Você vai mexer essa bundinha magra até ficar...

O joelho de Lilly sobe com força suficiente para enfiar os testículos do homem dentro de sua pelve. O açougueiro cambaleia e arfa, perplexo, emitindo um som semelhante a vapor escapando por um exaustor quebrado.

Lilly fica de pé e arranha o rosto do açougueiro. Suas unhas estão roídas até o sabugo, então não causam muito dano, mas isso afasta um pouco mais o homem. Ele tenta atacá-la. Ela se esquiva do golpe, que acerta de leve em seu ombro. Lilly chuta o saco dele outra vez. O açougueiro cambaleia, tentando pegar a pistola.

Nesse ponto, Martinez está a meio quarteirão de distância, correndo em direção à cena, seguido por dois de seus guardas.

— QUE PORRA É ESSA? — grita ele.

O açougueiro tirou a Glock do cinto e vira-se para os homens que se aproximam.

O forte e corpulento Martinez investe imediatamente, batendo com a coronha de sua M1 no pulso direito do açougueiro, o som dos delicados ossos sendo triturados é ouvido acima do ruído do vento. A Glock voa da mão do açougueiro, e ele solta um uivo gorgolejante.

Um dos outros guardas — um garoto negro com um enorme casaco de capuz — chega a tempo para segurar Lilly, puxando-a para longe da ação. Ela se retorce nos braços do jovem enquanto ele a mantém afastada.

— Para trás, imbecil! — vocifera Martinez, apontando o rifle de assalto para o açougueiro cambaleante. Mas, quase no mesmo instante, antes que Martinez possa reagir, o açougueiro fecha a mão ao redor do cano da carabina.

Os dois homens lutam pela arma, sendo levados pela inércia em direção ao barril flamejante. O barril derrama seu conteúdo, um turbilhão de faíscas sobe enquanto os dois continuam em direção à loja. O açougueiro empurra Martinez contra a porta de vidro, abrindo finas rachaduras no material quando Martinez golpeia o rosto do outro com a arma.

O açougueiro recua com a dor, arrancando a M1 da mão de Martinez. O rifle de assalto voa pela calçada. Os velhos se dispersam aterrorizados enquanto outros moradores chegam de todas as direções, e alguns iniciam um frenesi de gritos furiosos. O segundo guarda — um homem mais velho usando óculos de aviador e um colete acolchoado puído — afasta a multidão.

Martinez dá um soco de direita no maxilar do açougueiro, fazendo o homem de avental atravessar a porta de vidro.

O açougueiro cai dentro do vestíbulo da loja, estatelando-se no chão de azulejos, que agora está coberto de cacos de vidro. Martinez entra depois dele.

Uma sequência de violentos golpes de Martinez mantém o açougueiro no chão, fazendo voar saliva e sangue em filetes cor-de-rosa. Protegendo o rosto freneticamente, debatendo-se impotente, o açougueiro tenta revidar, mas Martinez o subjuga.

O golpe final — um gancho no maxilar — deixa o homem inconsciente.

Um momento embaraçoso de silêncio se segue enquanto Martinez recupera o fôlego. Ele se levanta ao lado do homem de avental, esfregando os nós dos dedos, tentando se situar. O barulho da multidão do lado de fora do centro de alimentos se transformou em um rugido abafado — a maioria aplaude Martinez — como uma insana torcida organizada.

Martinez não consegue entender o que acabou de acontecer. Ele nunca gostou muito de Sam, o Açougueiro, mas por outro lado não consegue imaginar o que deu nesse idiota para fazê-lo atirar em Hamilton.

— O que deu em você? — pergunta Martinez ao homem no chão, falando meio retoricamente, sem esperar uma resposta.

— Obviamente, o homem quer ser uma estrela.

A voz vem da porta aberta e despedaçada atrás de Martinez.

Martinez se vira e vê o Governador parado à porta. Com os braços vigorosos cruzados contra o peito e a longa cauda de seu guarda-pó oscilando na brisa, o homem tem uma expressão enigmática no rosto, uma mistura de confusão, desprezo e curiosidade maligna. Gabe e Bruce estão atrás dele como totens sombrios.

Martinez está mais confuso do que nunca.

— Ele quer ser o quê?

A expressão do Governador se transforma — seus olhos escuros brilham de inspiração, o bigode, agora totalmente crescido, se repuxa no rosto franzido —, o que diz a Martinez para agir com cautela.

— Primeiro — diz o Governador em um tom monótono e impassível. — Conte exatamente o que aconteceu.

— Ele não sofreu, Lilly... Lembre-se disso... Não sentiu dor... Ele simplesmente se apagou como uma lâmpada. — Bob está agachado perto do meio-fio com Lilly, que está curvada com a cabeça baixa, as lágrimas pingando em seu colo. Bob está com o kit de primeiros-socorros aberto na calçada ao lado dela, dando leves tapinhas com um chumaço de algodão embebido em iodo em seu rosto cortado. — Isso é mais do que a maioria de nós pode esperar nesta merda de mundo.

— Eu deveria ter impedido — diz Lilly com uma voz apática e fraca que parece a de uma boneca precisando de corda. Ela exauriu seus canais lacrimais. — Eu podia, Bob, eu podia ter impedido.

O silêncio se estende, o vento chacoalha os beirais e os fios de alta tensão. Praticamente toda a população de Woodbury se reuniu ao longo da Main Street para observar os desdobramentos daquele caso.

Josh está de barriga para cima sob um lençol ao lado de Lilly. Poucos minutos antes, alguém cobriu o corpo com uma mortalha improvisada, cujas dobras agora se encharcam com manchas de sangue da ferida na cabeça de Josh. Lilly afaga a perna dele com ternura, apertando e massageando compulsivamente como se pudesse acordá-lo. Mechas de cabelo soltas no rabo de cavalo de Lilly são sopradas por sobre seu rosto machucado e abatido.

— Agora acalme-se, querida — diz Bob, recolocando o frasco de iodo junto ao kit. — Não havia nada que vocês pudessem fazer, nada mesmo. — Ele lança um olhar preocupado para a entrada de vidro despedaçada do centro de alimentos. Bob mal consegue ver o Governador e seus homens dentro do vestíbulo, conversando com Martinez. O corpo inconsciente do açougueiro jaz nas sombras. O Governador faz gestos largos na direção do corpo, explicando alguma coisa a Martinez.

— É uma pena, isso sim — diz Bob, desviando os olhos. — Uma grande pena.

— Ele não tinha um pingo de maldade em seu corpo — diz Lilly suavemente, olhando para a mancha de sangue que ensopa a parte do lençol onde está a cabeça. — Eu não estaria viva se não fosse por ele... Ele salvou a minha vida, Bob, tudo o que ele queria era...

— Senhorita...?

Ela levanta o olhar ao ouvir o som da voz desconhecida e vê um homem mais velho de óculos e jaleco parado atrás de Bob. Uma quarta pessoa, uma garota de 20 e poucos anos com tranças louras, está atrás do homem. Ela também usa um jaleco velho e tem um estetoscópio e um medidor de pressão pendurados no pescoço.

— Lilly, este é o Dr. Stevens — diz Bob, indicando o homem com a cabeça. — E aquela ali é a Alice, enfermeira dele.

A garota acena respeitosamente com a cabeça para Lilly enquanto desenrola o medidor.

— Lilly, você se importa se eu der uma olhada rápida nesses machucados do seu rosto? — pergunta o médico, ajoelhando-se ao lado dela, colocando os plugues do estetoscópio nos ouvidos. Ela não diz nada, apenas volta a olhar para o chão. O doutor encosta gentilmente o aparato em seu pescoço, esterno e outros pontos de pulsação. Ele inspeciona as feridas e apalpa suavemente as costelas dela. — Sinto muito por sua perda, Lilly — murmura o médico.

Ela não diz nada.

— Algumas das feridas dela são antigas — comenta Bob, ficando de pé e se afastando.

— Parece que ela tem fraturas finas na oito e na nove, e também na clavícula — diz ele, apalpando levemente os dedos sobre o casaco dela. — Todas parecem curadas. Os pulmões parecem limpos. — Ele tira o estetoscópio dos ouvidos e o coloca em volta do pescoço. — Lilly, se precisar de alguma coisa, nos avise.

Ela consegue assentir.

O médico mede suas palavras.

— Lilly, só quero que você saiba... — Ele para por um instante, tentando encontrar as palavras certas. — Nem todo mundo nesta cidade é... assim. Sei que isso não serve de consolo neste momento. — Ele levanta os olhos para Bob, depois volta a atenção para a porta destruída do centro de alimentos e retorna o olhar para Lilly. — Acho que o que estou tentando dizer é: se você um dia precisar de alguém para conversar, se algo a estiver incomodando, se precisar de qualquer coisa... não hesite em ir até a clínica.

Sem obter uma reação de Lilly, o médico suspira e se levanta. Ele troca olhares nervosos com Bob e Alice.

Bob volta para perto de Lilly, ajoelha-se e diz com muita suavidade:

— Lilly, querida, vamos ter que levar o corpo agora.

A princípio ela mal o escuta. Na verdade, sequer registra o que ele está dizendo.

Simplesmente continua olhando fixo para o chão, acariciando a perna do homem morto e se sentindo vazia. Em uma aula de antropologia no Georgia Tech, ela aprendeu sobre os índios Algonquin e sua crença de que o espírito dos mortos deve ser apaziguado. Depois de uma caçada, eles literalmente aspiravam o último sopro de vida de um urso moribundo para honrá-lo, aceitá-lo em seus corpos e homenageá-lo. Mas ela sente apenas desolação e perda vindas do cadáver de Josh Lee Hamilton, que começa a esfriar.

— Lilly? — A voz de Bob parece estar chegando de um sistema solar distante. — Tudo bem, querida, se levarmos o corpo?

Ela continua em silêncio.

Bob assente para Stevens. O médico assente para Alice, que se vira e faz um sinal para os dois homens que mantêm distância com uma maca dobrável. Os dois homens — ambos na meia-idade, amigos de taverna de Bob — aproximam-se. Abrindo a maca, chegam a centímetros de Lilly e se ajoelham ao lado de Josh. O primeiro homem começa a erguer o enorme corpo para a maca quando Lilly fixa os olhos neles, piscando para conter as lágrimas.

— Deixem-no em paz — murmura ela, as palavras mal chegam a ser um sussurro.

Bob coloca a mão em seu ombro.

— Lilly, querida...

— EU DISSE PARA DEIXÁ-LO EM PAZ! NÃO TOQUEM NELE! SAIAM DE PERTO DELE!!!

Seu grito angustiado atravessa a quietude da rua varrida pelo vento, chamando a atenção de todos. Curiosos que estão no meio do quarteirão observando interrompem a conversa e levantam os olhos. Pessoas paradas às portas espiam para ver o que está acontecendo. Bob dispensa os dois amigos com um gesto, e Steven e Alice se afastam em um silêncio constrangido.

A comoção tirou várias figuras de dentro do centro de alimentos. Agora elas estão paradas na entrada destruída, observando a triste situação.

Bob olha para cima e vê o Governador parado ali, com os braços cruzados sobre o peito na entrada coberta de vidro, avaliando as coisas com seus olhos escuros e astutos. Bob anda timidamente até a entrada.

— Ela vai ficar bem — diz Bob em tom de confidência ao Governador. — Só está meio desconsolada agora.

— Quem poderia culpá-la? — reflete o Governador. — Perder o tíquete-refeição desse jeito. — Ele mordisca a própria bochecha por um instante, pensando. — Deixe-a em paz por um tempo. Limpamos essa bagunça mais tarde. — Ele pensa um pouco mais, sem tirar os olhos do corpo morto caído perto do meio-fio. Finalmente, chama por cima do ombro: — Gabe... vem cá!

O homem atarracado de gola rulê e cabelo a escovinha se aproxima.

O Governador fala suavemente:

— Quero que você acorde aquele açougueiro de merda, leve-o para as celas e o jogue lá com a Guarda.

Gabe assente, vira-se e volta para dentro do centro de alimentos.

— Bruce! — O Governador chama seu imediato. O homem negro com a cabeça raspada usando um colete a prova de balas se aproxima com uma AK-47 apoiada no quadril.

— Sim, chefe.

— Quero que você reúna todo mundo e os leve para a praça.

O homem inclina a cabeça, incrédulo.

— Todo mundo?

— Você me ouviu... todo mundo. — O Governador pisca para ele. — Vamos ter uma reuniãozinha do conselho municipal.

— Vivemos uma época violenta. Todos nós estamos sob enorme pressão. Todos os dias de nossas vidas.

O Governador vocifera em um megafone que Martinez encontrou no extinto corpo de bombeiros, a voz áspera e grave se elevando sobre as tochas e as árvores nuas. O sol se pôs na cidade, e agora toda a população se aglomera na escuridão em torno do gazebo no meio da praça. O Governador está nos degraus de pedra da estrutura, dirigindo-se aos súditos com a retumbante autoridade de uma mistura de político e palestrante motivacional ensandecido.

— Eu entendo as pressões — continua ele, andando pelos degraus, tirando o máximo daquele momento. Sua voz ecoa pela praça, reverberando nas lojas fechadas por tábuas do outro lado da rua. — Todos nós lidamos com o luto nos últimos meses... perdendo alguém próximo a nós.

Ele faz uma pausa dramática e vê muitas pessoas baixando o rosto, olhos cintilando à luz das tochas. Sente o efeito do peso da dor. Sorri por dentro, esperando pacientemente que o momento passe.

— O que aconteceu hoje na loja não precisava acontecer. Vocês vivem em meio à violência... eu entendo. Mas não precisava acontecer. Foi o sintoma de uma doença maior. E nós vamos tratar essa doença.

Por um breve instante, ele volta os olhos para o leste e vê as figuras cabisbaixas reunidas em torno do corpo coberto do homem negro. Bob está ajoelhado atrás de Lilly, afagando suas costas enquanto observa hipnotizado o gigante caído sob o lençol ensanguentado.

O Governador volta-se para sua audiência.

— A partir de hoje, vamos nos vacinar. De agora em diante, as coisas serão diferentes por aqui. Eu lhes prometo... as coisas vão ser diferentes. Haverá novas regras.

Ele anda um pouco mais, fixando o olhar em cada um dos espectadores.

— O que nos separa daqueles monstros lá fora é a *civilização*! — Ele diz a palavra "civilização" com tanto ímpeto que ela reverbera pelos telhados. — Ordem! Leis! Os antigos gregos entendiam dessas merdas. Sabiam disciplinar. Chamavam isso de "catarse".

Alguns dos rostos olham para ele com expressões nervosas e ansiosas.

— Estão vendo aquela pista de corrida lá? — diz ele no alto-falante. — Deem uma boa olhada!

Ele se vira e faz um sinal para Martinez, que está nas sombras, na base do gazebo. Martinez aperta um botão do walkie-talkie e sussurra algo para alguém do outro lado. O Governador insistiu para que essa parte fosse cuidadosamente cronometrada.

— A partir desta noite — continua o Governador, observando várias das cabeças se virarem para o grande disco voador escuro plantado no barro a oeste da cidade, com a silhueta de sua imensa borda semelhante a uma tigela se erguendo contra as estrelas. — A partir de agora! Esse vai ser o nosso teatro grego!

Com a pompa e a circunstância de uma exibição de fogos de artifício, os grandes refletores sobre a pista repentinamente são ligados em sequência — gerando audíveis estalos metálicos —, iluminando a arena com gigantescos pontos de luz prateada. O truque recebe um suspiro coletivo de muitos dos que se reuniram ao redor do gazebo, e alguns aplaudem espontaneamente.

— A entrada é gratuita! — O Governador sente a energia aumentando, crepitando como eletricidade estática, e investe contra o público. — As audições estão em progresso, amigos. Quer lutar no ringue? Tudo o que precisa fazer é quebrar as regras. Desobedecer à lei.

Ele olha para eles enquanto anda de um lado para o outro, desafiando-os a responder. Alguns se entreolham, alguns assentem, enquanto outros parecem que estão a ponto de gritar "Aleluia".

— Quem desobedecer à lei vai lutar! Simples assim. Se não sabe quais são as leis, tudo o que precisa fazer é perguntar. Ler a merda da Constituição. Verificar na Bíblia. Respeitar o próximo. Tratar os outros como gostaria de ser tratado. As regras de ouro. Tudo isso. Mas ouçam o que estou dizendo. Se você passar um pouco do limite com o próximo... vai lutar.

Algumas vozes gritam demonstrando consentimento, e o Governador se alimenta da energia, atiçando a chama.

— De agora em diante, se você tentar ferrar alguém, se desrespeitar a lei, vai lutar!

Mais algumas vozes se juntam à algazarra, o barulho se elevando ao céu.

— Se roubar de alguém, vai lutar!

Agora a multidão urra em aprovação, um coro de uivos virtuosos.

— Se comer a namorada de alguém, vai lutar!

Mais vozes se juntam, todo o medo e toda a frustração agora entram em ebulição.

— Se matar alguém, vai lutar!

Os aplausos começam a se distorcer em uma cacofonia de gritos furiosos.

— Se mexer com alguém de qualquer forma, especialmente se alguém acabar morrendo, você vai lutar. Na arena. Diante de Deus. Até a morte.

O clamor se deteriora para uma confusão de aplausos, uivos e gritos. O Governador espera que o barulho cesse como uma onda se dissipando.

— E começa esta noite — diz ele em um tom que mal chega a ser um sussurro, o megafone crepita. — Começa com esse demente, o cara que manda na loja, Sam, o Açougueiro. Ele se considera o juiz, o júri e o executor.

De repente, o Governador aponta para a arena e grita com uma voz que não seria de estranhar em uma missa da igreja carismática:

— Quem está pronto para um pouco de vingança? QUEM ESTÁ PRONTO PARA UM POUCO DE LEI E ORDEM?

As vozes explodem.

Lilly levanta o olhar e vê o repentino êxodo de quase quarenta pessoas a meio quarteirão de distância. A multidão se dispersa em uma massa barulhenta, movendo-se praticamente como uma só — uma gigantesca ameba humana com punhos exaltados socando o ar em uma comemoração furiosa e indistinta —, atravessando a rua em direção à arena da pista de corrida, sob vasta penumbra de luz prateada 200 metros a oeste. Essa visão faz o estômago de Lilly se revirar.

Ela desvia os olhos e murmura:

— Pode levar o corpo agora, Bob.

Parado ao lado dela, Bob se inclina e afaga seu ombro carinhosamente.

— Vamos cuidar bem dele, querida.

Ela fixa os olhos ao longe.

— Diga a Stevens que quero fazer os arranjos.

— Pode deixar.

— Vamos enterrá-lo amanhã.

— Está ótimo, querida.

Lilly observa a turba de cidadãos ao longe entrando na arena. Por um terrível instante, ela relembra cenas de antigos filmes de terror, multidões furiosas de cidadãos com tochas e armas primitivas aproximando-se do castelo de Frankenstein, querendo o sangue do monstro.

Lilly estremece. Ela percebe que agora todos são monstros — todos eles — incluindo ela e Bob. Agora Woodbury é o monstro.

TREZE

A curiosidade leva a melhor sobre Bob Stookey. Depois de escoltar Lilly de volta a seu apartamento sobre a lavanderia e lhe dar 10 mg de alprazolam para dormir, ele vai encontrar Stevens. São feitos os arranjos para remover o corpo de Josh para seu lugar de descanso temporário em um necrotério improvisado sob a pista de corrida. Depois Bob vai até sua camper e pega uma garrafa cheia de uísque na traseira. Então volta para a arena.

Quando chega pela entrada sul, os barulhos da multidão estão aumentando e ressoando dentro da estrutura como ondas estourando na praia, amplificados pelos defletores metálicos da arena. Bob se esgueira pelo túnel escuro e fétido em direção à luz. Assim que passa pelo portão sul, ele para e toma um saudável gole da bebida na garrafa, preparando-se, amortecendo os nervos. O uísque queima e faz seus olhos se encherem de lágrimas.

Ele vai até a luz.

A princípio, tudo o que vê são formas embaçadas e indistintas no centro da pista, obscurecidas por trás das enormes cercas de arame erguidas diante dos espectadores. As arquibancadas de ambos os lados estão praticamente vazias. Os cidadãos estão sentados acima dele, espalhados pelos degraus mais altos, aplaudindo, gritando e esticando o pescoço para ver a ação. A luz forte do refletor brilhando sobre ele faz Bob piscar. O ar cheira a borracha velha queimada e gasolina, e Bob tem que apertar os olhos para identificar o que está acontecendo na pista.

Ele dá um passo à frente, inclina-se para a cerca e espia através dos elos da grade.

Dois homens grandes se atracam no centro da pista enlameada. Sam, seminu, usando cuecas esportivas respingadas de sangue, com peito nu flácido e a barriga caindo por cima da cueca, brande um porrete de madeira improvisado para Stinson, o grande e corpulento guarda de meia-idade. Stinson, com as calças camufladas escurecidas por fluidos corporais, cambaleia e recua, tentando evitar o ataque, com um facão de 45 cm na mão engordurada. A extremidade do porrete do açougueiro — cheia de pregos enferrujados de um lado — pega na lateral do rosto mole de Stinson, rasgando a pele.

Stinson recua, soltando saliva e filetes de sangue grosso.

A multidão solta uma salva de gritos e vivas raivosos quando Stinson tropeça nos próprios pés. A poeira se ergue nas luzes de sódio quando o guarda corpulento cai, soltando o facão, que sai voando até a terra. O açougueiro ataca com o porrete. Os pregos perfuram a jugular e o peitoral esquerdo de Stinson antes que o homem tenha uma chance de rolar para longe. A audiência uiva.

Bob vira as costas para a luta por um instante, sentindo-se enjoado e tonto. Toma outro enorme gole de uísque e deixa a queimação acalmar seu terror. Ele toma outro, e mais outro, e finalmente reúne coragem suficiente para olhar outra vez. O açougueiro está esmurrando Stinson, fazendo espirrar gotas de sangue — pretas como piche sob as luzes de sódio — pela terra marrom batida do centro da pista.

A ampla pista de terra em volta da arena tem guardas armados em cada portão, observando atentamente a balbúrdia, com os rifles de assalto prontos para atirar. Bob engole mais uísque e desvia os olhos da terrível carnificina, concentrando-se nas partes mais altas da pista de corrida. O telão está branco, apagado, provavelmente quebrado. Os camarotes VIP de vidro que ficam de um dos lados da arena estão praticamente desertos e escuros... com exceção de um.

O Governador e Martinez estão atrás da janela do camarote do meio, observando o espetáculo com expressões indecifráveis.

Bob seca mais alguns dedos de uísque — já tomou metade da garrafa — e percebe que está evitando contato visual com a multidão. Em sua visão periférica, consegue ver os rostos de jovens e velhos, homens e mulheres, todos concentrados na luta sangrenta. Várias feições se contorcem em uma espécie de deleite maníaco. Alguns dos espectadores se levantam, agitando as mãos como se estivessem encontrando Jesus.

Abaixo, na arena, o açougueiro dá um último golpe selvagem no rim de Stinson, os pregos afundam no lombo carnudo do guarda. O sangue borbulha e se derrama, então Stinson fica inerte na terra, convulsionando, estremecendo com as dores da morte. Ofegante, babando com alegria psicótica, o açougueiro levanta o porrete e vira-se para a multidão. Os espectadores respondem com uma onda de berros.

Enojado, zonzo e estarrecido de terror, Bob Stookey bebe mais uísque e baixa o olhar.

— ACHO QUE TEMOS UM VENCEDOR!

A voz amplificada que sai pelos alto-falantes ecoa e causa um ruído áspero e agudo de microfonia. Bob olha para cima e vê o Governador atrás da janela do camarote central falando casualmente em um microfone. Mesmo daquela distância, Bob conseguia ver o estranho prazer brilhando atrás dos olhos do Governador como duas pequenas estrelas. Bob olha para baixo novamente.

— ESPEREM! ESPEREM!! SENHORAS E SENHORES, PARECE QUE HOUVE UMA RECUPERAÇÃO!!

Bob levanta o olhar.

No centro da pista, a grande massa disforme no chão volta à vida. Arrastando-se em direção ao facão, Stinson segura o cabo com a mão coberta de sangue e se retorce na direção do açougueiro, que está de costas. Stinson ataca com suas últimas forças. O açougueiro se vira e tenta proteger o rosto quando o facão o golpeia.

A lâmina afunda no pescoço do açougueiro fundo o bastante para ficar presa.

O açougueiro cambaleia e cai para trás com o facão ainda plantado na jugular. Stinson se aproxima com uma raiva embriagada, a perda de sangue o faz cambalear e oscilar, criando uma lúgubre semelhança a um zumbi. A multidão vaia e urra. Stinson puxa o facão e dá outro golpe devastador no pescoço do açougueiro, cortando a cabeça do homem magro entre a quinta e a sexta vértebras.

Os espectadores aplaudem quando o sangue que flui do pescoço do açougueiro inunda o chão.

Bob desvia os olhos. Ele cai de joelhos, ainda segurando os elos da cerca com uma das mãos. Seu estômago se revira e ele vomita no chão de cimento do mezanino. A garrafa cai de sua mão, mas não se quebra. Bob bota para fora todo o conteúdo de seu estômago em ânsias rítmicas — o barulho da multidão fica fraco, tudo se torna embaçado e indistinto em sua visão turva. Ele vomita sem parar até que não reste nada além de filetes de bile pendendo de seus lábios. Então cai para trás contra a primeira fileira da arquibancada vazia. Bob recupera a garrafa e toma o restante do conteúdo.

A voz amplificada ecoa:

— E ISSO, AMIGOS, É O QUE CHAMAMOS DE JUSTIÇA!

Nesse momento, do lado de fora da arena, as ruas de Woodbury poderiam ser confundidas com as de qualquer cidade-fantasma da zona rural da Geórgia — abandonadas e livres por conta do advento da praga.

À primeira vista, cada um dos habitantes parece ter desaparecido em combate — toda a população ainda está reunida no estádio, presa aos momentos finais daquela luta bárbara. Até a calçada em frente ao centro de alimentos foi limpa, todas as evidências do assassinato foram esfregadas por Stevens e seus homens, e o corpo de Josh foi levado para o necrotério.

Agora, na escuridão, enquanto os ecos abafados da multidão redemoinham no vento, Lilly Caul vagueia pela calçada com seu casaco, jeans rasgados e tênis de cano alto desgastados. Ela não consegue dormir, não consegue pensar, não consegue parar de chorar. O barulho da arena lhe causa a impressão de que insetos estão rastejando em sua pele. O Xanax que Bob lhe deu só adiantou para entorpecer a dor, como uma camada de gaze sobre seus pensamentos frenéticos. Ela treme no frio e para no vestíbulo escuro em frente à farmácia fechada por tábuas.

— Não é da minha conta — diz uma voz nas sombras. — Mas uma jovem como você não deveria sair sozinha por essas ruas.

Lilly se vira e vê um relance dos óculos de aro de metal em um rosto moreno. Ela suspira, enxuga as lágrimas e baixa o olhar.

— Que diferença faz?

Os Dr. Stevens dá um passo e entra na luz tremulante das tochas. Ele fica com as mãos nos bolsos, e está com o jaleco abotoado até a gola e um cachecol ao redor do pescoço.

— Como você está, Lilly?

Ela olha para ele através das lágrimas.

— Como estou? Estou simplesmente ótima. — Ela tenta respirar, mas parece que os pulmões estão cheios de areia. — Qual é a próxima pergunta idiota?

— Você deveria pensar em descansar. — Ele se aproxima dela e examina seus ferimentos. — Ainda está em choque, Lilly. Precisa dormir.

Ela consegue esboçar um sorriso pálido.

— Vou dormir quando morrer. — Ela se retrai e baixa a cabeça, com lágrimas queimando seus olhos. — O engraçado é que eu mal o conhecia.

— Ele parecia ser um bom homem.

Ela levanta o olhar, focando o médico.

— Será que isso ainda é possível?

— O que é possível?

— Ser uma boa pessoa.

O médico suspira.

— Provavelmente não.

Lilly engole a seco e olha para baixo.

— Eu preciso sair deste lugar. — Ela estremece com a aproximação de outro soluço. — Não consigo mais lidar com isso.

Stevens olha para ela.

— Junte-se ao clube.

Um momento de silêncio constrangedor passa.

Lilly esfrega os olhos.

— Como você consegue?

— Consigo o quê?

— Ficar aqui... Aguentar essa merda. Você me parece uma pessoa bastante equilibrada.

O médico dá de ombros.

— As aparências enganam. Enfim... fico pela mesma razão que todos ficam.

— Que é...?

— Medo.

Lilly olha para as pedras da pavimentação. Ela não diz nada. O que há para dizer? A tocha do outro lado da rua enfraquece, o pavio se extingue, as sombras se aprofundam nos cantos e reentrâncias entre os prédios. Lilly luta contra a tontura que percorre seu corpo. Ela nunca mais quer dormir.

— Eles vão sair de lá daqui a pouco — diz o médico, indicando com a cabeça a pista de corrida ao longe. — Quando se satisfizerem com o showzinho de horrores que o Blake preparou para eles.

Lilly balança a cabeça.

— Este lugar é a porra de um hospício, e aquele cara é o mais louco de todos.

— É o seguinte. — O médico aponta para o outro lado da cidade. — Por que não damos uma caminhada, Lilly... para evitarmos a multidão?

Ela solta o ar dolorosamente, depois encolhe os ombros e murmura:

— Tanto faz...

Nessa noite, o Dr. Stevens e Lilly andam por mais de uma hora no ar frio e revigorante, ziguezagueando de um lado a outro da cerca mais distante a leste da cidade e depois pelos trilhos abandonados da ferrovia que passa por dentro da cerca de segurança. Enquanto andam e conversam, a multidão deixa lentamente a arena, voltando para suas casas com a sede de sangue saciada. O médico é quem fala mais nessa noite, com a voz suave, sempre atento aos ouvidos dos guardas, posicionados em cantos estratégicos ao longo da barricada, equipados com armas, binóculos e walkie-talkies.

Os guardas estão em constante contato com Martinez, que advertiu seus homens para que prestassem muita atenção nos pontos fracos ao longo das fortificações, e especialmente, nas colinas arborizadas a sul e a oeste. Martinez acha muito provável que o barulho das lutas entre os gladiadores atraia errantes.

Perambulando pelos limites da cidade, Stevens dá a Lilly uma aula sobre os riscos de se conspirar contra o Governador. Ele a alerta para ter cuidado com o que diz, e fala em analogias que fazem a cabeça dela girar. Ele fala de Cesar Augusto e de ditadores beduínos ao longo da História e de como as dificuldades das comunidades do deserto estimulavam regimes brutais, golpes e violentas insurreições.

Eventualmente, Stevens completa o círculo e traz a conversa de volta para as infelizes realidades da praga zumbi e sugere que líderes sanguinários provavelmente são um mal necessário neste momento, um efeito colateral da sobrevivência.

— Eu não quero viver assim — diz Lilly finalmente, andando devagar ao lado do médico, próximos a uma fileira de árvores desfolhadas.

O vento sopra no rosto deles um leve granizo, que pinica sobre a pele e cobre a floresta com uma camada delicada de gelo. Só faltam 12 dias para o Natal, não que alguém vá se dar conta.

— Não há escolha, Lilly — murmura o médico, com a cabeça baixa e o cachecol sobre o queixo. Ele olha para o chão enquanto anda.

— Sempre há uma escolha.

— Você acha? Não sei, Lilly. — Eles caminham em silêncio por um tempo. O médico balança lentamente a cabeça enquanto anda. — Não sei.

Ela olha para ele.

— Josh Hamilton não foi pelo caminho da maldade. Meu pai sacrificou a vida por mim. — Lilly inspira e luta contra as lágrimas. — É só uma desculpa. As pessoas *nascem* más. Esta merda com a qual estamos lidando agora... é só um gatilho. Traz à tona a pessoa real.

— Então Deus nos ajude — murmura o médico, mais para si mesmo do que para Lilly.

No dia seguinte, sob um céu baixo e cinza-escuro, um pequeno grupo enterra Josh Lee Hamilton em um caixão improvisado. Lilly, Bob, Stevens, Alice e Megan são acompanhados por Calvin Deets, um dos trabalhadores, que passara a nutrir uma amizade por Josh nas últimas semanas.

Deets é um homem mais velho, um macilento fumante inveterado — provavelmente nos últimos estágios do enfisema — com um rosto que parece um surrado alforje deixado ao sol. Ele mantém uma distância respeitosa atrás da fileira de amigos, com seu boné da Caterpillar nas mãos nodosas, enquanto Lilly diz algumas palavras.

— Josh cresceu em uma família religiosa — diz Lilly com a voz embargada, de cabeça baixa como se estivesse se dirigindo ao chão congelado na extremidade do playground. — Ele acreditava que todos nós vamos para um lugar melhor.

Outros túmulos recentes se espalham pelo pequeno parque, alguns com cruzes caseiras ou com montes de pedras polidas cuidadosamente empilhadas. A terra sobre o túmulo de Josh se eleva a mais de 1 metro do nível do chão. Tiveram que colocar seus restos na caixa de um piano que Deets encontrou em um depósito — o único receptáculo grande o bastante para acomodar o gigante caído. E Bob e Deets demoraram várias horas para abrir um buraco adequado na terra congelada.

— Esperamos que Josh esteja certo, porque todos nós... — A voz de Lilly falha, se desintegra. Ela fecha os olhos e as lágrimas vazam pelas pálpebras. Bob se aproxima e coloca um dos braços em torno dela.

Lilly solta um soluço que faz todo o corpo estremecer. Não consegue continuar.

Bob diz suavemente:

— Em nome do Pai... do Filho... e do Espírito Santo. Amém. — Os outros murmuram o mesmo. Ninguém se move. O vento aumenta e sopra o manto de neve seca e granulada que cobre o playground, pinicando o rosto deles.

Bob gentilmente conduz Lilly para longe do túmulo.

— Venha, querida... vamos para dentro.

Lilly opõe pouca resistência, arrastando os pés ao lado de Bob quando os outros se viram silenciosamente com as cabeças baixas e os rostos abatidos. Por um momento, parece que Megan — usando uma jaqueta de couro velha que algum benfeitor anônimo lhe deu depois de um coito chapado — está a ponto de ir atrás de Lilly, para talvez lhe dizer alguma coisa. Mas a mulher de cabelos encaracolados e olhos verdes opacos se limita a dar um suspiro angustiado, e mantém distância.

Stevens assente para Alice, e os dois viram-se e seguem pela rua lateral em direção ao complexo da pista de corrida, levantando a gola de seus jalecos para se proteger do frio. Estão na metade da rua principal — a uma distância segura dos ouvidos alheios — quando Alice diz ao médico:

— Você sentiu o cheiro?

Ele assente.

— Sim... está no vento... vindo do norte.

Alice suspira, balançando a cabeça.

— Eu sabia que esses idiotas iam atrair uma multidão com todo aquele barulho. Será que devemos contar a alguém?

— Martinez já sabe. — O médico indica a torre da guarda atrás deles. — As preparações para a guerra estão a todo vapor. Deus nos ajude.

Alice solta outro suspiro.

— Vamos ficar ocupados nos próximos dias, não é?

— Aquele guarda usou metade do nosso suprimento de sangue, vamos precisar de mais doadores.

— Posso doar.

— Agradeço a oferta, querida, mas temos A-positivo suficiente para durar até a Páscoa. Além do mais, se eu tirar mais de você, terei que colocá-la ao lado do grandalhão.

— Devemos continuar procurando O-positivo?

O médico dá de ombros.

— É como procurar uma agulha muito pequena em um palheiro muito grande.

— Eu não testei a Lilly nem aquele outro garoto novo que esqueci o nome.

— Scott? O maconheiro?

— É.

O médico balança a cabeça.

— Ninguém vê nem sinal dele há dias.

— Nunca se sabe.

O médico continua balançando a cabeça, com as mãos enfiadas nos bolsos, enquanto anda apressado em direção às sombras das arcadas de concreto ao longe.

— É... nunca se sabe.

Naquela noite, no apartamento que ocupou sobre a lavanderia fechada, Lilly se sente entorpecida. Está grata a Bob por ter decidido ficar com ela por um tempo. Ele lhe faz o jantar — seu estrogonofe de carne seca especial, cortesia da Hamburger Helper —, e eles compartilham o suficiente do uísque puro malte de Bob e do Ambien genérico para apaziguar os pensamentos acelerados de Lilly.

Os barulhos do lado de fora da janela do segundo andar ficam cada vez mais fracos e distantes, embora pareçam estar deixando Bob nervoso quando coloca Lilly na cama. Algo está acontecendo nas ruas. Talvez sejam problemas. Mas Lilly não consegue se concentrar na distante comoção de vozes e nos passos apressados.

Ela sente como se flutuasse e, no momento em que deita a cabeça no travesseiro, afunda em um torpor semiconsciente. O chão nu e as janelas cobertas por lençóis do apartamento se desfazem em um esquecimento branco. Mas, pouco antes de afundar no vazio de um sono sem sonhos, vê o rosto desgastado de Bob sobre ela.

— Por que não vai embora comigo, Bob?

A pergunta paira ali por um instante. Bob dá de ombros.

— Não tinha pensado sobre isso.

— Não existe mais nada para nós aqui.

Ele desvia o olhar.

— O Governador disse que as coisas vão melhorar em breve.

— O que há entre vocês dois?

— Do que você está falando?

— Ele controla você, Bob.

— Não é verdade.

— Eu simplesmente não entendo. — Lilly apaga. Ela mal consegue ver o homem envelhecido sentado ao lado de sua cama. — Ele não é boa coisa, Bob.

— Ele só está tentando...

Lilly mal ouve às batidas na porta. Ela tenta manter os olhos abertos. Bob vai até a entrada e Lilly tenta se manter acordada tempo suficiente para identificar o visitante.

— Bob...? Quem é...?

Passos. Duas figuras aparecem sobre sua cama como fantasmas. Lilly luta para enxergar através da cortina que cai sobre seus olhos. Bob está ao lado de um homem magro, esbelto, de olhos escuros com um bigode Fu Manchu cuidadosamente aparado e cabelos pretos como carvão. O homem sorri enquanto Lilly afunda na inconsciência.

— Durma bem, querida — diz o Governador. — Você teve um longo dia.

Os padrões de comportamento dos errantes continuam a confundir e cativar os mais empenhados pensadores entre os habitantes de Woodbury. Alguns acreditam que os mortos-vivos são como abelhas em uma colmeia, motivados por algo muito mais complexo do que a mera fome. Algumas teorias envolvem sinais invisíveis, como os de feromônios que passam entre os zumbis, produzindo comportamentos que dependem da composição química da presa. Outros acreditam em respostas sensoriais a coisas que não captamos, muito além da mera atração por som, cheiro ou movimento. Nenhuma hipótese pegou, mas a maioria dos residentes de Woodbury tem certeza sobre um dos aspectos do comportamento dos zumbis: o advento de uma horda de qualquer tamanho deve ser receado, temido e tratado com respeito. Hordas tendem a crescer espontaneamente e assumir ramificações perturbadoras. Uma horda — até mesmo pequena, como o grupo de mortos que se forma neste momento ao norte da cidade, atraído pelo barulho da luta de gladiadores na noite anterior — pode se tornar um caminhão e quebrar postes de cercas como se fossem gravetos ou derrubar até o muro mais alto.

Nas últimas 24 horas, Martinez está reunindo forças para suprimir o ataque iminente. Guardas colocados em pontos de observação nas extremidades noroeste e nordeste do muro estão acompanhando o progresso do rebanho, que começou a se transmutar em horda a cerca de 1,5 km de distância. Através da cadeia de comando, os guardas transmitem a informação de que o tamanho da horda passou de uma dúzia para quase cinquenta, e o bando se move em um confuso ziguezague por entre as árvores ao longo da Jones Mill Road, percorrendo a distância entre o interior do bosque e os limites da cidade a uma velocidade de mais ou menos 200 metros por hora, aumentando em número pelo caminho. Aparentemente, as hordas se movem ainda mais devagar juntas se comparadas aos errantes solitários. Essa horda levou 15 horas para percorrer a distância de 400 metros.

Agora, alguns deles começam a emergir da extremidade mais próxima da floresta, cambaleando para os campos abertos que contornam os bosques e a cidade. Eles parecem brinquedos quebrados no enevoado e distante crepúsculo, como soldadinhos de corda colidindo uns nos outros, utilizando os últimos recursos de seus motores danificados, contraindo e expandindo como íris as bocas escurecidas. Mesmo a essa distância, a lua que nasce reflete seus olhos leitosos como moedas cintilantes de luz.

Martinez tem três metralhadoras Browning calibre .50 — cortesia do depósito pilhado da Guarda Nacional — posicionadas em pontos-chave ao longo do muro. Uma está no capô de uma escavadeira na extremidade oeste do muro. Outra foi colocada em cima de um guindaste na extremidade leste. A terceira está posicionada no telhado de uma carroceria de caminhão à margem do canteiro de obras. Cada uma das três metralhadoras tem um operador posicionado, cada homem está equipado com fones de ouvido.

Longas cartucheiras brilhantes de balas tracejantes e incendiárias antiblindagem pendem do suporte de cada arma, com reservas em caixas de aço ao lado.

Outros guardas se posicionam ao longo do muro — em escadas e pás de escavadeiras —, armados com semiautomáticas e rifles de precisão de longo alcance carregados com balas de 7.62 mm capazes de penetrar paredes de gesso e folhas de metal. Esses homens não usam fones de ouvido, mas cada um deles sabe que deve estar atento aos sinais de Martinez, que está posicionado em cima de uma grua no meio do estacionamento do correio com um walkie-talkie. Dois enormes canhões com lâmpadas de projetor — conseguidas no cinema da cidade — estão ligadas ao gerador que está em funcionamento no galpão de carga do correio.

Uma voz crepita no rádio de Martinez.

— Martinez, está aí?

Martinez aperta o botão para falar.

— Entendido, chefe, prossiga.

— Bob e eu estamos indo para aí, vamos precisar pegar um pouco de carne fresca.

Martinez franze as sobrancelhas, sua testa se enruga sob a bandana.

— Carne fresca?

A voz chia através do pequeno alto-falante:

— Quanto tempo temos antes que a diversão comece?

Martinez olha para o horizonte que escurece, os zumbis mais próximos ainda estão a 350 metros de distância. Ele aperta o botão.

— Provavelmente ainda vão estar fora do alcance dos tiros na cabeça por mais uma hora, talvez um pouco menos.

— Ótimo — diz a voz. — Estaremos aí em cinco minutos.

Bob segue o Governador pela Main Street em direção a uma fileira de caminhões estacionados formando um semicírculo ao lado de um centro de casa e jardim da Menards, já saqueado. O Governador anda rapidamente pelo ar frio da noite, com passos vivos, os saltos de suas botas estalam nas pedras do pavimento.

— Tempos como este — comenta o Governador com Bob enquanto seguem — fazem você se sentir como se estivesse de volta à merda no Afeganistão.

— Sim, senhor, tenho que admitir que às vezes parece. Eu me lembro de uma vez que recebi um chamado para dirigir até o front, pegar uns fuzileiros em final de turno. Estava de noite, um frio infernal, exatamente como hoje. As sirenes antiaéreas tocavam, todo mundo na expectativa de um tiroteio. Dirigi o tanque até uma trincheira esquecida por Deus na areia, e o que eu encontro? Um bando de putas do vilarejo local pagando boquete para os soldados.

— Não sacaneia.

— É sério. — Bob balança a cabeça, desanimado, enquanto anda ao lado do Governador. — Bem no meio de um ataque aéreo. Então digo a eles para acabar com aquilo e entrar antes que os deixasse lá. Uma das putas entra no tanque com os homens e eu fico sem saber o que fazer. Enfim. Só queria sair daquela porra de lugar.

— Compreensível.

— Então vou embora com a garota ainda mandando ver na traseira do tanque. Mas você nunca vai conseguir imaginar o que aconteceu depois.

— Não faça suspense, Bob — diz o Governador com um sorriso.

— De repente, ouço um estrondo na traseira e percebo que aquela vadia era uma rebelde que tinha uma bomba caseira e a detonou no compartimento de carga. — Bob balança a cabeça outra vez. — A divisória me protegeu, mas foi uma bagunça. Arrancou as pernas de um dos garotos.

— Inacreditável — admira-se o Governador enquanto se aproxima do círculo de 18 veículos. A escuridão caiu por completo, e a luz das tochas ilumina a lateral de um caminhão do Piggly Wiggly no qual um porco sorridente olha para eles na luz fraca. — Espere um segundo, Bob. — O Governador bate com o punho no caminhão. — Travis! Você está aí? Ei! Alguém em casa?

Em uma nuvem de fumaça de charuto, a porta de trás se abre com um rangido nas dobradiças enferrujadas. Um pesado homem negro enfia a cabeça para fora do compartimento de carga.

— Oi, chefe... O que posso fazer por você?

— Leve um dos caminhões vazios para o muro norte, sem demora. Vamos encontrar você lá com mais instruções. Entendeu?

— Entendi, chefe.

O homem negro sai pela traseira do compartimento de carga e contorna a lateral do caminhão, desaparecendo. O Governador respira fundo e, ao lado de Bob, dão a volta no círculo de caminhões, depois seguem para norte por uma rua lateral em direção à barricada.

— É incrível o que um homem não faz por uma foda — reflete o Governador enquanto caminham pela rua de terra.

— Não é?

— Essas garotas que chegaram com você, Bob, Lilly e... qual é o nome dela?

— Megan?

— Essa mesmo. Aquela ali é uma coisinha danada. Estou certo?

Bob enxuga a boca.

— É, ela é uma garota adorável.

— Meio dada... mas e daí? Quem sou eu para julgar? — Outro sorriso lascivo. — Fazemos o que precisamos para sobreviver. Estou certo, Bob?

— Certíssimo. — Bob continua andando por um instante. — Cá entre nós... eu meio que gosto dela.

O Governador olha para o homem mais velho com uma estranha mistura de surpresa e pena.

— Dessa Megan? Bom, isso é ótimo, Bob. Não é vergonha nenhuma.

Bob olha para o chão enquanto anda.

— Adoraria passar a noite com ela só uma vez. — A voz de Bob fica suave. — Só uma vez. — Ele levanta os olhos para o Governador. — Mas, e daí... sei que é só um sonho.

Phillip vira a cabeça para o homem mais velho.

—Talvez não, Bob... talvez não.

Antes de Bob conseguir arranjar uma resposta, eles ouvem uma série de explosivos sendo detonados à frente. Repentinamente, as fortes luzes dos projetores abrem sulcos na distante escuridão das extremidades opostas do muro, os feixes prateados varrem os campos e árvores adjacentes, iluminando a horda de cadáveres ambulantes que se aproxima.

O Governador atravessa com Bob o estacionamento do correio até a grua, onde Martinez agora se prepara para dar a ordem de abrir fogo.

— Não atire, Martinez! — A voz reverberante de Philip chama a atenção de todos.

Martinez olha nervoso para os dois homens lá embaixo.

— Tem certeza, chefe?

O ronco de um caminhão Kenworth se eleva atrás do Governador, acompanhado pelos característicos bipes da marcha à ré. Bob olha por cima do ombro e enxerga o veículo de 18 rodas se posicionando de ré no portão norte. Vapores de exaustão pulsam do escapamento vertical do caminhão, e Travis inclina-se pela janela do motorista, mascando um charuto e lutando com o volante.

— Me dê seu walkie-talkie! — gesticula o Governador para Martinez, que já está descendo a escada de metal afixada na lateral da grua.

Bob assiste a tudo de uma distância respeitosa atrás do Governador. Alguma coisa em todo esse mistério deixa o velho aflito.

Do outro lado do muro, a massa serpeante de zumbis se aproxima a cerca de 200 metros do muro.

Martinez chega ao pé da escada e entrega o walkie-talkie. O Governador aperta o botão e vocifera no bocal:

— Stevens! Está me ouvindo? Está com o rádio ligado?

Após um pouco de estática, a voz do médico responde:

— Sim, estou ouvindo, e não gosto que...

— Cale a boca um segundo. Quero que você leve aquele guarda balofo, o Stinson, para o muro norte.

A voz crepita.

— O Stinson ainda está se recuperando. O homem perdeu muito sangue na sua pequena...

— Não discuta comigo, Stevens... FAÇA ISSO AGORA, PORRA!

O Governador desliga o rádio e o joga de volta para Martinez.

— Abram o portão! — grita o Governador para dois trabalhadores que estão ali perto com picaretas e expressões ansiosas, esperando as ordens. Os dois trabalhadores se entreolham. — Vocês me ouviram! — vocifera o Governador. — Abram a droga do portão!

Os trabalhadores obedecem, empurrando o ferrolho para o lado. O portão se abre, deixando entrar uma lufada de vento frio e rançoso.

— Se quer minha opinião, você está abusando da nossa sorte com essa ideia — murmura Martinez entredentes, enfiando um pente de munição no rifle de assalto.

O Governador ignora o comentário e grita:

— Travis! Dê ré até a posição!

O caminhão estremece, apita e chacoalha para trás em direção à abertura.

— Agora baixe a rampa!

Bob assiste, completamente perplexo com tais procedimentos, enquanto Eugene desce da cabine com um grunhido e vai até a traseira do caminhão. Ele abre a porta vertical e baixa a rampa até o chão.

Sob a luz dos refletores, o contingente de zumbis se aproxima mais 100 metros.

Passos arrastados chamam a atenção de Bob, fazendo-o olhar por cima do ombro.

Do centro sombrio da cidade, sob a luz trêmula dos barris de lixo acesos, o Dr. Stevens aparece com o braço em torno do guarda ferido, que manca com o passo letárgico de uma vítima de derrame.

— Observe isso, Bob — diz o Governador, lançando um olhar por cima do ombro para o velho, e então, com uma piscadela, acrescenta: — Deixa o Oriente Médio no chinelo.

QUATORZE

Os gritos dentro do compartimento de carga vazio, amplificados pelo chão de metal ondulado e pelas paredes de aço, ficam cada vez mais altos, uma ária de agonia, que impele Bob, parado atrás da grua, de desviar os olhos enquanto os cadáveres ambulantes cambaleiam em direção à abertura, atraídos pelo barulho e pelo cheiro do medo. Bob precisa, mais do que nunca, de uma bebida. Precisa de várias bebidas. Ele precisa se encharcar de álcool até ficar cego.

Pelo menos 90 por cento da horda — de todos os tamanhos e formas, em vários graus de decomposição, com rostos retorcidos em uma furiosa sede de sangue — investe em direção à traseira do compartimento de carga. O primeiro tropeça no pé da rampa, caindo de cara no chão com um som de esguicho. Outros vêm logo atrás, empurrando uns aos outros em direção ao aclive, enquanto Stinson berra dentro do contêiner, com a sanidade destroçada.

O guarda corpulento, amarrado à parede da frente do compartimento de carga com tiras de embalagem e correntes, se mija quando os primeiros zumbis entram se arrastando para se alimentar.

Do lado de fora, Martinez e seus homens ficam de olho nos extraviados ao longo da barricada, a maioria andando sem rumo no brilho dos refletores de tungstênio, levantando os rostos cinzentos e os olhos vítreos para o céu noturno como se os gritos pudessem estar vindo do firmamento. Apenas cerca de uma dúzia de mortos perde a oportunidade de se alimentar. Os homens com as armas calibre .50 miram, esperando ordens para estourar os extraviados.

O compartimento de carga se enche de criaturas — a crescente coleção de ratos de laboratório do Governador —, até que quase quarenta errantes cercam Stinson. O frenesi alimentar oculto começa, e os gritos se transformam em estertores fracos e engasgados quando o último zumbi cambaleia rampa acima e desaparece dentro do abatedouro móvel. Os sons que saem da traseira do compartimento de carga se tornam quase ferais. Stinson é reduzido a uma cabeça de gado que guincha e chora em um matadouro, entregue aos dentes e unhas pontiagudos dos mortos.

Do lado de fora, na fria escuridão, Bob sente sua alma se contrair como uma íris se fechando. Ele precisa tanto de uma bebida que seu crânio lateja. Mal ouve a voz reverberante de Philip.

— Tudo bem, Travis! Pode puxar a armadilha! Vá em frente, pode fechar!

O motorista do caminhão se esgueira cuidadosamente para trás do compartimento de carga mortal, que vibra, e segura a corda que pende da borda da porta. Ele a puxa com velocidade e força, e o portão vertical cerra com um rangido enferrujado. Travis fecha a tranca com rapidez, depois se afasta do compartimento de carga como se fosse uma bomba-relógio.

— Leve de volta para a pista, Travis! Encontro você em um minuto lá!

O Governador se vira e anda até Martinez, que está esperando nas grades mais baixas da grua.

— Tudo bem, pode se divertir agora — diz o Governador.

Martinez aperta o botão para falar no rádio.

— Ok, rapazes... derrubem o resto.

Bob se sobressalta com o repentino estrondo da artilharia pesada, o barulho e as fagulhas das armas calibre .50 iluminam a noite. Balas tracejantes criam faixas rosa-vivo na escuridão, riscando os feixes das fortes luzes de magnésio dos projetores, envolvendo seus alvos em névoas de sangue preto e oleoso. Bob vira as costas novamente, pouco interessado em ver os errantes serem destroçados. Mas o Governador não sente o mesmo.

Ele sobe até a metade da grua para assistir às festividades. Rapidamente, as balas antiblindagem evisceram os extraviados. Crânios estouram, floretes de substância cerebral espirram no ar da noite; dentes, cabelos, cartilagem e lascas de ossos se despedaçam. Alguns dos zumbis continuam de pé por um bom tempo, enquanto as balas os giram em uma dança macabra, com os braços se agitando sob os refletores. Barrigas explodem. Tecido brilhante é expelido sob o clarão da luz forte.

A saraivada cessa tão abruptamente quanto começou, o silêncio bate com força nos ouvidos de Bob.

Por um momento, o Governador saboreia os resultados, o som de gotejamento se desvanece nos ecos dos tiros morrendo, distante, nas árvores. Os últimos errantes que ainda estão de pé caem no chão em amontoados de massa sangrenta e carne morta, entre os quais há agora volumes irreconhecíveis de corpos vagamente humanos. Alguns desses amontoados expelem vapores no ar gelado, mais por causa da fricção das balas do que de qualquer tipo de calor corporal. O Governador desce do lugar onde está, no alto.

Enquanto o caminhão do Piggly Wiggly se afasta com sua carga de cadáveres em movimento, Bob reprime a vontade de vomitar. Os terríveis barulhos que saíam do compartimento de carga diminuíram um pouco, Stinson foi reduzido a um recipiente oco de carne e osso. Agora, apenas os sons abafados dos zumbis se alimentando dentro do contêiner se desvanecem enquanto o caminhão chacoalha em direção ao terreno da pista de corrida.

O Governador se aproxima de Bob.

— Parece que você precisa de uma bebida.

Bob não consegue responder.

— Venha, vamos tomar uma gelada — sugere o Governador, dando um tapa nas costas do homem. — Eu pago.

* * *

Na manhã seguinte, os terrenos ao norte foram limpos e todas as evidências do massacre foram apagadas. As pessoas tratam da vida como se nada tivesse acontecido, e o resto da semana transcorre calmamente.

Nos cinco dias seguintes, alguns errantes chegam ao alcance das armas calibre .50 — atraídos pela comoção das hordas —, mas as coisas continuam basicamente tranquilas. O Natal chega e passa com pouquíssima cerimônia. A maioria dos habitantes de Woodbury desistiu de seguir o calendário.

As parcas tentativas de comemorar as festas parecem exacerbar os terríveis acontecimentos. Martinez e seus homens decoram uma árvore no saguão do tribunal e colocam alguns enfeites no gazebo da praça, mas é só isso. O Governador toca música natalina pelos alto-falantes da pista de corrida, mas é mais um aborrecimento do que outra coisa. O tempo permanece bastante ameno, sem neve, com temperaturas por volta dos 10ºC.

Na véspera de Natal, Lilly vai até a enfermaria para que o Dr. Stevens examine seus ferimentos, e depois da consulta, o médico a convida para ficar para uma pequena festa de Natal improvisada. Alice se junta a eles, e abrem latas de presunto e batatas doces — abrem até uma garrafa de Cabernet, que Stevens tinha escondido no armário — e brindam a coisas como os velhos tempos, a dias melhores e a Josh Lee Hamilton.

Lilly percebe que o médico a observa com atenção à procura de sinais de estresse pós-traumático, talvez depressão ou algum outro tipo de distúrbio mental. Mas em toda sua vida, ironicamente, Lilly nunca se sentiu mais focada e pé no chão. Ela sabe o que tem que fazer. Sabe que não pode mais viver assim, e está ganhando tempo, esperando que uma oportunidade de fuga se apresente. Mas talvez, de certa forma, seja *Lilly* quem esteja observando.

Talvez esteja subconscientemente procurando aliados, cúmplices, colaboradores.

No meio da noite, Martinez aparece — mais cedo, Stevens convidou o jovem para aparecer e tomar uma bebida —, e Lilly descobre que não é a única ali que deseja ir embora. Depois de alguns drinques, Martinez fica com a língua solta e revela seu medo de que o Governador acabe levando-os à ruína. Eles debatem qual é o menor de dois males — tolerar a loucura de Philip ou sair para o mundo sem rede de segurança — e não conseguem chegar a uma conclusão. Bebem um pouco mais.

Eventualmente, a noite se transforma em um bacanal de músicas natalinas desafinadas e lembranças de Natais anteriores — o que deixa todos ainda mais deprimidos. Quanto mais bebem, pior se sentem. Mas, em meio a toda a bebedeira, Lilly descobre coisas novas — tanto triviais quanto importantes — sobre essas três almas perdidas. Percebe que o Dr. Stevens tem a pior voz que ela já ouviu cantar, e que Alice é apaixonada por Martinez, e que Martinez tem saudades de uma ex no Arkansas.

Mas o importante é que Lilly tem a sensação de que os quatro estão criando um laço em sua infelicidade coletiva, e que esse laço pode beneficiá-los.

No dia seguinte, ao amanhecer — depois de passar a noite desmaiada em uma maca na enfermaria —, Lilly Caul se arrasta para fora, piscando com o sol forte de inverno que brilha sobre a cidade deserta. É manhã de Natal, e o céu azul-claro parece evidenciar a sensação que Lilly tem de estar presa no purgatório. Sua cabeça lateja dolorosamente enquanto abotoa a jaqueta até a altura do queixo e segue para o leste pela calçada.

Muito poucos residentes estão acordados a essa hora. O advento da manhã de Natal mantém todos escondidos dentro de casa. Lilly se sente compelida a visitar o playground na extremidade leste da cidade. O trecho desolado de terra exposta fica atrás de um bosque de macieiras desnudas.

Lilly encontra o túmulo de Josh, a terra arenosa ainda recém-calcada em um grande monte perto de seu marco de pedras. Ela se ajoelha na beira do túmulo e baixa a cabeça.

— Feliz Natal, Josh — diz ela ao vento, com voz de ressaca, grossa e áspera de sono.

Apenas o farfalhar dos galhos serve de resposta. Ela respira fundo.

— Algumas das coisas que eu fiz... a maneira como tratei você... não me orgulham. — Lilly reprime a vontade de chorar, a tristeza que surge dentro dela. Engole as lágrimas. — Só queria que você soubesse... você não morreu em vão, Josh... você me ensinou algo importante... e fez diferença na minha vida.

Lilly olha para a terra branca e arenosa sob seus joelhos e se recusa a chorar.

— Você me ensinou a não ter mais medo. — Ela murmura isso para si mesma, para o chão, para o vento frio. — Não podemos nos dar a esse luxo hoje em dia... então de agora em diante... estou pronta.

Sua voz desaparece, e ela fica ajoelhada ali por muito tempo sem se dar conta de que as unhas de sua mão direita estão fincadas na lateral da perna atravessando a calça jeans, com força suficiente para cortar a pele e tirar sangue.

— *Estou pronta...*

A virada do ano se aproxima.

Certa noite, no meio da madrugada, perturbado pelo humor melancólico da data, o homem conhecido como Governador se tranca no quarto dos fundos de seu apartamento no segundo andar com uma garrafa de champanhe francês caro e um balde galvanizado cheio de órgãos humanos.

O pequeno zumbi acorrentado à parede do outro lado da lavanderia cospe e rosna quando o vê. Seu rosto que um dia foi angelical agora é cinzelado pelo rigor mortis, sua pele é amarela como queijo Stilton, e ela arreganha os lábios mostrando fileiras de dentes de leite escurecidos. A lavanderia com suas lâmpadas expostas pendentes e isolamento de fibra de vidro aparente — agora impregnada com seu cheiro — fede a óleos e mofo imundos e infectos.

— Calma, querida — murmura suavemente o homem com muitos nomes quando se senta no chão diante dela, colocando a garrafa de um lado e o balde do outro. Ele tira uma luva cirúrgica de borracha do bolso e calça a mão direita. — O papai trouxe mais guloseimas para você, para encher sua barriguinha.

Philip pega um lóbulo marrom-arroxeado e escorregadio do balde de entranhas e joga para ela.

A pequena Penny Blake ataca o rim humano que espirra sangue quando atinge o chão diante dela, sua corrente se estica até o limite com um estrépito. Ela pega o órgão com as duas mãozinhas e devora o tecido humano com abandono feral até que a bile ensanguentada corra por entre seus pequenos dedos e deixa em seu rosto uma mancha com a consistência de calda de chocolate.

— Feliz Ano-novo, querida — diz o Governador e puxa a rolha da garrafa de champanhe.

A rolha resiste. Ele a força com os dedões até estourar, e uma corrente dourada e borbulhante vaza pela borda e cai nos ladrilhos gastos. O Governador não faz ideia se é mesmo noite de Ano-novo. Sabe que está perto... Pode muito bem ser essa noite.

Ele observa a poça de champanhe se espalhando pelo chão, a leve espuma carbonatada desaparece nas fendas do rejunte. E se pega lembrando das comemorações de Ano-novo de sua infância.

Nos velhos tempos, ele ansiava pela noite da virada durante meses. Em Waynesboro, ele e seus amigos mandavam entregar um porco inteiro no dia 30 e começavam a assá-lo lentamente no chão atrás da casa de seus pais, forrando o buraco com tijolos — ao estilo dos luaus havaianos — e faziam um banquete de dois dias. A banda de country local tocava a noite inteira. Ele arranjava maconha de ótima qualidade, festejavam até o dia primeiro, e Philip transava e se divertia muito com...

O Governador pisca. Ele não consegue se lembrar se era *Philip* Blake quem fazia isso no Ano-novo ou se era *Brian* Blake que fazia. Ele não consegue se lembrar de onde termina um irmão e começa o outro. Ele olha fixamente para o chão, piscando, o champanhe derramado reflete seu rosto em uma imagem opaca, leitosa e distorcida, o bigode agora é tão escuro quanto carvão, os olhos profundos e cintilantes crepitando de algo como loucura. Ele olha para si mesmo e vê Philip Blake o encarando. Mas algo está errado. Philip também vê uma camada fantasmagórica sobreposta a seu rosto, um simulacro pálido e assustado chamado "Brian".

Os ruídos molhados e indistintos da alimentação de Penny desaparecem em seus ouvidos, flutuam para muito longe, e Philip toma o primeiro gole de champanhe. A bebida queima sua garganta enquanto desce fria e adstringente. O gosto o faz lembrar de dias melhores. Lembra comemorações de datas festivas, reuniões de família, entes queridos se reencontrando depois de uma longa separação. Dilacera-o por dentro. Ele sabe quem é: ele é *o Governador*, ele é Philip Blake, *o homem que resolve as coisas*.

Mas.

Mas...

Brian começa a chorar. Ele larga a garrafa e mais champanhe se derrama pelos azulejos, escorrendo por sob Penny, que está alheia à guerra invisível que acontece no momento dentro da mente de seu guardião. Brian fecha os olhos, e lágrimas vazam pelos cantos de suas pálpebras, descendo pelo rosto em filetes viscosos.

Ele chora por aquelas noites de Ano-novo passadas, aqueles momentos felizes entre amigos... e irmãos. Chora por Penny e chora por sua condição deplorável, pela qual ele se culpa. Não consegue bloquear a imagem gravada em sua mente: *Philip Blake caído como uma massa fria e ensanguentada ao lado de uma garota na margem do bosque a norte de Woodbury*.

Enquanto Penny come, chupando e estalando os lábios mortos, e Brian soluça suavemente, um barulho inesperado vem do outro lado do cômodo. Alguém está batendo na porta do Governador.

Leva um tempo para que o som seja registrado, o barulho das batidas chega em uma série de pequenos estouros — hesitantes, incertos — e continua por um bom tempo até que Philip Blake perceba que alguém está lá fora no corredor batendo em sua porta.

A crise de identidade cessa imediatamente, as defesas do cérebro do Governador se reerguem com a brusquidão de um blecaute.

Na verdade, é *Philip* que se levanta, retira as luvas cirúrgicas, se ajeita, enxuga o queixo molhado com a manga do casaco, calça as botas de cano largo, afasta dos olhos o cabelo longo cor de obsidiana, respira fundo para controlar as emoções e sai da lavanderia, trancando a porta atrás de si.

É Philip quem cruza a sala de estar com seu andar característico. Com o coração desacelerando e os pulmões se enchendo de oxigênio, total e conscientemente transformado novamente no Governador — com os olhos límpidos e alertas —, ele abre a porta na quinta série de batidas.

— O que é tão importante a essa hora que você não pode...

Sem reconhecer bem a mulher parada do outro lado da porta, ele se interrompe. Esperava que fosse um de seus homens — Gabe, Bruce ou Martinez — indo incomodá-lo com algum problema pequeno ou drama insignificante para resolver entre os inquietos cidadãos.

— É uma má hora? — ronrona Megan Lafferty, inclinando sonhadoramente a cabeça, encostada contra o batente da porta com a blusa sob a jaqueta jeans desabotoada, mostrando um decote generoso.

O Governador a fixa com seu olhar firme.

— Querida, não sei que jogo você está fazendo, mas estou ocupado.

— Só achei que você pudesse precisar de um pouco de companhia — diz com falsa inocência. Ela parece a caricatura de uma prostituta, com cachos cor de vinho desordenados pendendo sobre o rosto drogado. Usa maquiagem demais e tem quase a aparência de um palhaço. — Mas eu entendo perfeitamente se você estiver ocupado.

O Governador suspira. Um sorriso puxa o canto de sua boca.

— Algo me diz que você não está aqui para pedir uma xícara de açúcar.

Megan lança um olhar por cima do ombro. O nervosismo aparece em seu rosto na maneira como o olhar vai das sombras do corredor para a porta e em como mantém um dos braços contra a lateral do corpo, alisando compulsivamente o caractere chinês tatuado em seu cotovelo. Ninguém nunca vai até ali. Os aposentos privados do Governador são proibidos até mesmo para Gabe e Bruce.

— Eu só... eu pensei... eu... — gagueja ela.

— Não há razão para ter medo, querida — diz finalmente o Governador.

— Eu não tive a intenção de...

— Melhor você entrar — diz ele, e a pega pelo braço. — Antes que pegue um resfriado.

Ele a puxa para dentro e fecha a porta com um estalo. O som do ferrolho a sobressalta. Sua respiração se acelera, e o Governador não consegue deixar de notar o sobe e desce de seus seios surpreendentemente abundantes sob o decote, a silhueta de violão e os quadris generosos. A garota está em ponto de bala. O Governador tenta se lembrar da última vez que usou uma camisinha. Será que estocou? Há alguma sobrando no armário de remédios?

— Quer uma bebida?

— Claro. — Megan olha em volta para os móveis espartanos da sala de estar, os restos do carpete, as cadeiras descombinadas e o sofá velho achado na carroceria de algum caminhão do exército da salvação. Por um brevíssimo instante, ela franze a testa e levanta o nariz, provavelmente registrando os odores que permeiam o apartamento, vindos da lavanderia. — Você tem vodca?

O Governador sorri para ela.

— Acho que podemos arranjar um pouco. — Ele vai até o armário ao lado da janela dianteira fechada. Pega uma garrafa, despeja alguns dedos de bebida em dois copos de papel. — Tenho suco de laranja em algum lugar — murmura ele, encontrando uma lata de suco pela metade.

Ele volta para perto dela com as bebidas. Ela engole a sua em um gole frenético. Parece que ficou perdida no deserto por dias e é a primeira vez que prova um líquido. Ela enxuga a boca e solta um pequeno arroto.

— Opa... desculpe.

— Você é a coisinha mais linda — diz o Governador com um sorriso. — Quer saber, Bonnie Raitt nem se compara a você.

Ela olha para o chão.

— Eu só passei aqui porque estava pensando se...

— Sim?

— O cara do centro de alimentos me disse que você podia ter maconha, ou talvez Demerol.

— O Duane?

Ela assente.

— Disse que você podia ter alguma coisa boa.

O Governador beberica seu drinque.

— Eu me pergunto como o Duane poderia saber de uma coisa dessas.

Megan dá de ombros.

— De qualquer modo, a questão é...

— Por que vir até mim? — O Governador a encara com seu olhar sombrio. — Por que não foi até seu amigo Bob? Ele tem um armário de remédios inteiro naquela caminhonete.

Outro dar de ombros.

— Não sei, só pensei que, você e eu poderíamos, tipo... fazer uma troca.

Agora ela olha para ele e morde o lábio inferior, e o Governador sente o sangue correndo para sua pélvis.

Megan monta sobre ele à luz da lua na escuridão do quarto adjacente. Completamente nua, coberta por uma fina camada de suor frio, com o cabelo colado ao rosto, ela sobe e desce sobre a ereção com a fúria vazia de um cavalo de carrossel. Ela não sente nada além da penetração dolorosa. Não sente medo, nem emoção, nem arrependimento, nem vergonha. Nada. Apenas a ginástica mecânica do sexo.

Todas as luzes do quarto estão apagadas, a única iluminação vem do painel de vidro acima das cortinas, através do qual a luz prateada de uma lua de inverno brilha nas partículas de poeira e salpica a parede nua atrás da poltrona reclinável de segunda mão do Governador.

O homem está esparramado na poltrona, com o corpo magro e nu estremecendo sob Megan, a cabeça jogada para trás, as veias do pescoço pulsando. Mas ele quase não faz barulho e demonstra muito pouco prazer no ato. Megan só consegue ouvir o som regular de sua respiração enquanto ele a penetra furiosa e repetidamente.

A poltrona reclinável está posicionada de um jeito que chama a atenção periférica de Megan para a parede atrás dela, mesmo quando sente o orgasmo do homem se aproximando, o clímax iminente. Não há nenhum quadro pendurado no quarto, nenhuma mesinha de centro, nenhum abajur — apenas o brilho tênue de objetos retangulares encostados à parede. A princípio, Megan confunde esses objetos com televisores, a configuração lembrando a vitrine de uma loja de eletrônicos. Mas o que esse cara estaria fazendo com duas dúzias de televisores? Logo, Megan percebe que está escutando um chiado baixo vindo dos objetos.

— Qual é o problema, afinal? — grunhe o Governador sob ela.

Megan se virou, e seus olhos estão se ajustando às sombras da lua. Ela vê coisas se movendo dentro dos recipientes retangulares. O movimento fantasmagórico a faz se contrair, apertando os genitais dele.

— Nada... nada... desculpe... eu só... eu não pude evitar de...

— Que merda, mulher! — Ele estica o braço e acende um lampião à pilha que está sobre o engradado ao lado da poltrona.

A luz revela fileiras de aquários com várias cabeças humanas dentro.

Megan ofega e sai de cima do pênis dele, caindo no chão. Ela luta para respirar. Deitada de bruços no carpete úmido, com o corpo todo arrepiado, ela olha boquiaberta para os recipientes de vidro. Em contêineres bem empilhados cheios de fluido, os rostos dos zumbis estremecem e se contraem nos pescoços destroçados, as bocas palpitando como peixes sem oxigênio, e os olhos leitosos se revirando cegamente nas cápsulas cheias d'água.

— Eu não terminei! — O Governador se lança sobre ela, vira-a e abre suas pernas. Ele ainda está duro e a penetra violentamente, a fricção dolorosa envia descargas de agonia pela espinha dela. — Fique quieta, merda!

Megan vê um rosto familiar dentro do último tanque à esquerda, e essa visão a transforma em pedra. Ela fica deitada de barriga para cima, atônita, com a cabeça virada para o lado olhando perplexa de horror para o rosto fino mergulhado em bolhas no último aquário, enquanto o Governador enfia nela sem dó. Ela reconhece o cabelo oxigenado suspenso no fluido, formando uma espécie de coroa de algas ao redor dos traços infantis, a boca frouxa, os cílios longos e o nariz pequeno e pontudo.

O reconhecimento da cabeça decepada de Scott Moon coincide com o esguicho quente dentro dela quando o Governador finalmente termina.

Algo profundo em Megan Lafferty se despedaça permanente e irreparavelmente como um castelo de areia desmoronando sob o peso de uma onda.

Logo depois, o Governador diz:

— Pode se levantar agora, querida... ir se limpar.

Ele diz isso para a mulher sem qualquer rancor ou desprezo, como um monitor informaria à turma, no fim da prova, que é hora de largar os lápis.

Então ele a vê olhando perplexa para o aquário que contém a cabeça de Scott Moon, e percebe que esse é um momento da verdade, uma oportunidade, uma coincidência crítica nas festividades da noite. Um homem decidido como Philip Blake sempre sabe quando procurar oportunidades. Ele sabe quando tirar vantagem de uma posição superior. Ele nunca hesita, nunca recua, nunca se esquiva do trabalho sujo.

O Governador estica a mão para baixo e encontra o elástico da cueca — que está amontoada em torno de seus tornozelos — e a veste novamente. Ele se levanta e olha para a mulher encolhida em posição fetal no chão.

— Venha querida... vamos limpá-la e ter uma conversinha, você e eu.

Megan enfia o rosto no chão e murmura:

— Por favor, não me machuque.

O Governador se abaixa e dá um beliscão na nuca dela — nada intenso, só para chamar a atenção — e diz:

— Não vou pedir outra vez... vai já para o banheiro.

Ela se levanta com muito esforço, se segurando como se estivesse a ponto de cair aos pedaços a qualquer momento.

— Por aqui, querida. — Ele segura brutalmente seu braço nu enquanto a conduz pelo quarto e até o banheiro adjacente.

Parado à porta, observando-a, o Governador se sente mal por maltratá-la, mas também sabe que Philip Blake não fraquejaria em um momento como este. Philip faria o que tivesse que ser feito, ele seria forte e resoluto, e a parte do Governador que se chamava "Brian" tem que seguir essas premissas até o fim.

Megan se curva sobre a pia e pega a toalha de banho com as mãos trêmulas. Ela se esfrega com insegurança e treme.

— Eu juro por Deus que não vou contar a ninguém — murmura entre as lágrimas. — Só quero ir para casa... só quero ficar sozinha.

— É sobre isso que quero conversar com você — diz o Governador da porta.

— Eu não vou contar...

— Olhe para mim, querida.

— Eu não vou...

— Acalme-se. Respire fundo. E olhe para mim. Megan, eu disse para olhar para mim.

Ela ergue o olhar, com o queixo tremendo e lágrimas correndo pelas bochechas.

Ele olha para ela.

— Agora você está com o Bob.

— Desculpe... o quê? — Ela enxuga os olhos. — Estou o quê?

— Você está com o Bob — diz ele. — Lembra-se do Bob Stookey, o cara com quem você chegou?

Ela assente.

— Agora você está com ele. Entendeu? De agora em diante você está com ele.

Ela assente lentamente outra vez.

— Ah, e mais uma coisa — acrescenta suavemente o Governador, quase como se uma ideia lhe ocorresse no momento. — Conte a alguém sobre *qualquer* coisa que aconteceu aqui... e sua linda cabecinha vai para o tanque se juntar à do maconheiro.

Minutos depois que Megan Lafferty sai, desaparecendo nas sombras do corredor, tremendo e hiperventilando enquanto veste o casaco, o Governador se retira para o quartinho. Ele se joga na poltrona reclinável de frente para a matriz de aquários.

Fica ali sentado por um bom tempo, olhando para os tanques, sentindo-se vazio. Grunhidos abafados flutuam pelos quartos desocupados atrás dele. A coisa que um dia foi uma menina está com fome de novo. A náusea começa a subir pela garganta do Governador, agarrando suas entranhas e fazendo seus olhos se encherem de lágrimas. Ele começa a tremer. Uma corrente de terror pelo que fez crepita através dele, transformando seus tendões em gelo.

Logo depois, ele se joga para a frente, escorregando da poltrona, caindo de joelhos e vomitando. O que sobrou de seu jantar se despeja sobre o carpete imundo. Ele joga os restos do conteúdo do estômago sobre suas mãos e seus joelhos, depois se recosta ao pé da poltrona, tentando respirar.

Uma parte dele — aquela parte profundamente enterrada, conhecida como "Brian" — sente uma onda de repugnância afogando-o. Ele não consegue respirar. Não consegue pensar. E mesmo assim se obriga a continuar olhando para os rostos inchados e encharcados que o encaram também, sacudindo-se e soltando bolhas nos tanques.

Ele quer desviar os olhos. Quer fugir do quarto e se afastar dessas cabeças desmembradas que estremecem e gorgolejam. Mas sabe que deve continuar olhando até que seus sentidos estejam entorpecidos. Ele precisa ser forte.

Precisa estar preparado para o que está por vir.

QUINZE

No lado oeste da cidade, dentro da área murada, em um apartamento de segundo andar perto do correio, Bob Stookey ouve uma batida na porta. Sentado contra a cabeceira de uma cama de metal, ele larga o livro gasto de capa mole — um faroeste de Louis L'Amour chamado *The Outlaws of Mesquite* — e calça seus mocassins velhos. Ele veste as calças e tem um pouco de dificuldade com o zíper, atrapalhando-se com as mãos.

Mais cedo nessa noite, Bob bebeu irresponsavelmente, e ele ainda está se sentindo instável e desconectado. A tontura dificulta seu foco, e o estômago se revira enquanto ele cambaleia para fora do quarto e cruza o apartamento em direção à porta lateral, que se abre para a escuridão de uma plataforma de madeira no topo das escadas. Bob arrota e engole bile enquanto abre a porta.

— Bob... uma coisa horrível... *Ah, meu Deus, Bob* — soluça Megan Lafferty das sombras da escada.

Com o rosto molhado e exausto, os olhos fundos e vermelhos, ela parece estar a ponto de se estilhaçar como uma estatueta de vidro. Meg treme no frio, segurando a gola da jaqueta jeans com força para se proteger dos ventos gelados.

— Entre, querida, entre — diz Bob, abrindo mais a porta, com o coração batendo um pouco mais rápido. — Meu Deus, o que aconteceu?

Megan entra cambaleando na cozinha. Bob a toma em seus braços e a ajuda a chegar até uma cadeira ao lado da mesa de jantar desarrumada. Ela cai na cadeira e tenta falar, mas os soluços não deixam. Bob se ajoelha ao lado da cadeira, afagando seu ombro enquanto ela chora. Meg enfia a cabeça no peito dele e chora.

Bob a abraça.

— Está tudo bem, querida... seja o que for... vamos dar um jeito.

Ela geme — trespassada de angústia e horror —, e suas lágrimas encharcam a camiseta sem mangas que ele usa por baixo. Ele aninha a cabeça dela, acariciando os cachos úmidos. Após um momento agonizante, ela olha para ele.

— Scott está morto.

— O quê?

— Eu o vi, Bob. — Ela fala em arquejos intermitentes, seus soluços a fazem tremer. — Ele... ele está morto e... ele se transformou em uma daquelas coisas.

— Calma, querida, respire fundo e tente me contar o que aconteceu.

— Eu não *sei* o que aconteceu!

— Onde você o viu?

Ela se controla e conta a Bob, em frases entrecortadas e incompletas, sobre as cabeças cortadas se sacudindo na escuridão.

— Onde você viu isso?

Ela hiperventila.

— Na... lá na... na casa do Governador.

— Na casa do Governador? Você viu o Scott na casa do Governador?

Ela assente várias vezes. Tenta explicar, mas as palavras ficam presas em sua garganta.

Bob acaricia seu braço.

— Querida, o que você estava fazendo na casa do Governador?

Ela tenta falar. Os soluços voltam. Ela enfia a cabeça entre as mãos.

— Vou pegar um pouco d'água — diz Bob, finalmente.

Ele vai apressado até a pia e despeja água em um copo de plástico. Metade das casas de Woodbury não tem comodidades como aquecedor, energia elétrica e água corrente. Os poucos afortunados que ainda desfrutam desses confortos são os integrantes do círculo íntimo do Governador — aqueles para os quais a estrutura de poder provisória concedeu vantagens. Bob se tornou uma espécie de favorito sentimental, e esses aposentos privados refletem seu status. Coberto de garrafas vazias e embalagens de comida, latas de fumo para cachimbo e revistas masculinas, cobertores quentes e aparelhos eletrônicos, o apartamento ganhou a aparência de um santuário masculino malcuidado.

Bob leva a água para Megan, e ela vira o copo de plástico de uma vez, deixando escapar um pouco pelos lados da boca e molhando a jaqueta. Bob gentilmente a ajuda a tirar o casaco quando ela termina. Ele desvia os olhos quando vê a frente de sua blusa abotoada de qualquer jeito, aberta no umbigo, e uma série de manchas vermelhas e arranhões profundos correndo por seu esterno entre os seios pálidos. O sutiã está torto e um de seus mamilos escapa.

— Aqui, querida — diz ele, virando-se para o armário de roupas de cama no hall.

Ele pega um cobertor, volta e a enrola cuidadosamente. Ela consegue controlar o choro até que os soluços se tornem uma série de suspiros trêmulos e espasmódicos. Ela olha fixamente para baixo. Suas pequenas mãos estão inertes, viradas para cima no colo, como se tivesse esquecido como usá-las.

— Eu nunca deveria ter... — começa a explicar, mas engole as palavras. Seu nariz escorre e ela o enxuga. Seus olhos se fecham. — O que foi que eu fiz... Bob... O que há de errado comigo?

— Não há nada de errado com você — diz ele suavemente, e coloca o braço em torno dela. — Estou com você agora, querida. Vou cuidar de você.

Ela se acomoda em seus braços. Em pouco tempo, está com a cabeça encostada em seu ombro e respira de forma mais regular. Logo sua respiração sai em chiados grossos e baixos, como se estivesse caindo no sono. Bob reconhece os sintomas de choque. A pele dela está gelada em seus braços. Ele aperta mais o cobertor em torno de Megan. Ela se aninha no pescoço dele.

Bob respira fundo, ondas de emoção o acometem.

Segurando a mulher com firmeza, ele procura as palavras. Sua mente está frenética, repleta de sentimentos contraditórios. Ele sente repulsa pela história de Megan sobre as cabeças cortadas e o corpo desmembrado de Scott Moon, assim como, para começo de conversa, o fato de ela ter feito ao Governador uma visita tão questionável. Mas também está dominado pelo desejo não correspondido. A proximidade dos lábios dela, o suave sussurro de sua respiração em sua clavícula, e o brilho dos cachos avermelhados roçando em seu queixo — tudo isso intoxica Bob mais rápido e mais profusamente do que uma caixa de uísque 12 anos. Ele reprime o desejo de beijar o topo de sua cabeça.

— Vai ficar tudo bem — murmura ele suavemente no ouvido dela. — Vamos dar um jeito.

— Ah, Bob... — A voz está confusa, talvez ainda um pouco alta. — Bob...

— Vai ficar tudo bem — diz ele em seu ouvido, acariciando o cabelo de Megan com a mão áspera e oleosa.

Ela levanta o rosto e planta um beijo no maxilar grisalho dele.

Bob fecha os olhos e deixa a onda o encobrir.

Eles dormem juntos nessa noite, e a princípio Bob sente pânico pela perspectiva de estar em uma proximidade tão íntima com Megan por tanto tempo. Bob não faz sexo há 11 anos, desde que ele e sua falecida esposa, Brenda, pararam de ter relações. Décadas de bebedeira acabaram com a virilidade de Bob. Mas o desejo ainda cintila dentro dele como uma brasa — e ele quer tanto Megan esta noite que consegue sentir esse desejo como o gosto de bebida no fundo da garganta, como um dedo pressionando a base de sua espinha.

Os dois dormem inquietos nos braços um do outro, emaranhados em cobertores suados na cama de casal do quarto dos fundos. Para o alívio de Bob, não chegam nem remotamente perto de fazer sexo.

Ao longo da noite, os pensamentos febris de Bob vacilam entre sonhos incompletos de fazer amor com Megan Lafferty em uma ilha deserta cercada por águas infestadas de zumbis e momentos repentinos de consciência turva nas sombras daquele cômodo no segundo andar. Bob se admira com o milagre de ouvir a respiração arrítmica de Megan a seu lado, o calor de seu quadril aninhado contra a barriga dele, a maravilha de cabelo dela em seu rosto, seu cheiro doce e pungente preenchendo seus sentidos. De uma maneira estranha, ele se sente completo pela primeira vez desde que a praga estourou. Ele tem uma sensação inexplicavelmente revigorante de esperança. As correntes de suspeita e as emoções confusas em relação ao Governador desaparecem no limbo escuro daquele quarto, e a paz momentânea que invade Bob Stookey eventualmente o embala em um sono profundo.

Pouco depois do amanhecer, ele acorda com um susto por causa de um grito lancinante.

A princípio, ele acha que ainda está sonhando. O grito vem de algum lugar lá fora, e se registra nos ouvidos de Bob como um eco fantasmagórico, como se a extremidade de um pesadelo tivesse roçado em seu estado de vigília. Em seu torpor semiacordado, ele estica a mão para Megan e encontra seu lado da cama vazio. Os cobertores estão amontoados a seus pés. Ela sumiu. Bob se senta de súbito.

— Megan, querida?

Ele sai da cama e vai em direção à porta, o chão é como gelo sob seus pés descalços, quando outro grito trespassa os ventos frios de inverno do lado de fora de seu apartamento. Não percebe a cadeira virada na cozinha, as gavetas abertas, as portas do armário escancaradas, os sinais de que alguém revirou suas coisas.

— Megan?

Ele corre até a porta lateral, que está parcialmente aberta e bate com o vento.

— Megan!

Ele abre a porta com um empurrão, passa por ela e tropeça para a plataforma do segundo andar, piscando com a luz forte e o vento frio em seu rosto.

— MEGAN!!

A princípio, ele não consegue absorver todo o movimento e a comoção em torno do prédio. Ele vê pessoas reunidas lá embaixo nas escadas, do outro lado da rua, e no estacionamento do correio — talvez uma dúzia mais ou menos — e estão todas apontando para Bob ou talvez para alguma coisa no telhado. É difícil ter certeza. Com o coração acelerado, ele começa a descer a escada. Ele não repara no rolo de corda de reboque em torno das pilastras da plataforma até chegar ao pé da escada.

— Ah, Deus, não — diz ele, levantando os olhos para o corpo que pende da plataforma, oscilando ao vento, girando lentamente. — Ah, não, não, não, não, não, não, não...

Megan está pendurada com uma forca improvisada em torno do pescoço, seu rosto descorado e lívido como porcelana antiga.

Lilly Caul ouve a comoção do lado de fora de sua janela sobre a lavanderia e se arrasta para fora da cama. Ela abre a veneziana e vê algumas pessoas reunidas do lado de fora de suas portas. Alguns apontam para a agência do correio com expressões ansiosas, falando baixo. Lilly sente que algo terrível aconteceu e, quando vê o Governador caminhando rapidamente pela calçada vestindo seu longo casaco e com os capangas Gabe e Bruce enfiando pentes de munição em armas de assalto, se veste rapidamente.

Leva menos de três minutos para colocar as roupas, descer correndo a escada dos fundos e atravessar os dois quarteirões e meio até o correio.

O céu se agita com nuvens ameaçadoras, o vento cospe granizo e, quando Lilly vê a multidão aglomerada na base da escada de Bob, sabe que está olhando para as consequências de algo horrível. Ela sabe por causa da expressão dos espectadores e também pela maneira como o Governador está puxando Bob para o lado, ambos os homens olhando para o chão enquanto conversam em voz baixa, com os rostos contraídos de ansiedade e rígidos de determinação.

Dentro do círculo de curiosos, Gabe e Bruce estão ajoelhados no chão ao lado de uma massa coberta por um lençol, e a visão daquele amontoado sob a mortalha paralisa Lilly. Ela fica na periferia, observando, com um medo gelado descendo lentamente por sua espinha. A visão de outro corpo coberto na esquina da rua toca um terrível acorde dentro dela.

— Lilly?

Ela se vira e vê Martinez parado a seu lado com cartucheiras de balas cruzadas sobre a jaqueta de couro. Ele coloca uma das mãos em seu ombro.

— Ela era sua amiga, não era?

– Quem?

— Ninguém te contou?

— É a Megan? — Lilly passa por Martinez, empurrando vários curiosos para o lado. — O que aconteceu?

Bob Stookey se interpõe no caminho, bloqueando sua passagem, tomando-a gentilmente pelos ombros.

— Lil, espere, não há nada que você possa fazer.

— O que aconteceu, Bob? — Lilly pisca por causa da ardência em seus olhos, o peso em seu peito. — Um errante pegou Meg? Me solta!

Bob segura seus ombros com força.

— Não, moça. Não foi isso que aconteceu.

Lilly repara nos olhos de Bob, úmidos e vermelhos, fundos de tristeza. O rosto dele estremece de angústia.

— Aqueles rapazes vão cuidar dela.

— Ela está...

— Ela se foi, Lil. — Bob baixa os olhos e balança suavemente a cabeça. — Tirou a própria vida.

— O que... o que aconteceu?

Ainda olhando para baixo, Bob murmura alguma coisa sobre não ter certeza.

— Me deixa, Bob! — Lilly abre caminho entre a fileira de curiosos.

— Ei! Ei... *calma* aí, irmã! — Gabe se levanta e bloqueia a passagem de Lilly. O homem pesado com pescoço de touro e cabelo a escovinha segura o braço de Lilly. — Sei que ela era sua amiga...

— Deixe eu ver Megan! — Ela livra o braço, mas Gabe a segura por trás e a prende firmemente pelos ombros. Lilly se contorce furiosamente. — ME SOLTA, MERDA!

A 3 metros de distância, na grama murcha e marrom da calçada, Bruce, o negro alto com a cabeça raspada, está ajoelhado ao lado do corpo coberto pelo lençol, carregando uma semiautomática calibre .45 com um pente cheio. Seu rosto está sério e contraído, ele respira fundo, preparando-se para completar uma tarefa desagradável. Ele ignora a comoção atrás dele.

— ME SOLTA! — Lilly continua se contorcendo sob o domínio do homem corpulento, com o olhar fixo no corpo.

— Fica calma — sibila Gabe. — Você está tornando isso mais difícil do que precisa...

— Solte a garota!

A voz profunda e alterada pelos cigarros vem de trás de Gabe, e tanto Lilly quando o pesado homem ficam paralisados como se tivessem sido surpreendidos por um apito ultrassônico.

Eles olham para trás e veem o Governador parado dentro do círculo de curiosos com as mãos nos quadris, suas armas calibre .45 gêmeas com cabo de madrepérola enfiadas uma de cada lado do cinto, ao estilo justiceiro, com o longo cabelo de astro do rock — preto como nanquim — preso em um rabo de cavalo oscilando ao vento. Os pés de galinha em volta de seus olhos e as linhas que delineiam suas bochechas fundas se aprofundam, vincam e ficam mais proeminentes conforme sua expressão se obscurece.

— Tudo bem, Gabe... deixe a moça se despedir da amiga.

Lilly corre até o corpo no chão, ajoelha-se e observa o monte coberto, levando a mão à boca como se estivesse contendo a maré de emoções que se eleva dentro dela. Bruce prende a trava de segurança de sua semiautomática e se afasta, constrangido, olhando para Lilly enquanto a multidão em volta se aquieta.

O Governador se aproxima e mantém uma distância respeitosa.

Lilly levanta o lençol e cerra os dentes quando olha para o rosto roxo-acinzentado da mulher que era Megan Lafferty. Com os olhos inchados e fechados e o maxilar contraído com o rigor mortis, o rosto descorado de boneca de porcelana parece ter se estilhaçado em um milhão de fraturas finas, os capilares escuros agora são aparentes nos primeiros estágios de decomposição. O rosto é medonho, mas também excruciantemente comovente para Lilly, e leva suas memórias para aqueles dias loucos na Sprayberry High School, quando as duas ficavam chapadas no banheiro, subiam no telhado da escola e jogavam pedrinhas nos atletas que praticavam corrida atrás da quadra de basquete. Megan foi a melhor amiga de Lilly durante anos, e apesar de seus defeitos — havia muitos — Lilly ainda pensa nela como melhor amiga. Agora ela não consegue parar de olhar para esse vestígio irreconhecível de sua irascível amiga.

Ela ofega quando os olhos inchados com pálpebras arroxeadas de Megan repentinamente se abrem, revelando pupilas leitosas e vidradas.

Lilly não se move quando o homem negro de cabeça raspada se aproxima, com a .45 apontada para disparar um tiro certeiro na cabeça do cadáver. Mas antes que ele aperte o gatilho, o som da voz do Governador é ouvido:

— Não atire, Bruce!

Bruce olha por cima do ombro enquanto o Governador se aproxima, depois diz muito suavemente:

— Deixe-a fazer isso.

Lilly levanta o olhar para o homem com o casaco comprido, pisca e não diz nada. Sente como se seu coração fosse feito de cinzas, o sangue correndo frio pelas veias. Ao longe, o céu ribomba com um trovão.

O Governador se aproxima mais.

— Vá em frente, Bruce. Entregue a arma a ela.

Um momento interminável passa, e de alguma forma a arma acaba na mão de Lilly. Abaixo dela, a coisa que um dia foi Megan Lafferty convulsiona e se contrai no chão, com o sistema nervoso ainda funcionando, a boca se arreganhando e mostrando dentes cinzentos em decomposição. Lilly mal consegue enxergar através das lágrimas.

— Mate-a, Lilly — estimula suavemente o Governador atrás dela.

Ela levanta a arma. O rosto de Megan se volta para cima, na direção da amiga, como um feto saindo do fluido embrionário, com os dentes estalando, famintos. Lilly coloca a boca da arma contra a testa do monstro.

— Vamos, Lilly. Acabe com o sofrimento dela.

Lilly fecha os olhos. O gatilho queima seu dedo como um pingente de gelo. Quando reabre os olhos, a coisa que está no chão a ataca, com os dentes rançosos tentando pegar sua jugular.

Acontece tão rápido, que quase não se registra no cérebro de Lilly.

O tiro ressoa.

Lilly cai para trás, de bunda, deixando a .45 escorregar de sua mão quando o topo do crânio de Megan explode em uma névoa escura de sangue, pintando a calçada adjacente e a grama com um esguicho de substância cerebral. O cadáver reanimado murcha e fica caído imóvel na mortalha emaranhada — com os olhos de tubarão fixos no céu escuro.

Por um momento, Lilly fica deitada de barriga para cima no chão, olhando para as nuvens, presa em um estado de confusão. Quem disparou o tiro fatal? Lilly não puxou o gatilho. De quem foi a proeza? Lilly pisca para afastar as lágrimas e foca no Governador parado ao lado dela, com a expressão grave fixa em algo à sua direita.

Bob Stookey está parado ao lado do corpo de Megan Lafferty, ainda segurando uma .38 especial da polícia, o braço que deu o tiro pende na lateral do corpo do homem, uma fina coluna de fumaça sai do cano da arma.

A desolação do rosto desgastado e profundamente enrugado de Bob é de cortar o coração.

Nos dias que se seguem, ninguém presta muita atenção à mudança climática.

Bob está ocupado demais bebendo até a morte para perceber algo tão trivial quanto frentes meteorológicas, e Lilly se ocupa em arranjar um enterro adequado para Megan em um túmulo ao lado do de Josh. O Governador passa a maior parte do tempo se preparando para a próxima grande batalha na arena da pista de corrida. Ele tem grandes planos para a próxima bateria de shows, integrando zumbis às lutas dos gladiadores.

Gabe e Bruce se ocupam com o trabalho sujo de mutilar os corpos dos guardas mortos em um depósito auxiliar sob a pista. O Governador precisa de pedaços dos corpos para alimentar a crescente coleção de zumbis que está sendo abrigada em uma sala secreta nas profundezas das catacumbas de cimento. Gabe e Bruce alistam alguns dos homens mais novos da equipe de Martinez para trabalhar com as serras elétricas no abatedouro supurante e cavernoso ao lado do necrotério, transformando restos humanos em carne.

Enquanto isso, as chuvas de janeiro se aproximam da área como uma ameaça lenta e insidiosa.

A princípio, as nuvens densas que anunciam a tempestade causam muito pouco alarme — alguns temporais esparsos enchem as galerias de águas pluviais e congelam as ruas —, com temperaturas próximas de zero. Mas os relâmpagos distantes e as nuvens negras a ocidente no horizonte começam a assustar as pessoas. Ninguém sabe ao certo — nem nunca saberá — se *esse* inverno acabará sendo anormal para a Geórgia. Os invernos relativamente amenos do estado são às vezes perturbados por chuvas torrenciais, uma ou duas nevascas pesadas ou uma tempestade de gelo aqui e ali, mas ninguém está preparado para o que está a ponto de varrer o cinturão das frutas em um centro de baixa pressão que chega com força total do Canadá.

Nessa semana, o Serviço Meteorológico Nacional em Peachtree City — que ainda funciona aos trancos e barrancos com geradores e rádios de ondas curtas — expede um aviso de antecedência em todas as frequências que consegue encontrar. Mas muito poucos ouvintes se beneficiam das notícias. Apenas um punhado de almas ouve a voz frenética do atormentado meteorologista Barry Gooden, vociferando sobre a nevasca de 1993 e as enchentes de 2009.

Segundo Gooden, a forte frente fria que cairá sobre o Sul dos Estados Unidos nas 24 horas seguintes vai colidir com as temperaturas amenas e a umidade da Geórgia central, e muito provavelmente fará com que estas outras tempestades de inverno pareçam chuviscos passageiros. Com previsão de ventos de mais de 110 km/h, assim como perigosos relâmpagos e uma mistura de chuva e granizo, a tempestade promete causar uma destruição sem precedentes no estado dominado pela praga. Não só as voláteis oscilações na temperatura ameaçam transformar os temporais em nevascas, mas — como o estado descobriu poucos anos antes, e agora com o advento da praga — os georgianos estão terrivelmente despreparados para a devastação causada pelas enchentes.

Apenas alguns anos antes, uma enorme tempestade fez o rio Chattahoochee transbordar para áreas altamente populosas em volta de Roswell, Sandy Springs e Marietta. Deslizamentos de lama arrancaram casas de suas fundações. Autoestradas ficaram debaixo d'água, e a catástrofe resultou em muitos mortos e centenas de milhões de dólares de prejuízos. Mas *este* ano — com esse monstro se formando sobre o Mississippi, desenvolvendo-se a uma velocidade alarmante — promete ser pior do que todos os outros.

Os primeiros sinais de um clima fora do comum rugem sobre a cidade na tarde da sexta-feira.

Ao anoitecer, a chuva cai a um ângulo de 45º em rajadas de 80 km/h, descendo em lençóis sobre a barricada de Woodbury, fazendo os falecidos fios de alta tensão no centro da cidade assobiar e se romper como chicotes. Saraivadas de raios transformam as ruas escuras em negativos fotográficos prateados e bruxuleantes, e os bueiros transbordam por toda a Main Street. A maior parte dos habitantes de Woodbury se esconde dentro de casa esperando a tormenta passar... deixando as calçadas e as lojas fechadas com tábuas desertas...

... quer dizer, quase desertas, com exceção de um grupo de quatro residentes que enfrenta as chuvas para se reunir sorrateiramente em um escritório sob a pista de corrida.

— Deixe a luz apagada, Alice, caso não se importe. — Uma voz se ouve das sombras atrás da escrivaninha. O brilho opaco dos óculos com aros de metal flutuando na escuridão é a única coisa que identifica o Dr. Stevens. O tamborilar abafado da tempestade pontua o silêncio.

Alice assente e fica perto do interruptor, esfregando as mãos frias nervosamente. Seu jaleco tem uma aparência fantasmagórica no escritório escuro e sem janelas que Stevens tem usado como depósito.

— Você convocou esta reunião, Lilly — murmura Martinez do canto oposto do cômodo, onde está sentado em um banco, fumando um charuto cuja ponta brilhante parece um vaga-lume na escuridão. — O que tem em mente?

Lilly anda de um lado para o outro nas sombras perto de uma fileira de arquivos de metal. Ela usa uma das capas de chuva do exército de Josh, tão grande que ela parece uma criança brincando de se vestir com roupas de adulto.

— O que eu tenho em mente? Que não vou mais viver assim.

— O que isso quer dizer?

— Quer dizer que este lugar está podre até o caroço, é doentio, e esse Governador é o mais doente de todos, e não vejo as coisas melhorando em um futuro próximo.

— E...?

Ela dá de ombros.

— Estou avaliando minhas opções.

— Que são?

Ela anda mais um pouco, escolhendo as palavras com cuidado.

— Arrumar minhas coisas e ir embora sozinha é suicídio... Mas eu estaria disposta a tentar sobreviver por aí se fosse a única maneira de escapar desta merda.

Martinez olha para Stevens, que está do outro lado da sala limpando os óculos com um pano e escutando atentamente. Os dois homens trocam um olhar preocupado. Finalmente, Stevens fala:

— Você mencionou opções.

Lilly para de andar. Ela olha para Martinez.

— Esses caras com quem você trabalha na cerca... confia neles?

Martinez dá um trago no charuto, e a fumaça forma uma grinalda em torno de seu rosto.

— Mais ou menos.

— Alguns mais, alguns menos?

Ele dá de ombros.

— É, por aí.

— Mas os caras em quem você confia mais o apoiariam em uma emergência?

Martinez fixa os olhos nela.

— Do que estamos falando, Lilly?

Lilly respira fundo. Ela não sabe se pode confiar nessas pessoas, mas também parecem ser os únicos indivíduos sensatos em Woodbury. Ela decide botar as cartas na mesa. Depois de uma longa pausa, diz suavemente.

— Estou pensando em uma mudança no regime.

Outra série de olhares apreensivos são trocados entre Martinez, Stevens e Alice. O silêncio tenso pulsa com o barulho abafado da tempestade. Os ventos estão ficando ainda mais fortes, e trovões chacoalham as fundações com uma frequência cada vez maior.

Finalmente o médico diz:

— Lilly, não acho que você saiba do que está...

— Não! — interrompe ela, olhando para o chão, falando em um tom frio e monótono: — Chega de aulas de história, doutor. Já passamos desse ponto. Já passamos do ponto de ter cuidado. Esse cara, o Philip Blake, tem que morrer... e vocês sabem disso tão bem quanto eu.

Sobre suas cabeças, uma sequência de trovões reverbera. Stevens solta um suspiro aflito.

— Você vai acabar arrumando um lugar na arena de gladiadores se continuar falando assim.

Inabalável, Lilly olha para Martinez.

— Não o conheço muito bem, Martinez, mas você parece ser um homem bem equilibrado... o tipo de homem que poderia liderar uma revolta, botar as coisas de volta nos trilhos.

Martinez a encara.

— Vá com calma, garota... você vai se machucar.

— Dane-se... Vocês não têm obrigação de me escutar... Já não ligo mais. — Ela faz contato visual com todos, um de cada vez. — Mas vocês sabem que estou certa. As coisas vão ficar muito piores por aqui se não fizermos algo a respeito. Se quiserem me entregar por traição, tudo bem, vão em frente. Que se dane. Mas pode ser que nunca mais tenhamos uma chance de derrubar aquele louco. E não vou ficar sentada de braços cruzados enquanto este lugar é destruído e cada vez mais pessoas inocentes são mortas. Vocês sabem que estou certa. — Ela volta a olhar para o chão. — O Governador tem que morrer.

Outra sequência de trovões chacoalha a estrutura do prédio, enquanto o silêncio no depósito se alonga. Finalmente, Alice fala:

— Sabem, ela está certa.

DEZESSEIS

No dia seguinte, a tempestade — agora um constante bombardeio de chuva forte e granizo congelante — cai sobre a Geórgia com violenta intensidade. Postes de telefone vergam sob o peso do ataque, caindo sobre autoestradas entulhadas de carros abandonados. Galerias de escoamento enchem e transbordam, inundando fazendas desertas, enquanto as elevações são cobertas com traiçoeiras camadas de gelo. Dezessete quilômetros a sudoeste de Woodbury, em um vale arborizado adjacente à Highway 36, a tempestade atinge o maior cemitério público do Sul dos Estados Unidos.

O Edward Nightingale Memorial Gardens and Columbarium contorna uma encosta de 1,5 km de extensão a sul do Sprewell State Park, e tem dezenas de milhares de túmulos históricos. A capela gótica e o centro de visitantes ficam na extremidade leste da propriedade, bem ao lado do Woodland Medical Center — um dos maiores hospitais do estado. Repleto de zumbis recém-transformados, abandonado pelos funcionários desde as primeiras semanas da praga, o complexo de prédios — incluindo o necrotério de Woodland, assim como o enorme labirinto de capelas velatórias nos andares inferiores do Nightingale — fervilha de mortos reanimados. Alguns são cadáveres frescos designados para autópsias e enterros, outros que já chegaram mortos estão enfiados em gavetas, todos presos, até este momento, em suas câmaras seladas.

Às 16h37 do sábado o rio Flint, que corre próximo à região, ultrapassa o limite máximo. Em flashes estroboscópicos de relâmpagos, a correnteza violenta ultrapassa as margens, arrasando fazendas, derrubando outdoors e jogando veículos abandonados pelas estradas rurais como brinquedos espalhados por uma criança zangada.

Os deslizamentos de terra começam uma hora depois. Toda a encosta norte que margeia o cemitério cede, deslizando em direção ao Flint em uma onda lodosa, marrom e granulosa — arrancando túmulos do chão, jogando esquifes antigos pela colina. Caixões se abrem e cospem seu repugnante conteúdo no oceano de lama, granizo e vento. A maioria dos esqueletos esfarrapados se quebra como gravetos. Mas muitos dos cadáveres que não foram enterrados — especialmente aqueles que ainda estão frescos e intactos e são capazes de rastejar ou de se arrastar — começam a serpear em direção às partes mais altas, que não foram inundadas.

Janelas adornadas ao longo da base do centro de visitantes do Nightingale quebram sob a pressão da enchente, implodindo, e os fortes ventos fazem o resto do trabalho, arrancando partes dos pináculos góticos, levando o topo dos campanários e decapitando telhados. Quatrocentos metros a leste, a violenta enchente atinge intensamente o centro médico, lançando detritos contra as portas e janelas enfraquecidas. Os zumbis presos dentro do necrotério são despejados de aberturas estilhaçadas, muitos deles são sugados para as correntes pelo vento forte e pela pressão do ar.

Às 17 horas desse dia, uma multidão de mortos grande o bastante para encher uma necrópole — como um grande cardume de criaturas marinhas que chegou à praia — é depositada pelos pomares e campos de tabaco vizinhos. Eles rolam uns sobre os outros na correnteza da enchente, alguns ficam presos em árvores, outros se emaranham em ferramentas de lavoura que flutuam. Alguns são carregados por quilômetros sob a água, agitando-se na escuridão bruxuleante com seus instintos involuntários e fome rudimentar. Milhares deles se acumulam nas morainas, nos vales e nas áreas protegidas a norte da autoestrada, lutando para sair da lama em grotescas pantomimas do homem primordial emergindo da sopa paleolítica.

Antes que o temporal tenha passado — movendo-se quase totalmente para a costa leste na mesma noite — a população de mortos que agora coalha a região rural supera em número a população de residentes vivos antes da praga na cidade próxima de Harrington, Geórgia — o que, segundo a placa na Highway 36, é de 4.011 almas.

Depois dessa tempestade épica, quase mil desses cadáveres indóceis começam a se juntar na maior horda já testemunhada desde o advento da praga. Na escuridão varrida pela chuva, desajeitada e lentamente, os zumbis aglomeram-se até que uma multidão grotesca tenha se formado nos campos ondulantes entre a Crest Highway e a Roland Road. A horda é tão densa que, ao longe, o topo de suas cabeças apodrecidas poderia ser confundido com uma enchente escura, repulsiva e lenta percorrendo a região.

Sem qualquer razão além do inexplicável comportamento dos mortos — seja por instinto, olfato, feromônios ou acaso — a horda começa a chapinhar através da lama para o noroeste, diretamente em direção ao centro populacional mais próximo em seu caminho — a cidade chamada Woodbury —, que está a pouco menos de 13 km de distância.

A tempestade deixa as fazendas e os campos do sudoeste da Geórgia inundados com enormes piscinas escuras de água parada e suja. As partes fundas se tornam gelo enegrecido, as altas, ficam cobertas de lama.

A decrescente faixa de chuva congelante passa pela área, transformando as florestas e colinas ao redor de Woodbury em uma maravilhosa terra vitrificada de galhos cintilantes, fios de energia enfeitados com pingentes de gelo e caminhos cristalizados — o que seria lindo em outro lugar e outra época, outro contexto, sem pragas ou homens desesperados.

No dia seguinte, os residentes de Woodbury lutam para botar a cidade novamente em ordem. O Governador ordena que suas equipes vão à fazenda leiteira próxima para buscar blocos de sal, que são trazidos em carretas, partidos com serras elétricas em pedaços fáceis de manusear e depois espalhados pelas ruas e calçadas. Sacos de areia são posicionados na extremidade sul da cidade, contra os trilhos submersos da ferrovia, em um esforço para conter a água. Durante todo o dia, sob um céu cor de fuligem, os habitantes esfregam, jogam sal, recolhem com pás, raspam e escoram cada pedacinho alagado.

— O show tem que continuar, Bob — diz o Governador no final da tarde, parado na beira da pista de corrida de terra, as luzes brilhando através da névoa acima, e o som dos geradores parecendo o zunido dissonante de uma orquestra de fagotes. O ar cheira a fumaça de combustível, álcali e lixo queimando.

A superfície da pista se encrespa ao vento, um mar de lama grosso como mingau. As chuvas atingiram com força a arena, e agora o centro da pista cintila sob as luzes do estádio com 60 cm de água turva acumulada. As arquibancadas, cobertas por uma fina camada de gelo, estão praticamente desertas, com exceção de uma pequena equipe de trabalhadores em ação com rodos e pás.

— Hein? — Bob Stookey está sentado cabisbaixo em uma arquibancada 6 metros atrás do Governador.

Arrotando distraidamente, com a cabeça caída em um estupor embriagado, Bob parece um menininho perdido. Uma garrafa vazia de Jim Beam está a seu lado no banco de aço coberto de gelo, outra — meio cheia — ele segura sem firmeza com a mão suja e dormente. Ele tem bebido sem parar nos últimos cinco dias, desde que conduziu Megan Lafferty para fora deste mundo.

Um bêbado inveterado consegue manter a embriaguez melhor do que uma pessoa comum. A maioria daqueles que bebem casualmente chega a um nível legal de pileque — aquela onda indolor, de entorpecimento e diversão que dá aos tímidos força para socializar — por um breve momento antes de descambar para a completa embriaguez. Bob, por outro lado, consegue ficar no estado mental de bebedeira com uma garrafa de uísque e permanecer assim por dias.

Mas agora, neste momento, Bob Stookey chegou ao estágio mais avançado de seu porre. Depois de beber quase 4 litros por dia, começou a cochilar regularmente, a perder a noção da realidade, a alucinar e apagar durante horas.

— Eu falei que o show tem que continuar — diz, um pouco mais alto, o Governador, indo até a cerca de arame que o separa de Bob. — Essas pessoas estão ficando malucas presas aqui nessa cidade entediante, Bob. Elas precisam de catarse.

— Falou e disse — balbucia Bob em um grunhido obstruído pela saliva.

Ele mal consegue manter a cabeça ereta. Olha através da cerca para Philip, que está a apenas alguns metros de distância, observando-o perniciosamente pelos elos de arame torcido.

No olhar febril de Bob, o Governador parece demoníaco sob as luzes frias do estádio, um halo prateado aparece em torno do cabelo penteado para trás com um rabo de cavalo da cor das penas de um corvo. Sua respiração sai em nuvens de vapor branco, e as pontas de seu bigode Fu Manchu se retorcem enquanto ele explica:

— Uma tempestadezinha de inverno não vai nos derrubar, Bob, ando pensando em algo que vai enlouquecer essa gente. Espere para ver. Você ainda não viu nada.

— Parece... bom — diz Bob, com a cabeça pendendo para a frente e uma sombra escura caindo sobre sua visão.

— Amanhã à noite, Bob — O rosto do Governador flutua na visão conturbada de Bob, um espírito sem forma. — Este é um momento de aprendizado. De agora em diante, as coisas vão ser diferentes por aqui. Lei e ordem, Bob. Essa vai ser a maior oportunidade de aprendizado que já existiu. E, além disso, vai ser um grande show. Vai enlouquecer esse pessoal. E tudo vai acontecer aqui, nessa lama e nessa merda. Bob? Está ouvindo? Bob, você está bem? Fique comigo, velho amigo.

Bob escorrega da arquibancada, caindo no chão em outro blecaute, a última imagem gravada em sua mente é o rosto do Governador, fraturado pela forma geométrica de diamantes dos elos enferrujados da cerca de arame.

— Onde está Martinez, afinal? — Philip olha para trás. — Não vejo nem sinal daquele idiota há horas.

* * *

— Ouçam — diz Martinez, fixando o olhar nos olhos de cada conspirador, um por um, na luz fraca do galpão da ferrovia. Os cinco homens estão agachados em um semicírculo frouxo em torno de Martinez, amontoados em um dos cantos dos fundos. O galpão coberto de teias de aranha está escuro como uma tumba. Martinez acende uma cigarrilha e a fumaça engole seu rosto belo e astuto. — Não se afrouxa a armadilha de uma cobra, se ataca o mais rápido possível, o mais forte possível.

— Quando? — pergunta o mais jovem, que se chama Stevie. Agachado ao lado de Martinez, o garoto mestiço alto e magro usa uma jaqueta preta de cetim, tem um bigode incipiente e pisca com nervosismo seus olhos determinados e de cílios longos. A aparente inocência de Stevie é desmentida por sua feroz aptidão em destruir zumbis.

— Em breve. — Martinez traga sua cigarrilha. — Eu aviso hoje à noite.

— Onde? — pergunta outro conspirador, um homem mais velho usando um casaco estilo marinheiro e cachecol, que atende pelo nome de Sueco. Seu tufo desgrenhado de cabelo louro, rosto coriáceo e peito largo, que está sempre coberto com cartucheiras de munição, lhe dao um ar de combatente da Resistência Francesa da Segunda Guerra Mundial.

Martinez olha para ele.

— Eu vou avisar.

O Sueco solta um suspiro exasperado.

— Estamos colocando o nosso na reta, Martinez. Você poderia nos explicar em que estamos nos metendo.

Outro homem fala, um negro de colete acolchoado chamado Broyles.

— Tem um motivo para ele não estar dando detalhes, Sueco.

— É? Qual?

O homem negro fixa o olhar no Sueco.

— Margem de erro.

— Como é?

O homem negro olha para Martinez.

— Há muito a perder se alguém é apanhado antes de a coisa acontecer, é torturado... essas coisas.

Martinez assente, fumando sua cigarrilha.

— É, por aí.

Um quarto homem, um ex-mecânico de Macon chamado Taggert, entra na conversa:

— E os guarda-costas?

— Bruce e Gabe? — diz Martinez.

— É... acha que vamos conseguir fazê-los mudar de lado?

Martinez dá outro trago.

— O que *você* acha?

Taggert dá de ombros.

— Acho que nunca concordariam com uma coisa dessas. São os cachorrinhos de Blake.

— Exatamente. — Martinez respira fundo. — É por isso que vamos derrubá-los primeiro.

— Se quer minha opinião — resmunga Stevie. — A maioria das pessoas desta cidade não tem queixas sobre o Governador.

— Ele está certo — concorda o Sueco, nervoso. — Eu diria que 90 por cento dessas pessoas na verdade *gostam* do filho da puta, e estão satisfeitas com a maneira como as coisas andam por aqui. Desde que a despensa fique cheia, o muro fique no lugar, o show continue... são como os alemães nos anos 1930 quando o desgraçado do Adolf Hitler...

— OK, chega de papo! — Martinez joga a cigarrilha no chão coberto de cinza e a apaga com a ponta de sua bota militar. — Ouçam... todos. — Ele olha para cada um dos homens enquanto fala em um tom baixo e monótono de tensão. — Isso vai acontecer, e vai acontecer rápida e decisivamente... Caso contrário, vamos acabar naquele matadouro sendo fatiados para virar comida de zumbi. Ele vai sofrer um acidente. Isso é tudo o que vocês precisam saber por enquanto. Se quiserem desistir, a porta é ali. Sem ressentimentos. Esta é a sua chance. — Ele ameniza um pouco. — Vocês são bons trabalhadores, homens honestos... e a confiança não se cria facilmente por aqui. Se quiserem apertar as mãos e deixar isso para lá, não vou ter problema nenhum com vocês. Mas façam isso agora. Porque quando acontecer, não vão poder voltar atrás.

Martinez espera.

Ninguém diz nada, ninguém sai.

Nessa noite a temperatura despenca, os ventos aumentam vindo do norte. Chaminés soltam fumaça de lenha pela rua principal de Woodbury, os geradores trabalham sem parar. No oeste, as grandes luzes sobre a pista de corrida permanecem acesas, as preparações finais são feitas para a grande estreia da noite seguinte.

Sozinha em seu apartamento em cima da lavanderia, Lilly Caul coloca um par de revólveres e munição extra sobre a colcha — duas Ruger Lite semiautomáticas calibre .22, um pente extra e um cartucho Stingers de 32-grãos. Martinez lhe deu as armas, assim como uma rápida lição sobre como recarregar os pentes de bala.

Ela se afasta e observa as pistolas douradas com os olhos semicerrados. Seu coração acelera, a garganta fica seca por conta dos velhos sentimentos familiares de pânico e autoquestionamento. Lilly para. Fecha os olhos e engole o medo. Abre os olhos, levanta a mão direita e se pergunta se ela pertence a outra pessoa. Sua mão não treme. Está firme como uma rocha.

Lilly não terá um minuto de sono esta noite... e talvez nem na seguinte.

Tirando uma grande mochila de baixo da cama, ela guardas as armas, a munição, um facão, uma lanterna, corda de nylon, pílulas para dormir, fita adesiva, uma lata de Red Bull, um isqueiro, um rolo de lona plástica, luvas sem dedos, binóculos e um colete extra para o frio. Ela fecha a mochila e a empurra novamente para debaixo da cama.

Faltam menos de 24 horas para a missão que vai mudar o curso de sua vida.

Lilly se agasalha com um casaco acolchoado, botas impermeáveis e um gorro. Ela verifica seu relógio de corda na mesa de cabeceira.

Cinco minutos depois, às 23h45, ela tranca o apartamento e sai.

A cidade está deserta no frio da noite, o ar está acre dos odores de enxofre e sal congelado. Lilly tem que andar cuidadosamente pelas calçadas congeladas, seus passos fazem muito barulho. Ela olha por cima do ombro. As ruas estão vazias. Então contorna o correio, dirigindo-se ao apartamento de Bob.

A escada de madeira na qual Megan se enforcou, congelada desde que a tempestade passou, crepita e estala quando Lilly sobe os degraus cuidadosamente.

Ela bate na porta de Bob. Não há resposta. Bate outra vez. Nada. Ela sussurra o nome de Bob, mas não tem resposta, nenhum som vem lá de dentro. Ela tenta abrir a porta e vê que está destrancada. Ela entra.

A cozinha escura está silenciosa, o chão, coberto de pratos e tigelas quebrados, poças de líquidos derramados. Por um instante, Lilly se pergunta se deveria ter levado uma arma. Ela observa a sala de estar à sua direita, vê a mobília virada e montes de roupa suja.

Encontra uma lanterna à pilha em um balcão, pega-a e liga. Ela se embrenha no apartamento e chama:

— Bob?

A luz da lanterna é refletida por cacos de vidro no chão do corredor. Uma das bolsas de médico de Bob está no carpete, virada, com o conteúdo espalhado pelo chão. A parede cintila com algo pegajoso. Lilly engole o medo e segue em frente.

— Tem alguém em casa?

Ela espia o quarto no final do corredor e encontra Bob no chão, sentado, recostado na cama desfeita, com a cabeça caída para a frente. Vestido com uma regata manchada e cuecas, com as pernas magras brancas como alabastro, ele está totalmente imóvel, e por um brevíssimo instante Lilly pensa que está morto.

Mas então vê seu peito descendo e subindo devagar e percebe a garrafa meio vazia de Jim Beam em sua mão direita inerte.

— Bob!

Ela corre até ele e levanta gentilmente sua cabeça, recostando-a na cama. Com o cabelo escasso oleoso e desgrenhado e os olhos pesados injetados e vidrados, ele murmura algo como:

— São muitos... eles vão...

— Bob, é a Lilly. Está me ouvindo? Bob? Sou eu, Lilly.

A cabeça dele cai.

— Eles vão morrer... não escolhemos os piores...

— Bob, acorde. Você está tendo um pesadelo. Está tudo bem, estou aqui.

— Cheios de vermes... muitos... horrível...

Lilly fica de pé, se vira e sai apressada do quarto. Do outro lado do corredor, no banheiro imundo, ela coloca um pouco de água em um copo sujo e volta. Tira delicadamente a bebida da mão de Bob e a joga do outro lado do quarto. A garrafa se estilhaça na parede, respingando no papel de parede rosa-claro. Bob se sobressalta com o barulho.

— Aqui, beba isto — diz ela, e lhe dá um pouco de água. Ele tosse e cospe. Suas mãos se agitam impotentemente enquanto tosse. Ele tenta focalizá-la, mas seus olhos não cooperam. Ela afaga sua testa febril. — Sei que você está sofrendo, Bob. Vai ficar tudo bem. Estou aqui agora. Vamos.

Ela o levanta pelas axilas, arrastando o peso morto de seu corpo até a cama. Deita sua cabeça no travesseiro, posiciona suas pernas sob as cobertas, depois puxa o cobertor até o queixo, falando suavemente com ele.

— Sei que perder Megan foi difícil, mas você tem que segurar as pontas.

As sobrancelhas dele se franzem, uma expressão de agonia contorce seu rosto pálido, enrugado e abatido. Seus olhos percorrem o teto. Ele parece uma pessoa que foi enterrada viva e está tentando respirar. Suas palavras saem emboladas:

— Eu nunca quis... nunca... não foi minha ideia...

— Está tudo bem, Bob. Você não precisa dizer nada. — Ela afaga sua testa e fala em um tom baixo e suave. — Você fez a coisa certa. Vai ficar tudo bem. As coisas vão mudar por aqui, as coisas vão melhorar.

Lilly afaga sua bochecha, a pele descorada e fria sob seus dedos. Ela começa a cantar suavemente. Canta "The Circle Game", de Joni Mitchell para ele, como nos velhos tempos.

A cabeça de Bob se acomoda no travesseiro úmido de suor e sua respiração começa a se acalmar. As pálpebras se fecham. Como nos velhos tempos. Ele começa a roncar. Lilly continua cantando até muito depois de ele ter adormecido.

— Vamos derrubá-lo — diz Lilly suavemente para o homem adormecido.

Ela sabe que ele não pode mais ouvir nada do que ela está dizendo, se é que ouviu alguma coisa. Lilly está falando sozinha agora. Falando com alguma parte profundamente enterrada de sua psique.

— É tarde demais para voltar atrás... vamos derrubá-lo...

A voz de Lilly desaparece, e ela decide encontrar um cobertor e passar o resto da noite ao lado da cama de Bob, esperando que o dia fatídico amanheça.

DEZESSETE

Na manhã seguinte, o Governador começa cedo os últimos preparativos para o grande show. Acorda antes do amanhecer, vestindo-se rapidamente, fazendo café e alimentando Penny com o final do seu suprimento de órgãos humanos. Às 7 horas já está na rua, a caminho do apartamento de Gabe. Uma equipe já joga sal nas calçadas, o tempo está surpreendentemente ameno, considerando os eventos da semana anterior. Os termômetros passam dos 10°C e o céu clareou, talvez até tenha se estabilizado, e agora está encoberto com nuvens cinza-claras da cor de cimento. O vento não perturba muito o ar da manhã, e o dia que começa parece ao Governador perfeito para a noite de uma nova e melhorada luta de gladiadores.

Gabe e Bruce supervisionam a transferência dos zumbis presos nas celas sob a pista. São necessárias várias horas para levar as criaturas para a arena acima, não só porque os errantes são criaturas incontroláveis, mas também porque o Governador quer fazer tudo em segredo. A inauguração do Círculo da Morte atiçou a veia de entretenimento do Governador, e ele quer que as revelações da noite fascinem a multidão. Ele passa grande parte da tarde dentro da arena, verificando mais de uma vez as cortinas, os alto-falantes, as deixas musicais, as luzes, os portões, as trancas, a segurança e, como não poderia deixar de ser, os competidores.

Os dois guardas sobreviventes, Zorn e Manning, que ainda definham na cela subterrânea, perderam quase toda a gordura corporal e o tecido muscular. Sobrevivendo de sobras, biscoitos velhos e água durante meses, acorrentados à parede 24 horas por dia, parecem esqueletos vivos e muito pouco de sua sanidade permanece intacta. A única salvação é o treinamento militar que tiveram — assim como a raiva que sentem —, o qual, ao longo das semanas de cativeiro torturante, se inflamou e se aprofundou, transformando-os em espectros de olhos selvagens sedentos por vingança.

Em outras palavras, se eles não puderem estraçalhar a garganta de quem os trancafiou, se contentarão alegremente em estraçalhar a garganta um do outro.

Os guardas são a última peça do quebra-cabeça, e o Governador espera até o último minuto para deslocá-los. Gabe e Bruce convocam três de seus trabalhadores mais musculosos para entrar na cela e injetar tiopentato de sódio nos soldados com o objetivo de acalmá-los para o percurso. Eles não precisam ir longe. Arrastados com amarras de couro em torno do pescoço, da boca, dos pulsos e dos tornozelos, os dois guardas são conduzidos por uma série de escadas de ferro até o nível da plateia.

Tempos antes, os fãs de corridas perambulavam por esses corredores de cimento comprando camisetas, enroladinhos de salsicha, cervejas e algodão-doce. Agora, esses túneis ficam em perpétua escuridão, fechados por tábuas, trancados por cadeados e usados como depósito temporário para tudo, desde tanques de combustível a caixas fechadas de artigos valiosos roubados dos mortos.

Às 18h30 desta noite está tudo pronto. O Governador ordena a Gabe e Bruce que se posicionem em extremidades opostas da arena, dentro dos túneis de saída, para montar guarda contra qualquer competidor desobediente — ou zumbi extraviado, no caso — tentando escapar. Satisfeito com todos os preparativos, Philip volta à sua casa para se arrumar para o show. Ele se veste todo de preto — colete de couro preto, calças de couro, botas de motociclista de couro — e coloca uma fita de couro no rabo de cavalo. E se sente como um astro do rock, finalizando a roupa com o guarda-pó que virou sua marca registrada.

Pouco depois das 19 horas, os cerca de quarenta residentes de Woodbury já estão enchendo o estádio. Todos os cartazes pregados nos postes de telefone e colados nas vitrines das lojas no começo da semana anunciam que o início do espetáculo será às 19h30, mas todos querem arranjar um bom lugar no meio das arquibancadas, se acomodar, arrumar algo para beber, posicionar seus cobertores e almofadas.

O tempo ameno deixa todos murmurando animados conforme a hora se aproxima.

Às 19h28, um silêncio cai sobre os espectadores aglomerados na parte da frente das arquibancadas, alguns se levantam e pressionam o rosto contra a cerca. Os homens mais novos estão embaixo, enquanto as mulheres, os casais e os residentes mais velhos se espalham pelas fileiras mais altas, enrolados em cobertores para se proteger do frio. Todos os rostos refletem o desejo de um viciado abstinente — sombrio, contraído, nervoso. Tem a sensação de que algo extraordinário está para acontecer.

Eles sentem o cheiro de sangue no vento.

O Governador não vai desapontar.

Às 19h30 em ponto — segundo o relógio de pulso Fossil do Governador — a música no estádio começa a se esgueirar por sob os incessantes gemidos do vento. Começa suave e tênue nos alto-falantes — um acorde baixo como um tremor subterrâneo. A abertura é familiar para muitos, embora poucos consigam nomear o poema sinfônico: "Assim falou Zaratustra" de Richard Strauss. A maioria das pessoas conhece a música como tema de *2001: Uma odisseia no espaço*, com suas ressonantes notas de trompa espaçadas, construindo uma dramática fanfarra.

Um leve véu de neve se torna visível no arco de luzes, um feixe forte atinge o centro enlameado da pista, uma piscina de luz de magnésio do tamanho de uma cratera lunar. A multidão solta um grito coletivo quando o Governador caminha a passos largos até o cone de luz.

Ele levanta uma das mãos — um gesto majestoso e melodramático, enquanto a música se aproxima de seu grande clímax —, e o vento sopra a cauda de seu guarda-pó. Suas botas afundam 15 cm na terra, o centro da pista é um atoleiro de terra encharcada pela chuva. Ele acha que a lama vai apenas aumentar o drama.

— Amigos! Companheiros residentes de Woodbury! — vocifera em um microfone ligado aos alto-falantes atrás dele. Sua voz grave se eleva para o céu noturno, o eco reverbera nas arquibancadas vazias nas duas extremidades da arena. — Todos vocês trabalharam arduamente para manter esta cidade de pé! Agora serão recompensados!

Cerca de quarenta vozes conseguem fazer — com as cordas vocais, assim como a sanidade, no limite — uma algazarra infernal. A gritaria é levada pelo vento.

— Estão prontos para um espetáculo inesquecível esta noite?

A galeria solta uma cacofonia de gritos de hiena e aplausos frenéticos.

— Tragam os competidores!

Com a deixa, enormes refletores se acendem sobre os níveis superiores, o barulho parecido com o de enormes fósforos se acendendo — os feixes descem, cruzando entre si por toda a arena. Uma por uma, as poças de luz prateada pousam sobre enormes cortinas de lona preta, cada uma cobrindo uma das cinco passagens em torno da arena.

Na extremidade do estádio, uma porta semelhante à de uma garagem é erguida, e Zorn, o mais jovem dos dois guardas, aparece nas sombras da passagem. Usando protetores de tórax e caneleiras improvisados, ele segura um facão e treme com insanidade latente. Começa a andar pela pista em direção ao centro com uma expressão brutal, movendo-se nervosa e rigidamente, um prisioneiro de guerra solto da coleira pela primeira vez em muitas semanas.

Quase simultaneamente, como uma imagem espelhada da entrada de Zorn, a porta de garagem na extremidade oposta do estádio é aberta, e das sombras sai Manning, o soldado mais velho, com cabelos grisalhos e desgrenhados e olhos injetados. Carrega um enorme machado de batalha e se move pela lama de uma maneira não muito diferente da de um zumbi.

Quando os dois combatentes se aproximam um do outro no centro da arena, o Governador vocifera no microfone:

— Senhoras e senhores, é com grande orgulho que lhes apresento o Círculo da Morte!

A multidão se sobressalta coletivamente quando as cortinas que circundam a periferia — novamente, na deixa — caem, revelando bandos de zumbis em decomposição que rosnam, famintos. Alguns dos espectadores nas arquibancadas se levantam, querendo fugir instintivamente, enquanto os Mordedores começam a sair de suas arcadas, tentando alcançar carne humana com os braços.

Os Mordedores vão até a metade da pista, com os passos arrastados e desajeitados se atolando na lama, antes de chegar ao final de suas correntes. Alguns deles — surpreendidos pelo limite de sua liberdade — perdem o equilíbrio, caindo de um jeito cômico na lama. Outros rosnam furiosamente, agitando os braços mortos para a multidão e pela injustiça do cativeiro acorrentado. A multidão os vaia.

— QUE COMECE A BATALHA!

No centro da pista, Zorn se lança sobre Manning antes que este esteja preparado — na verdade, antes mesmo que o Governador consiga sair em segurança —, e o soldado mais velho mal tem tempo de se defender do golpe cortante de sua arma.

O facão desce e roça a cabeça do machado em uma chuva de fagulhas.

A multidão aplaude quando Manning desliza para trás, caindo na lama, escorregando pela sujeira, chegando a centímetros do zumbi mais próximo. O errante, com olhos arregalados pela sede de sangue, tenta abocanhar os calcanhares de Manning, e a corrente mal contém a criatura. Manning consegue se levantar, com o rosto queimando de terror e insanidade.

O Governador sorri para si mesmo enquanto se afasta do centro da pista, saindo por um dos portões.

Os barulhos da multidão ecoam pelo túnel escuro ao seu redor enquanto ele atravessa as sombras cercadas de cimento, rindo sozinho, pensando em como seria incrível se um dos guardas fosse mordido diante dos olhos da multidão e se transformasse durante a batalha. *Isso sim* seria entretenimento.

Ele vira uma esquina e vê um de seus homens carregando um pente de sua AK-47 perto de uma barraca deserta de comida. O jovem — um garoto grandalhão da área rural de Macon, com um casaco acolchoado puído e um gorro — levanta o olhar de sua arma.

— Oi, Gov... como estão indo as coisas lá?

— Uma loucura, Johnny, uma loucura — diz o Governador, piscando ao passar. — Vou dar uma olhada em Gabe e Bruce nas saídas... Cuide para que os errantes fiquem dentro da pista e não voltem para os portões.

— Pode deixar, chefe.

O Governador segue em frente, virando outra esquina e percorrendo um túnel deserto.

O barulho abafado da multidão ecoa em ondas pela passagem escura enquanto segue em direção à saída leste. Ele começa a assobiar, sentindo-se no topo do mundo, quando de repente para o assobio e diminui o passo, esticando a mão, por instinto, para a .38 de cano curto em seu cinto. De repente, algo parece estar errado.

Ele para abruptamente no meio do túnel. A saída leste, visível além da quina 6 metros à frente, está completamente deserta. Nem sinal de Gabe em lugar algum. O portão externo — uma porta vertical feita de tábuas de madeira, fechado sobre a abertura — deixa vazar filamentos de luz forte dos faróis de um veículo ligado em ponto morto.

Nesse ponto, o Governador percebe a boca de um rifle de assalto M1 abandonado — a arma de Gabe — aparecendo pela quina.

— Puta que pariu! — solta o Governador, sacando sua arma e virando-se.

A centelha azul de uma arma de choque crepita em seu rosto, jogando-o para trás.

Martinez se aproxima rapidamente com a arma de choque em uma das mãos e um pesado cassetete de couro na outra — enquanto o choque de 50 quilovolts faz o Governador cambalear para trás, batendo contra a parede, deixando a .38 voar de sua mão.

Ele desce o cassetete com força contra a têmpora de Philip, o barulho surdo da pancada é como um sino dissonante tocando. O Governador convulsiona contra a parede, oscilando muito, recusando-se a cair. Grita com a fúria inintetigível de uma vítima de derrame, com as veias do pescoço e das têmporas inchadas, enquanto chuta Martinez.

O Sueco e Broyles estão parados atrás de Martinez, um em cada flanco, prontos para se aproximar com a corda e a fita adesiva. Mar tinez atinge o Governador novamente com o cassetete, e desta vez o objeto cumpre sua função.

Philip enrijece e escorrega para o chão, revirando os olhos. O Sueco e Broyles se aproximam do corpo que treme e se contrai, encolhido em posição fetal no cimento.

Eles o amarram e amordaçam com fita adesiva em menos de sessenta segundos. Martinez chama os homens do lado de fora do portão com um rápido assobio, e a porta de tábuas se eleva repentinamente.

— No três — murmura o líder do grupo, guardando a arma de choque e enfiando o cassetete na parte de trás do cinto. Martinez segura os tornozelos amarrados do homem. — Um, dois... *três*!

Broyles segura o Governador pelos ombros, Martinez levanta as pernas, e o Sueco os conduz pelo portão para o vento frio lá fora, e contornam a van.

A porta traseira já está aberta. Eles enfiam o corpo lá dentro.

Em segundos, os homens entram na traseira sem janelas da van, todas as portas batem e o veículo se afasta do portão de marcha à ré.

A van rapidamente para, depois a marcha é colocada em primeira e ela continua.

Em segundos, tudo o que resta do lado de fora da entrada da pista de corrida é uma nuvem cada vez mais tênue de monóxido de carbono.

— Acorde, seu escroto doente! — Lilly dá um tapa no Governador, os olhos do homem se abrem no chão da van lotada enquanto se afasta da cidade.

Gabe e Bruce estão amarrados e amordaçados perto da frente do compartimento de carga atravancado, com as bocas cobertas com fita adesiva. O Sueco aponta uma Smith & Wesson .45 para os homens, com os olhos arregalados e atentos. Caixas de artilharia militar forram as laterais do compartimento de carga, ali há de tudo, desde balas antiblindagem até bombas incendiárias.

— Vá com calma, Lilly — recomenda Martinez, agachado perto da frente, com um walkie-talkie apertado na mão enluvada. Com o rosto contraído de tensão, como um herege se rebelando contra a Igreja, Martinez vira as costas, aperta o botão e diz em voz baixa: — Siga o jipe, mantenha os faróis apagados e me avise quando vir um zumbi perdido.

O Governador recupera a consciência em estágios, piscando e observando ao redor, testando a força das amarras — algemas elásticas, corda de nylon e fita adesiva apertada sobre a boca.

— Você precisa ouvir isto, Blake — diz Lilly para o homem no chão estriado. — "Governador"... "Presidente"... "Rei"... seja lá como for que chama a si mesmo. Você se considera algum tipo de ditador benevolente?

Os olhos do Governador ainda percorrem o compartimento da van sem se focar em nada — um animal preso no matadouro.

— Meus amigos não precisavam ter *morrido* — continua Lilly, pairando sobre o Governador. Seus olhos se enchendo de lágrimas por um instante, e ela se odeia por isso. — Você poderia ter transformado esse lugar em algo ótimo... um lugar onde as pessoas pudessem viver com segurança em harmonia... em vez de transformá-lo nesse show de horrores doente.

Perto da frente, Martinez aperta o botão.

— Stevie, já viu alguma coisa?

Através do alto-falante crepita a voz do jovem:

— Negativo... nada ainda... espere! — Som de estática, depois barulhos de farfalhar. A voz de Stevie é ouvida longe do microfone. — Que porra é essa?

Martinez aperta o botão.

— Stevie, repita, não entendi.

Estática... sons farfalhantes.

— Stevie! Está me ouvindo? Não quero me afastar demais da cidade!

Em meio à estática, a voz intermitente de Stevie chia através do barulho.

— Pare, Taggert... Pare! Que porra é essa! QUE PORRA É ESSA?!

Na traseira, Lilly enxuga os olhos e fixa o olhar nos olhos do Governador.

— Sexo em troca de comida? Mesmo? Sério? Essa é a sua grande sociedade...

— Lilly! — Martinez vocifera para ela. — Pare com isso! Temos um problema! — Ele aperta o botão para falar. — Broyles, pare a van!

Nesse ponto, os olhos do Governador encontraram os de Lilly, e o homem está totalmente acordado, encarando-a com uma fúria silenciosa que queima a alma dela, e ela não se importa, ela nem sequer percebe.

— Toda a luta, os suicídios e o medo deixando todo mundo em um estupor catatônico...? — Ela tem vontade de cuspir nele. — Essa é a sua ideia de uma merda de COMUNIDADE...

— Lilly! Porra! — Martinez se vira e a encara. — Será que dá para você...

O veículo para cantando pneus, jogando Martinez para trás contra a divisória e Lilly para a frente sobre o Governador e uma pilha de caixas de munição. As caixas tombam quando ela se estatela no chão. O walkie-talkie gira contra a sacola. O Governador rola de um lado para o outro, a fita adesiva se solta de sua boca.

O crepitar da voz de Broyles grita pelo alto-falante.

— Avistei um errante!

Martinez rasteja até o rádio, pegando-o e apertando o botão.

— Que merda que está acontecendo, Broyles? Que ideia é essa de enfiar o pé no...

— Temos outro! — grita a voz pelo minúsculo alto-falante. — Mais alguns, saindo do... Ah, porra... porra... AH, PORRA!

Martinez aperta o botão.

— Broyles, o que está acontecendo, porra?

Através do rádio:

— Tem mais do que nós esperáv...

A estática encobre a voz por um instante, e então a voz de Stevie ultrapassa o barulho:

— Jesus Cristo, tem um monte deles saindo do... — A estática estala por um momento. — Eles estão saindo do bosque, cara, eles continuam vindo...

Martinez grita no fone:

— Stevie, fala comigo! A gente larga eles aqui e volta?

Mais estática.

Martinez grita:

— Stevie! Está me ouvindo? Melhor a gente voltar?

Agora, a voz de Broyles:

— São muitos, chefe! Nunca vi tantos em uma...

Um estouro de estática e o som de um tiro e de vidro quebrando — ecoando do lado de fora da van — faz Lilly se levantar. Ela se dá conta do que está acontecendo, e leva a mão para trás tentando pegar a Ruger que está em seu cinto. Ela a segura e puxa o ferrolho, olhando por cima do ombro.

— Martinez, chame seus homens de volta, tire-os daqui!

Martinez aperta o botão:

— Stevie! Está me ouvindo?! Saia daqui, recue! Volte! Vamos encontrar outro lugar! Está me ouvindo? STEVIE!

O som do grito angustiado de Stevie irrompe pelo alto-falante, pouco antes de outra bateria de tiros automáticos chacoalhar o ar... seguido por um terrível ruído de metal sendo distendido... e um enorme estrondo.

A voz de Broyles:

— Esperem! Eles viraram o jipe! É uma quantidade inacreditável! Esperem! Estamos fodidos, todos nós! ESTAMOS TOTALMENTE FODIDOS!!

A van estremece quando o motor começa a dar ré, disparando para trás, a força centrípeta joga todos para a frente contra a divisória.

Lilly bate com o ombro no suporte de armas, derrubando meia dúzia de carabinas no chão, como gravetos. Gabe e Bruce rolam, batendo um no outro. Sem ser notado pelos outros, Gabe agora está com os dedos sob a algema de Bruce, e começa a puxá-la. A mordaça de Bruce se solta e ele vocifera um grito confuso:

— SEUS FILHOS DA PUTA, AGORA TODOS NÓS VAMOS MORRER!

A van passa por um objeto, e depois por outro e outro — os baques molhados e abafados balançam o chassi — e Lilly se segura ao suporte lateral com a mão livre, olhando com atenção o compartimento de carga.

Martinez engatinha até o walkie-talkie caído enquanto o homem negro cospe e pragueja, e o Sueco aponta a boca de sua .45 para ele.

— CALE A PORRA DA BOCA!

— SEUS FILHOS DA PUTA NEM SEQUER...

A traseira da van bate em um objeto desconhecido e fica presa, as rodas de trás giram sobre algo escorregadio e pegajoso na estrada, a força arremessa todos para o canto. Armas voam pelo compartimento e o Governador rola contra uma pilha de caixas que cai sobre ele. Solta um grito furioso — a fita adesiva agora pende de seu queixo — e depois fica quieto.

Todos se aquietam totalmente imóveis, enquanto a van fica ali parada por um momento.

Então o veículo inteiro estremece. O solavanco lateral chama a atenção de todos. A voz de Broyles crepita do rádio caído, algo sobre *"demais"* ou *"saindo"*, quando de repente o estrondo da AK-47 de Broyles na cabine trespassa o silêncio, seguido por uma explosão de vidro quebrado e um berro humano.

Então as coisas ficam quietas novamente. E imóveis. Com exceção dos gemidos baixos, monótonos e gorgolejantes de centenas de vozes mortas que, atravessando as paredes da traseira sem janelas da van, parecem uma turbina gigante roncando do lado de fora. Algo esbarra outra vez no veículo, jogando-o para o lado em uma violenta convulsão.

Martinez pega um rifle de assalto na parede, puxa a alavanca para trás, vai até as portas traseiras e segura a maçaneta, quando ouve uma voz profunda e alterada pelo uísque vindo de trás dele.

— Eu não faria isso se fosse você.

Lilly olha para o chão e vê o Governador — com a mordaça solta — tentando se sentar contra a parede, com os olhos escuros cintilando. Ela aponta a Ruger para ele.

— Você não dá mais ordens — informa Lilly através dos dentes cerrados.

A van dá outro solavanco para o lado. O silêncio retumbante se alonga.

— O plano de vocês foi por água abaixo — diz o Governador com uma alegria sádica. Seus traços se contraem com o trauma residual.

— Cala a boca!

— Acharam que iam nos deixar aqui, nos dar de comer para os errantes, e ninguém ia ficar sabendo.

Lilly coloca a boca da .22 contra a testa dele.

— Eu falei para calar a porra da boca!

A van estremece outra vez. Martinez fica congelado de indecisão. Ele se vira e está a ponto de dizer alguma coisa para Lilly quando um borrão de movimento perto da frente pega todos de surpresa.

Bruce conseguiu soltar as mãos e se joga repentinamente sobre o Sueco, tirando a arma da mão do homem mais velho. A .45 dispara quando cai no chão, o estrondo é tão alto que fura os tímpanos, o tiro fura o metal do chão e atinge de raspão a bota esquerda do Sueco, fazendo o homem gritar e cair contra a parede de trás.

Em um movimento fluido, antes que Martinez ou Lilly possam atirar, o grande homem negro pega a .45 quente e dá três tiros no peito do Sueco. O sangue espirra pela parede lateral ondulada atrás do homem mais velho quando ele ofega, estremece e escorrega para o chão.

Na porta traseira, Martinez gira na direção do homem negro e dispara dois tiros rápidos e controlados, mas nesse ponto Bruce já está mergulhando para se esconder atrás das pilhas de caixas, e as balas atingem papelão, metal e fibra de vidro, disparando dentro das caixas uma série de explosões abafadas, que mandam nuvens de fragmentos de madeira, fagulhas e papel pelos ares como meteoros — e todos se jogam no chão. Bruce pega sua faca Bowie, que estava escondida em seu tornozelo, e vai em direção às algemas de Gabe — as coisas acontecem muito depressa no compartimento de carga —, enquanto Lilly vira sua Ruger para os dois bandidos perto da cabine dianteira, ao mesmo tempo que Martinez salta na direção de Bruce e o Governador grita algo como "NÃO OS MATEM!". De repente Gabe está solto e tenta pegar uma das carabinas caídas, e Bruce avança com a faca para Martinez, que se esquiva do golpe, e cai sobre Lilly, fazendo-a bater nas portas de trás...

... e o impacto do corpo de Lilly abre a tranca da porta dupla.

Que súbita e inesperadamente se escancara, deixando um bando de cadáveres em movimento entrar na van.

DEZOITO

Um enorme Mordedor em decomposição usando uma bata hospitalar esfarrapada tenta pegar Lilly, e chega perto de fincar seus dentes apodrecidos no pescoço dela quando Martinez consegue dar um tiro que arrancar o topo do crânio da criatura.

Sangue preto e rançoso esguicha pelo teto, derramando-se no rosto de Lilly quando ela se afasta da porta aberta. Mais Mordedores entram pela abertura escancarada. Lilly fica surda — seus ouvidos estão zunindo por causa do barulho — enquanto recua para a parede da frente.

O Governador, ainda algemado, se arrasta rapidamente para trás, afastando-se do ataque, enquanto Gabe pega uma carabina carregada e atira, as balas perfuram tecido morto e crânios apodrecidos. Massa cerebral surge como crisântemos pretos enquanto o interior da van fumega, balança e é inundado pelo fedor da morte. Cada vez mais Mordedores se aglomeram na abertura, apesar dos tiros.

— BRUCE, SOLTE-ME!

A voz do Governador — com o volume reduzido pelo barulho e praticamente inaudível para Lilly, por causa do zunido nos ouvidos — bota Bruce em ação com a faca. Enquanto isso, Martinez e Lilly disparam uma salva de tiros. Canos lampejam com um barulho enorme, pentes inteiros são esvaziados, os tiros sucessivos atingem cavidades oculares, mandíbulas, carecas viscosas e frontes podres, fazendo tecidos pretos, sangue e fluidos esguicharem e serem arremessados pelas portas abertas.

A faca de Bruce corta as algemas de Philip, e em segundos ele está livre e com uma carabina nas mãos.

O ar resplandece com os tiros, e logo os cinco humanos sobreviventes ocupantes da van estão amontoados juntos contra a divisória da cabine, cada um atirando à vontade, lançando uma tempestade infernal pelas portas traseiras. O som é colossal, ensurdecedor, amplificado pelo chassi de metal da van. Algumas das balas erram o alvo, ricocheteando na estrutura da porta em cadeias de fagulhas.

Zumbis destroçados caem no chão da van como dominós sendo derrubados, alguns deles escorregam pela extremidade das portas traseiras viscosas, outros ficam presos na pilha. O tiroteio continua por mais dez segundos, durante os quais uma rajada de sangue e matéria corporal cobre os humanos com camadas de sangue coagulado. Um fragmento de aço atinge a coxa de Lilly, enterrando-se, uma pontada de dor que a acorda.

Durante um único minuto — intermináveis sessenta segundos, que parecem uma vida para Lilly — todos os pentes de munição são esvaziados em carne morta, e todos os zumbis que se aglomeravam na porta caem e escorregam para o chão do lado de fora da van, deixando uma trilha viscosa de sangue na borda ondulada.

Os últimos corpos restantes ficam presos na abertura, e no terrível silêncio que se segue e que faz os ouvidos zunirem, enquanto Gabe, Martinez e o Governador recarregam as armas, Bruce vai até a abertura traseira. Ele chuta os extraviados da borda, os corpos caem no asfalto com um som de molhado. Lilly solta o pente vazio da Ruger, que ressoa no chão, e a pancada metálica não é registrada por seus ouvidos ensurdecidos. Seu rosto, suas armas e roupas estão cobertos de sangue e bile. Ela recarrega, com a pulsação latejando nos ouvidos traumatizados.

Nesse meio-tempo, Bruce fecha as portas duplas, e as dobradiças danificadas soltam um alto rangido que mal é notado pelos ouvidos de Lilly, que estão zunindo.

A tranca estala, selando-os novamente dentro da câmara mortuária encharcada de sangue. Mas a pior parte, a que agora ocupa a mente de todos, é a paisagem vista de relance para além da van, a floresta de ambos os lados e a estrada sinuosa bem à frente, no platô ao longe, cobertas pela escuridão e repletas de sombras em movimento.

O que conseguem enxergar de relance antes que as portas se fechem desafia a compreensão. Todos já viram hordas antes, algumas delas enormes, mas essa desafia qualquer descrição — uma massa de mortos como ninguém nunca viu desde o início da praga, meses antes. Quase mil cadáveres em movimento em todos os estados imagináveis de decomposição se estendem até onde a vista alcança. Turbas de zumbis grunhindo, tão densas que seria possível andar sobre seus ombros, contornam a colina de ambos os lados da rodovia 85. Movendo-se lenta e letargicamente, em uma quantidade que por si só já é uma ameaça de destruição em massa, eles lembram uma geleira negra passando pelas árvores e cruzando campos e estradas. Em alguns mal resta carne nos ossos, a roupa esfarrapada do enterro pende como limo na escuridão. Outros mordem o ar com as contrações involuntárias típicas de cobras tiradas do ninho. A extensão e a largura da horda, na qual cada rosto é tão branco quanto madrepérola, dão a impressão de uma enorme enchente de pus infectado.

Dentro da van, o terror primordial desencadeado pela visão enrijece a espinha de todos. Gabe aponta sua carabina para Martinez.

— Seu filho da puta idiota! Olhe o que você fez! Olhe no que nos meteu!!

Antes que qualquer um possa reagir, Lilly levanta sua Ruger e a aponta para Gabe. Com os ouvidos zunindo, ela não consegue ouvir exatamente o que ele diz em resposta, mas sabe que ele não está para brincadeiras.

— Eu vou estourar a sua cabeça se você não abaixar a arma, imbecil!

Bruce ataca Lilly com a faca, colocando-a contra seu pescoço.

— Vadia, você tem três segundos para largar essa merda de...

— BRUCE! — Philip mira sua carabina em Bruce. — Para trás!

Bruce não se move. A lâmina continua pressionada contra a garganta de Lilly, que mantém sua arma apontada para Gabe, e Martinez tem seu rifle de assalto direcionado para o Governador.

— Philip, escute — diz suavemente Martinez. — Eu juro que vou derrubar você antes de cair.

— Se acalmem, porra! — Os nós dos dedos do Governador estão brancos no cabo da carabina. — O único jeito de sairmos desta confusão é juntos!

A van estremece outra vez quando mais zumbis se aproximam, fazendo todos se sobressaltarem.

— O que você tem em mente? — pergunta Lilly.

— Primeiro de tudo, vamos tirar a merda das armas da cara uns dos outros.

Martinez fixa o olhar inflamado em Bruce.

— Bruce, afaste-se dela.

— Faça o que ele disse, Bruce. — O Governador mantém a arma apontada para Bruce. Uma única pérola de suor rola pela ponta de seu nariz. — LARGUE A PORRA DA FACA OU EU VOU ESPIRRAR SEU CÉREBRO NAQUELA PAREDE!

Relutante, com a raiva cintilando em seus olhos escuros e amendoados, Bruce baixa a faca.

A van treme outra vez quando as armas são lentamente desviadas dos alvos, uma de cada vez.

Martinez é o último a baixar o rifle.

— Se conseguirmos chegar à cabine, podemos sair daqui.

— Negativo! — Philip olha para ele. — Levaríamos essa debandada para Woodbury.

— O que você sugere? — pergunta Lilly ao Governador, com ácido gelado correndo pelas veias. Ela tem a terrível sensação de passar a responsabilidade novamente para o louco, sua alma se encolhe em um pequeno buraco negro dentro dela. — Não podemos ficar sentados aqui de braços cruzados.

— A que distância estamos da cidade? Menos de 2 km? — O Governador faz a pergunta quase retoricamente enquanto observa o interior encharcado de sangue da van, olhando de caixa para caixa. Ele vê as partes avulsas de suportes para armas, cartuchos de bala, munição de nível militar.

— Deixa eu perguntar uma coisa — diz ele, virando-se para Martinez. — Você parece ter planejado este grande golpe de estado como um verdadeiro militar. Tem alguma RPG, um lançador de granadas, nessas caixas? Alguma coisa com um pouco mais de potência que uma simples granada?

Levam menos de cinco minutos para encontrar a munição, carregar a RPG, traçar a estratégia e se posicionar, e durante todo o tempo o Governador dá a maior parte das ordens, mantendo todos em movimento, enquanto a horda rodeia a van como abelhas se aglomerando em torno de uma colmeia. Quando os sobreviventes estão prontos para começar a se defender, o número de mortos pressionando o veículo é tão grande que quase o faz tombar.

O som abafado da voz do Governador, vindo de dentro da van, entoando a contagem regressiva... *"três, dois, um"*... é incompreensível para os mortos, cujas orelhas podres roçam na parte externa do veículo.

O primeiro tiro destrói as portas da van como se estivessem sobre explosivos.

Com a explosão, meia dúzia de errantes é catapultada para o ar. A granada lançada pela arma abre um espaço entre a densa multidão de cadáveres amontoados do lado de fora do veículo como um atiçador quente enfiado em manteiga. O projétil estoura a 10 metros da van.

A explosão massacra pelo menos cem — talvez mais — nas imediações do veículo. O som rivaliza com o estrondo sônico de um avião a jato, o estampido faz o chão tremer, expandindo-se para o céu e ecoando sobre a copa das árvores.

A cortina de fogo da explosão se estende para cima e para os lados — uma convecção de chamas do tamanho de uma quadra de basquete

—, transformando a noite em dia e os zumbis mais próximos em escombros humanos flamejantes, alguns deles são praticamente vaporizados, e outros se tornam colunas de fogo dançantes. O inferno arrasa uma área de 40 m^2 em torno da van.

Gabe é o primeiro a saltar do veículo, com um cachecol em torno da boca e do nariz para filtrar os vapores acres da carne morta cozinhando no turbilhão semelhante ao efeito do napalm. Ele é seguido de perto por Lilly, que cobre a boca com uma das mãos e, com a outra, dá três tiros rápidos com a Ruger, derrubando alguns zumbis extraviados que surgem em seu caminho.

Eles chegam à cabine, abrem a porta e entram, empurrando os restos contorcidos e ensanguentados de Broyles — e em questão de segundos as rodas de trás começam a girar e o veículo dispara dali.

A van passa por cima de filas de zumbis, transformando os cadáveres eretos em geleia podre no asfalto, abrindo uma faixa em direção a uma curva de 180° que assoma diante deles. Quando alcançam a curva fechada, Gabe executa a última fase da fuga.

Ele puxa o volante, e a van derrapa para fora da pista, subindo pela lateral da colina arborizada.

O terreno acidentado sobrecarrega os pneus e a suspensão, mas Gabe mantém o acelerador apertado, e as rodas traseiras se extenuam no chão enlameado e macio da colina, oscilando violentamente, quase jogando os outros três homens pela abertura despedaçada da traseira.

Quando chegam ao topo da colina, Gabe pisa no freio e o veículo derrapa até parar.

Leva um minuto para mirar o lança-morteiro, um grosso cilindro de ferro que Martinez improvisou apressadamente com um suporte de metralhadora. A boca está apontada para cima em um ângulo de 45°. Quando está pronto para atirar, pelo menos duzentos zumbis começaram a cambalear morro acima em direção à van, atraídos pelo barulho e pelos faróis.

Martinez carrega a arma e aperta o botão de ignição.

O morteiro explode, o projétil se lança para o céu, arqueando-se sobre o vale, deixando um rastro semelhante a uma esteira de fumaça neon cintilante. A cápsula explosiva cai bem no meio do mar de mortos-vivos. A pelo menos 400 metros da van, a mini nuvem de chamas em forma de cogumelo é vista milésimos de segundo antes do *FOOOMP* do impacto ser ouvido, e o clarão que se segue tinge de laranja vivo e profundo o ventre do céu noturno.

Partículas flamejantes explodem para o céu, uma mistura de terra, destroços e tecido morto, a onda de fogo do choque se estende por pelo menos 100 metros em todas as direções, transformando centenas de Mordedores em cinzas. Uma grande autoclave não poderia cremar os mortos mais rápida ou completamente.

Os errantes remanescentes, atraídos para longe da colina pelo espetáculo faiscante, viram-se desajeitadamente e se arrastam em direção à luz.

Para longe de Woodbury.

Eles voltam para a cidade com as rodas bambas, o eixo de transmissão traseiro quebrado, as janelas estilhaçadas e as portas explodidas. Não param de olhar pela traseira, procurando indícios da horda fenomenal, sinais de que estão sendo seguidos, mas com exceção de alguns errantes extraviados cambaleando pelas bordas dos pomares, apenas o brilho laranja no horizonte a ocidente reflete o que aconteceu com a horda.

Ninguém vê Gabe passar a Philip uma .45 semiautomática com cabo de madrepérola por trás das costas de Martinez até ser tarde demais.

— Temos negócios a resolver, eu e você — diz repentinamente o Governador, pressionando a boca do cano contra a nuca de Martinez quando a van faz uma curva.

O outro solta um suspiro longo e angustiado.

— Termine logo com isso.

— Você tem memória curta, filho — diz o Governador. — Este é o tipo de merda que acontece do lado de fora daquele muro. Não vou matar você... pelo menos não agora... Nesse momento precisamos um do outro.

Martinez não diz nada, apenas baixa os olhos para as ondulações de ferro no chão e espera sua vida chegar ao fim.

Eles entram em Woodbury pelo oeste, e Gabe manobra diante da arena e entra em uma vaga reservada a veículos de serviço. Os barulhos da multidão ainda ecoam das arquibancadas, mas a julgar pelo som dos gritos e assobios, as lutas provavelmente se transformaram em caos. O excêntrico mestre de cerimônias do show desapareceu há mais de uma hora... mas ninguém teve coragem de ir embora.

Gabe e Lilly saem da cabine e vão até a abertura traseira. Coberta com uma camada de sangue seco, com o rosto salpicado de sangue, Lilly tem uma sensação de inquietude que faz sua pele formigar. Ela coloca a mão sobre o cabo da Ruger, enfiada na parte de trás de seu cinto. Não está pensando com clareza. Sente-se meio adormecida, lenta por causa do choque, grogue e sem fôlego.

Quando contorna a traseira, ela vê Martinez parado e desarmado, com os braços cobertos de fuligem por causa do revés do morteiro, e o rosto, cinzelado e triste, salpicado de sangue. O Governador está bem atrás dele, pressionando a boca da .45 contra seu pescoço.

Lilly puxa a Ruger instintivamente antes mesmo de poder mirá-la, Philip dá um aviso.

— Se atirar com essa coisa, seu namorado morre — sibila o Governador. — Gabe, tire essa arminha dela.

Gabe arranca a arma das mãos de Lilly e ela fica olhando para o Governador. Uma voz ressoa no ar noturno, vindo de cima deles.

— Ei!

O Governador se abaixa e diz:

— Martinez, diga ao seu homem no nível superior que está tudo bem.

Bem acima, no topo do teto da arena, em um canto do nível superior, uma metralhadora giratória está montada. O longo cano perfurado volta-se para o estacionamento de terra abaixo, atrás do qual um jovem companheiro de Martinez — um garoto negro e alto de Atlanta, chamado Hines — desconhece a tentativa secreta de derrubar o Governador.

— O que está acontecendo? — grita ele lá para baixo. — Vocês parecem ter saído de uma guerra!

— Está tudo bem, Hines! — grita Martinez. — Tivemos que lidar com alguns Mordedores, só isso!

O Governador mantém sua .45 fora de vista, com o cano pressionando a parte de baixo das costas de Martinez.

— Ei, garoto! — Philip inclina a cabeça, indicando o bosque escuro do outro lado da rua principal. — Faça o favor de derrubar aqueles extraviados que vieram atrás de nós pelas árvores! — Depois o Governador aponta para o veículo em que vieram. — Quando terminar, há dois corpos na van que precisam levar um tiro na cabeça, depois leve-os para o necrotério.

O suporte da metralhadora range e o cano volta-se para cima. Todos se viram para ver o movimento do outro lado da rua, duas silhuetas cambaleantes que saem das árvores, os últimos extraviados.

A arma urra do telhado da arena, o brilho das faíscas aparece um milésimo de segundo antes do estrondo, enquanto o Governador conduz Martinez em direção ao prédio, e todos se sobressaltam com o barulho.

Os projéteis antiblindagem atingem os errantes que saem da floresta, os zumbis dançam por um instante como títeres em um terremoto, névoa de sangue sai da parte de trás de suas cabeças — vapor vermelho escapando. Por precaução, Hines esvazia uma tira inteira de cartuchos .762 mm nos errantes. Quando eles finalmente caem em flácidos e fumegantes amontoados de tripas, o garoto chamado Hines solta um pequeno grito de vitória e olha novamente para o chão.

O Governador, Martinez e o restante do grupo desapareceram.

DEZENOVE

— Vocês acham que isto aqui é a merda de uma democracia? — O guarda-pó salpicado de sangue do Governador se arrasta no chão enquanto sua voz grave e furiosa reverbera pelas paredes de blocos de concreto de sua sala particular sob a bilheteria.

Antes usado como escritório de contabilidade e caixa-forte da pista para a receita em dinheiro, a sala foi esvaziada, e o velho cofre de ferro de um dos lados, destruído. Agora, apenas uma mesa de conferências longa e danificada, calendários com fotos de mulheres na parede, escrivaninhas e algumas cadeiras giratórias viradas ocupam o espaço.

Martinez e Lilly se sentam em cadeiras dobráveis contra a parede, silenciosos e exaustos, enquanto Bruce e Gabe ficam por perto empunhando as armas. A tensão na sala crepita e faísca como um fusível aceso.

— Vocês parecem ter esquecido que este lugar funciona por uma única razão. — O discurso do Governador é pontuado por tiques faciais e contrações residuais do trauma causado pela arma de choque. Crostas de sangue seco estão grudados no rosto, nas roupas e no cabelo. — Porque sou eu quem faz funcionar! Viram o que tem lá fora? O cardápio é esse se quiserem sair para comer! Vocês querem algum tipo de paraíso utópico, algum tipo de oásis de companheirismo amistoso e confortável? Chamem a merda do Norman *Rockwell*! Esta porra é uma guerra! — Ele faz uma pausa para que suas palavras sejam absorvidas, e o silêncio oprime a sala.

"Perguntem a qualquer filho da puta nas arquibancadas se ele quer uma democracia? Se quer algo amistoso e confortável? Ou se só quer alguém para *dirigir* as coisas... impedir que vire *almoço* de Mordedor! — Seus olhos cintilam. — Parece que vocês esqueceram como era quando Gavin e seus guardas estavam no controle! Nós retomamos este lugar! Deixamos as coisas...

Uma batida na porta externa interrompe o discurso. O Governador volta-se na direção do som.

— O QUE É?!

A maçaneta estala, a porta se abre alguns centímetros. O tímido rosto do garoto da área rural de Macon espia para dentro, com a AK-47 pendurada em uma faixa na lateral do corpo.

— Chefe, o povo está ficando inquieto lá fora.

— O quê?

— Os dois lutadores já morreram há séculos, não há nada além de cadáveres e Mordedores acorrentados lá. Mas ninguém vai embora... eles só estão se embebedando e jogando coisas nos zumbis.

O Governador enxuga o rosto e ajeita seu Fu Manchu.

— Diga a eles que haverá um pronunciamento importante em um minuto.

— Mas e...

— DIGA A ELES!

O garoto faz um gesto submisso com a cabeça e se vira, fechando a porta atrás de si.

O Governador lança um olhar pela sala para o grande homem negro com jeans salpicados de sangue coagulado.

— Bruce, vá buscar o Stevens e seu cachorrinho de colo. Não me importa o que estiverem fazendo, quero os dois aqui agora! Imediatamente!

Bruce assente, põe a pistola no cinto e sai às pressas da sala.

Philip se vira para Martinez.

— Eu sei exatamente onde você arrumou aquela maldita arma de choque...

* * *

O tempo que leva para Bruce ir buscar o médico e Alice é interminável para Lilly. Sentada ao lado de Martinez, com uma camada viscosa de vestígios dos zumbis secando em sua pele e a ferida da perna latejando, ela espera que uma bala despedace seu crânio a qualquer momento. Sente o calor do corpo de Gabe a poucos centímetros atrás de si. E consegue sentir o odor do corpo dele e ouvir sua forte respiração, mas ele não diz uma palavra durante todo o tempo em que esperam.

Nem Martinez fala.

E nem o Governador, que continua a andar de um lado para o outro na frente da sala.

Lilly não se importa mais de morrer. Algo inexplicável aconteceu com ela. Pensa em Josh apodrecendo debaixo da terra e não sente nada. Pensa em Megan pendurada na forca improvisada e isso desperta zero emoção. Ela pensa em Bob afundando no esquecimento.

Nem isso importa mais.

A pior parte é que ela sabe que o Governador está certo. Eles precisam de um rottweiler nesses muros. De um monstro para estancar a maré de sangue.

Do outro lado da sala, a porta se abre e Bruce volta com Stevens e Alice. O médico entra com seu jaleco amarrotado, andando alguns metros à frente da arma de Bruce. Alice vem atrás.

— Entrem e se juntem à festa — saúda o Governador com um sorriso expressando frieza. — Sentem-se. Relaxem. Descansem um pouco.

Sem dizer uma palavra, o médico e Alice atravessam a sala e se sentam em cadeiras dobráveis ao lado de Martinez e Lilly, como crianças que foram mandadas para o quarto. O médico não fala nada, apenas olha para o chão.

— Então a gangue toda está aqui agora — diz o Governador, aproximando-se dos quatro. Ele fica a centímetros de distância, um treinador a ponto de dar um sermão no intervalo do jogo. — É o seguinte, vamos fazer um pequeno acordo... um contrato verbal. Muito simples. Olhe para mim, Martinez.

Martinez precisa fazer um esforço hercúleo para levantar o olhar até o homem de olhos escuros.

O Governador fixa seu olhar no homem.

— O acordo é o seguinte. Desde que eu mantenha a porra dos lobos longe da porta e as molheiras cheias por aqui... vocês não fazem perguntas sobre meus métodos.

Ele faz uma pausa diante deles, esperando com as mãos nos quadris, o rosto severo e contraído encrustado de sangue. Seus olhos encontram cada um dos olhares traumatizados.

Ninguém diz nada. Lilly se imagina levantando, chutando sua cadeira, gritando com todas as forças, pegando um dos rifles e matando o Governador com uma tempestade de tiros.

Ela olha para o chão.

O silêncio se alonga.

— Mais uma coisa — diz o Governador, sorrindo para eles, com olhos mortos e tristes. — Se alguém quebrar este contrato, enfiar o nariz nos meus assuntos, Martinez morre, e o resto de vocês é banido da cidade. Entenderam? — Ele espera em silêncio. — Respondam, seus escrotos! Entenderam as estipulações do contrato? Martinez?

A resposta vem em um suspiro exausto.

— Sim.

— Não consegui ouvir!

Martinez olha para ele.

— Sim... entendi.

— E você, Stevens?

— Sim, Philip. — A voz do médico soa como se gotejando desprezo. — Ótimo argumento para encerrar o discurso. Você deveria ser advogado.

— Alice?

Ela assente rápida e nervosamente.

O Governador olha para Lilly.

— E você? Estamos entendidos?

Lilly olha para o chão sem dizer nada.

O Governador se aproxima e a pressiona mais.

— Não estou vendo um consenso aqui. Vou perguntar outra vez, Lilly. Entendeu o acordo?

Lilly se recusa a falar.

O Governador pega sua Colt .45 com cabo de madrepérola, puxa o ferrolho e pressiona a boca do cano contra a cabeça dela. Mas antes que ele diga outra palavra, ou enfie uma bala no crânio dela, Lilly ergue o olhar.

— Eu entendi.

— *SENHORAS E SENHORES!* — crepita a voz nasalada do garoto de Macon nos alto-falantes da arena, ecoando sobre a cena caótica que acontece atrás da barreira de elos de arame.

O denso grupo de espectadores se espalhou pelas arquibancadas, embora nenhum tenha deixado o estádio. Alguns estão deitados, bêbados, olhando para o céu sem lua. Outros passam garrafas de bebida de um lado para o outro, tentando entorpecer os horrores da mutilação que acabaram de testemunhar no centro da pista.

Alguns dos mais bêbados estão jogando lixo e garrafas vazias dentro da arena, atormentando os Mordedores cativos, que se agitam impotentemente em suas correntes, com os lábios podres pingando baba preta. Os dois combatentes mortos estão caídos pouco além do alcance dos zumbis, enquanto a multidão zomba e grita. Isso está acontecendo há quase uma hora.

A voz amplificada crepita.

— *TEMOS UM PRONUNCIAMENTO ESPECIAL DO GOVERNADOR PARA VOCÊS!*

Essa notícia chama a atenção deles, e a cacofonia de gritos, vaias e assobios desaparece. Os cerca de quarenta espectadores voltam desajeitadamente para seus lugares na frente, alguns tropeçam com os pés embriagados. Em minutos, toda a multidão se reuniu na parte frontal, atrás da barricada de cerca de arame que antes protegia os fãs das corridas das derrapagens e dos pneus flamejantes que voavam da pista.

— *VAMOS APLAUDIR NOSSO DESTEMIDO LÍDER, O GOVERNADOR!*

Do corredor central, como um fantasma, a figura usando um longo casaco sai das sombras para o vapor frio das luzes de cálcio, sujo de sangue e enlameado, com a cauda do casaco voando ao vento, um comandante troiano voltando do cerco a Troia. Chegando a passos largos no centro da pista, parando entre os guardas mortos, ele puxa o fio do microfone atrás de si, levanta o aparelho e vocifera:

— *AMIGOS, VOCÊS ESTÃO TODOS AQUI POR CAUSA DO DESTINO... O DESTINO NOS UNIU... E É NOSSO DESTINO SOBREVIVER JUNTOS A ESTA PRAGA!* — Os espectadores, em sua maioria bêbados, soltam vivas intoxicados.

"TAMBÉM É MEU DESTINO SER SEU LÍDER... E EU ACEITO ESTE PAPEL COM ORGULHO! E QUALQUER FILHO DA PUTA QUE NÃO ESTEJA SATISFEITO PODE VIR ME DERRUBAR! QUANDO QUISER! VOCÊS SABEM ONDE ME ENCONTRAR! ALGUÉM AÍ SE INTERESSA? ALGUÉM AÍ TEM CORAGEM SUFICIENTE PARA MANTER ESTA CIDADE SEGURA? — As vozes embriagadas morrem. Os rostos atrás da cerca de arame se amenizam. Ele conseguiu a atenção deles. O vento batendo nas estruturas do alto pontua o silêncio.

"ESTA NOITE, CADA UM DE VOCÊS SERÁ TESTEMUNHA DE UM NOVO DIA EM WOODBURY! ESTA NOITE, O SISTEMA DE ESCAMBO TERMINA OFICIALMENTE! — Agora o silêncio envolve a arena como uma mortalha. A plateia não esperava por essa, inclinam as cabeças como se refletissem sobre cada palavra.

"DE HOJE EM DIANTE, OS SUPRIMENTOS SERÃO RECOLHIDOS PARA O BEM DE TODOS! E SERÃO DISTRIBUÍDOS IGUALMENTE! AS PESSOAS VÃO GANHAR A VIDA EM NOSSA COMUNIDADE RECOLHENDO SUPRIMENTOS! PARA O BENEFÍCIO DO BEM COMUM!"

Um senhor mais velho algumas fileiras acima se levanta de joelhos bambos, com o sobretudo de segunda mão oscilando ao vento, e começa a aplaudir, assentindo, com o maxilar grisalho orgulhosamente protuberante.

— ESSAS MUDANÇAS NAS DIRETRIZES SERÃO IMPOSTAS COM RIGOR! QUALQUER UM QUE FOR PEGO TROCANDO FAVO-

RES DE QUALQUER TIPO EM TROCA DE BENS SERÁ FORÇADO A LUTAR NO CÍRCULO DA MORTE COMO PUNIÇÃO! — O Governador faz uma pausa, observando a multidão, deixando suas palavras serem absorvidas. — NÃO SOMOS BÁRBAROS! NÓS CUIDAMOS DOS NOSSOS! NÓS! SOMOS! GUARDIÕES DE NOSSOS IRMÃOS!!

Agora, cada vez mais espectadores se levantam e começam a aplaudir, alguns ficam espontaneamente sóbrios, encontrando suas vozes, dando vivas como se estivessem em uma missa respondendo a um aleluia.

O sermão do Governador chega ao clímax:

— ESTA SERÁ UMA NOVA ERA DE TRABALHO EM CONJUNTO EM WOODBURY! PARA FORMAR UMA COMUNIDADE MAIS FELIZ, MAIS SAUDÁVEL E MAIS COESA!!

Nesse ponto, quase todos os espectadores estão de pé, e o estrondo de suas vozes — um som não muito diferente do de um típico encontro religioso — reverbera pelas fileiras mais altas e ecoa pelo céu noturno. As pessoas aplaudem, gritam em aprovação e trocam olhares de alívio e agradável surpresa... e talvez até mesmo de esperança.

A verdade é que, da distância em que estão, atrás da cerca de arame, com os olhos vidrados por beber a noite inteira, os espectadores não reparam no brilho sedento de sangue por trás dos olhos escuros de seu benevolente líder.

Na manhã seguinte, a jovem esbelta de rabo de cavalo se encontra na atmosfera fétida do abatedouro sob o estádio.

Vestida com seu grande moletom do Georgia Tech, joias antigas e jeans rasgados, Lilly não treme, não se sente impelida a roer as unhas, não sente nenhuma tensão ou nojo diante da tarefa repulsiva para a qual foi designada como uma espécie de punição por sua cumplicidade na tentativa de golpe.

Na verdade, ela não sente nada além de uma raiva poderosa enquanto se agacha na luz fraca da câmara subterrânea, brandindo o longo machado revestido de Teflon.

Ela golpeia o machado com força e precisão, cortando a cartilagem da perna arrancada de Sueco, que está esticada sobre o ralo do chão. Com um estouro úmido, semelhante ao de uma tampa pressurizada se abrindo, a lâmina corta a junta do joelho como uma faca de chef chanfraria o osso cru de uma coxa de frango. Um esguicho de sangue espirra em Lilly, salpicando a gola da roupa e o queixo. Ela mal se dá conta disso enquanto joga as duas partes do membro humano dentro da lata de lixo plástica ao lado.

A lata contém partes de Sueco, Broyles, Manning e Zorn — um caldeirão de entranhas, órgãos, couros cabeludos, juntas brancas e membros cortados — coletadas e guardadas no gelo para manter os jogos em andamento e os zumbis da arena satisfeitos.

Lilly usa luvas de jardinagem de borracha — que se tornaram roxo-escuras ao longo da última hora — e deixa a raiva alimentar seus golpes de machado. Ela desmantelou três corpos com a maior tranquilidade, mal percebendo os dois outros homens — Martinez e Stevens — trabalhando em cantos opostos da imunda e ensanguentada câmara de blocos de cimento sem janelas.

Nenhuma palavra é trocada entre os isolados, e o trabalho prossegue sem trégua por mais meia hora quando, perto do meio-dia, o som de passos abafados vindo do corredor do outro lado da porta é registrado pelos ouvidos ensurdecidos de Lilly. A fechadura estala e a porta se abre.

— Só queria checar o progresso de vocês — anuncia o Governador, entrando na sala com um elegante colete de couro, uma pistola no coldre em sua coxa e o cabelo puxado para trás, deixando à mostra seus traços cinzelados. — Trabalho muito impressionante — diz ele, aproximando-se da lata de Lilly e olhando para o conteúdo gelatinoso. — Talvez tenha que buscar uns pedacinhos mais tarde para propósitos alimentares.

Lilly não levanta os olhos. Continua cortando, jogando e limpando a extremidade da lâmina no jeans. Finalmente, puxa uma cavidade torácica inteira, ainda ligada à cabeça do cadáver, para a área de corte.

— Continue assim, pessoal — diz o Governador com um aceno de aprovação, antes de virar e se dirigir para a porta. Quando sai da sala, Lilly murmura entredentes algo que ninguém mais consegue ouvir.

A voz em sua cabeça — disparando pelas sinapses de seu cérebro — alcança seus lábios no que mal chega a ser um sussurro, direcionado ao Governador.

— Logo... quando você não for necessário... este será *você*.

E ela desce o machado mais uma vez, e mais outra.

Este livro foi composto na tipologia Palatino LT Std,
em corpo 10,5/15,5 e impresso em papel off-white,
no Sistema Cameron da Divisão Gráfica
da Distribuidora Record.